텍스트의 풍경

이 책은 한국체육대학교 2022학년도 2학기 연구년 과제 및 기금으로 작성된 것임.

텍스트의
풍경

유임하

작가와비평

머리말

Der Abend ist mein Buch 저녁은 나의 책

Der Abend ist mein Buch. Ihm prangen
저녁은 나의 책. 그 저녁이 눈앞에 펼쳐져 있네
die Deckel purpurn in Damast;
다마스크 천으로 감싼 보랏빛 책표지처럼.
ich löse seine goldnen Spangen
나는 금빛 책 걸쇠를 풀어내네,
mit kühlen Händen, ohne Hast.
무심히, 서두르지 않고서.

Und lese seine erste Seite,
그리고 첫장을 펼쳐 읽네
beglückt durch den vertrauten Ton, –
친숙한 음성은 기쁨을 주네,
und lese leiser seine zweite,
둘째 장은 나직하게 읽어 보네
und seine dritte träum ich schon.
세번째 장에서 벌써 나는 몽상에 잠기네.

라이너 마리아 릴케, 1897.11.20,
베를린 빌머스도르프Berlin-Wilmersdorf[*]
필자 번역

---

*   http://www.rainer-maria-rilke.de/020083derabendistmeinbuch.html

1

노을을 배경으로 하나둘 가로등이 커지는 저녁을 각별히 좋아한다. 저녁은 고독한 책읽기와 몽상을 허용하기 때문이다.

하루 일과를 끝내고 저녁 요기를 하러 교문을 나선다. 그때쯤 해서, 서쪽 하늘가로 피어난 노을을 배경으로 고개 내민 눈썹달과 개밥바라기별을 마주한다. 그 무렵 가로등도 자신을 드러낸다. 저녁 요기를 마친 뒤에는 한결 느긋해진 마음으로 느린 발걸음을 내딛으며 미처 정리 못한 일을 곱씹거나 상념에 잠긴다.

상념의 대부분은 일과 중 마무리하지 못했던 생각들이거나, 아니면 내 부끄러움에 대한 반성들로 채워진다. 학생들에게 늘 부족하기만 한 강의에 대한 나의 부끄러움, 강의 중 질문하는 학생에게 선명한 답변을 못했던 미욱함, 성마른 말로 집안 식구들과 직장 동료에게 상처를 준 내 어리석음 등등. 그러나 이런 반추를 뒤로 하고 책장을 열면 책과 함께 시작되는 것은 몽상과도 같은 산책길이 펼쳐진다.

저녁 시간이면 부끄러운 기억과 마주서는 일도 빈번하고, 감동을 찬찬히 되짚어보며 정리하는 일에 익숙하다. 작은 캠퍼스일지라도 계절의 변화 속에 낯선 풍경을 만들어내기에 족한 것처럼. 이런 저녁이면 고즈넉한 분위기를 벗삼아 은둔자의 일상이 펼쳐진다.

일상에 빈발하는 위선과 무지, 교묘한 술책과 폭력을 텍스트 삼아 의미를 곱씹는 것도 저녁 무렵이다. 젊은 날과는 달리, 책과 세상이라는 텍스트를 읽어온 내가 의미를 성찰하고 사유를 차분히 숙성시키는 것도 저녁 이후의 시공간이다. 팬데믹 이후 현실과는 거리를 둔 채 저녁 이후를 은둔의 시공간으로 만든 지가 몇년이나 되었다.

2

롤랑 바르트는 텍스트를 '닫힌 텍스트'와 '열린 텍스트'로 구분했다. 구술문화에서 인쇄문화로 넘어오며 구성된 계몽 지식담론의 일(一) 방향성과 완결성은 '닫힌 텍스트'의 특징이다. '닫힌 텍스트'의 특징은 신의 지위에 있는 작가와 저자의 높고 깊은 목소리이다. 전지적 시점으로 펼쳐지는 역사소설과 철학의 논변들이 닫힌 텍스트의 면모를 잘 보여준다.

그러나 똑똑한 현대의 독자들은 텍스트의 완결성을 별로 신뢰하지 않는다. 이들 독자는 '닫힌 텍스트'가 주장하는 신념과 확신을 고정된 의미로 받아들이지 않는다. 이들은 닫힌 텍스트로부터 강박과 균열을 읽어낸다. 현명한 독자는 의미를 전복시켜 자신만의 해석을 기입하며 텍스트를 다시 쓰는 '해석적 주체'이다. 현대의 독자들은 텍스트를 자신만의 시선으로 읽어내며 새로운 의미를 발굴하는 상호수행성을 발휘한다. '열린 텍스트'의 세계를 창출해내는 것이다. 바르트는 텍스트를 자신만의 시선으로 읽어가는 탐독과 탐서의 순간을 '성애적 읽기',

'쥬이상스jouissance'라 불렀다.

　자신만의 시선으로 책을 읽는 독서가(讀書家) 대부분은 책을 읽으며 몽상하고 책을 읽으며 기뻐하고 슬퍼한다. 이들은 책의 세계만큼 견고한 체계와 이상이 왜 현실에는 존재하지 않는가에 대해 자주 낙담한다. 저자의 정돈된 생각으로 가득한 책의 세계와는 달리, 현실은 추문과 스캔들로 얼룩져 있고 그만큼 괴기하기 때문이다. 그런 만큼 독서가들에게 책은 곧 자신이 성취하고자 하는 삶, 꿈꾸는 이상향의 그림자와도 같다. 이들에게 고독한 책 읽기는 연애이고 꿈꾸는 삶이며 여행이다.

　책 속으로의 여행은 마치 사람을 처음 만나 시작되는 인간관계와 흡사하다. 되풀이되는 만남 속에 특정한 존재를 깊이 알도록 해주기 때문이다. 책을 중간쯤 읽어가다 보면, 마주침과 대화가 쌓이며 등장인물의 장점과 결점을 파악하게 되고 그 열정에 매혹되거나 진중한 품성에 감화된다. 이렇게 책 읽기는 공감을 넘어 친밀함으로 확장되는 타자와의 관계를 만들어낸다.

　특히, 소설 읽기의 내면은 연인들의 교제와 흡사하다. 소설 속 인물에게 매혹당하거나, 아니면 직접 주인공이 된 착각 속에서 온갖 사건을 해결해 가는 탐정처럼 몰입한다. 마침내, 책장을 덮고 난 뒤에는 낯선 인물과의 만남을 뒤로 하고 그 만남에 깃든 온기와 미련을 되새김질하며 일상으로 돌아오는 쓸쓸함을 경험한다.

　책 읽기는 영혼의 밥이자 호흡이고 생각의 움직임이자 세계 전체이다. 이름하여 '책 지상주의Bookism'. 앞서 걸어놓은 릴케의 시 「저녁은 나의 책Der Abend ist mein Buch」이 그 사례이다.

책 읽기의 즐거움 중 하나는 텍스트에서 숨은 고수들과 대면할 수 있다는 점에 있다. 펼치는 책마다 그 안에는 저자 또는 작가가 재현한 열정과 호기심이 살아숨쉰다. 책 안에는 저자들이 편력한 지적 탐색의 행보와, 그 행보를 통해 수확한 빛나는 통찰이 엉글어 있다. 책이라는 수확물은 그러니까 그 자체로 한 사람이 수행한 정신과 노력을 보여주는 열매이다.

책은 세상이자 지식과 열정의 보고이며, 인류 문화로 통칭되는 인간 정신의 거대한 아카이브이다. 엄정한 지식과 깊이 있는 통찰이 유려하게 기술된 지혜의 저장고를 들여다볼 때마다 우리가 경탄하는 것은 세계의 비밀이 아니다. 책이 주는 깨달음은 나날의 삶이 가진 지리멸렬함조차 얼마나 소중한 것인지, 어떤 삶이 아름다운지, 어떤 사유가 인간다움을 피력하는 성숙한 인격인지, 작고 남루한 실천일지라도 그 실행이 가진 함의가 얼마나 귀한 것인지, 그러한 삶과 사유의 실천에 깃든 가치가 얼마나 소중한 것인지를 발견하는 기쁨이다. 내 누추한 일상과 변덕스러운 감정을 다스릴 힘을 얻는 것도 기실 책 읽기에서 비롯된다. 수많은 곤경을 이겨내고 파멸을 감수하면서조차 자신의 신념을 극한까지 밀어붙인 소설 속 주인공들과 마주할 때마다 내 번민은 얼마나 남루하고 유아적인지를 절감한다.

한적한 오솔길을 홀로 산책하는 존재의 충만함도 책상머리에 앉아 책을 읽을 때이다. '바람 부는 쓸쓸한 거리에 서서', '나 혼자도 너무 많은 것 같은 누추한 삶'의 곤경에 놓인 시의 화자가 그늘진 산자락에 칼바람 속에 싸락눈을 맞으면서도 곧게 정한 모습으로 서 있는 '갈매나무'를 떠올리는 것처럼, 습내 나는 방 한 칸에서 '손깍지 베개'를 하고 누워 곱씹는 그런 순간은 책 읽기의 시간과 흡사하다. 한걸음 더 진전된 사유를 확보하는 것도 책을 읽는 때이고, 감동과 전율 속에 글이 가진 아름다운 사유가 가진 리듬을 경험하는 것도 책을 읽을 때이다. 깊이 있고 고결한 인격을 대면하며 인간적 온기를 절감하는 것도 책을 읽을 때이다. 책과 세상이라는 텍스트에서 만나는 작고 여린 즐거움은 삶의 거룩함을 만들어내는 풍경을 이룬다.

'인공지능의 시대'로 진입했다는 선언에도 불구하고, 책과 글에 깃든 인간의 창의성과 사유를 고집스럽게도 믿는 편이다. 인공지능 프로그램을 작동시켜 추출한 두루뭉술한 설명을 신뢰하지 않는다. 인공지능이 요약하고 정리해 주는 지식에는 개인의 판단과 정제된 사유가 부재한다. 삶이라는 텍스트와 책이라는 텍스트를 어떻게 읽고 사유하며 통찰력을 발휘할 것인가의 문제는 이제 인간다움의 문제가 되었다. 책의 제명을 '텍스트의 풍경'이라 붙인 것도 그런 연유에서이다.

책을 읽지 않는 시대에 책을 읽고 글을 쓴다는 것은 일종의 인간다움에 대한 선언이 아닐까. 이 반문은 글쓰기야말로 사회에 만연한 정보 소비가 보여주는 달콤한 부정식품을 섭취하는 것을 허용하는 현실과 정면으로 배치된다. 책 읽기가 가진 경청과 책 읽기가 가능하게 해 주는 몽상처럼 글쓰기는 부정과 불의와 상처와 폭력에 맞서는 '시위'이자 일종의 '문화 실천'이라 생각한다.

3

2022년 가을, 갑년을 맞아 조촐하지만 짧은 글들을 엮어 산문집 한 권을 내겠다는 소박한 마음을 품고 있었다. 한 학기의 짧은 연구년을 신청했다. 주어진 기간 안에 책을 준비하려 했으나 사정이 여의치 않았다. 다른 글빚과 부족한 시간과 부실한 건강이 소박한 꿈조차 어렵게 만들었다.

가능하면 60매 이하의 짧은 글들로 책 한 권을 꾸려보려 했던 꿈은 꿈에 지나지 않았다. 글을 모아놓고 보니 시간에 쫓겨가며 써나갔던 지라 잡문 수준을 넘기지 못한 경우가 대부분이었다. 부피를 더해 가는 원고의 양도 크게 실속이 없었다. '서말 구슬도 꿰어야 보배'라는 말처럼, 글들을 엮을 실과 바늘이 필요했다.

글은 2000년대 초반부터 2024년까지 이십여 년의 긴 시간대에 걸쳐 있다. 발표된 시점의 글이 가진 성글고 부정확한 표현은 과감하게 고쳤다. 최근 글을 앞세우는 방식으로 배열했으나 분야와 소재에 따라 원칙을 지키지 못한 경우도 더러 있다.

책을 간행할 수 있도록 연구년과 연구비를 지원해 준 한국체육대학교에 감사한다. 연구년은 교양교육의 무거운 짐을 겨우 짊어지고 가는 필자에게는 특별한 배려였고 또한 귀한 축복이었다. '교양학술총서' 발간이 여의치 않게 되면서 차일피일 출간을 미루어온 저자를 격려하고 기다려준 학교의 동료 교수들과 관계자들과 지인들, 내 오랜 공부 모임의 학문 도반(道伴)들, 외우(畏友)들, 원고를 꼼꼼하게 읽고 유익한 조언을 해준 후배들에 고마움을 전한다. 내 부족함을 채워주는 평생동지 안사람과, 의젓하게 성장하여 제 몫을 다하는 아들딸에게도 각별한 마음을 표한다. 마지막으로 '작가와 비평' 편집부의 노고에 깊이 감사드린다.

2024. 11. 17.

저 자

차례

2부_ 칼럼·기타

3부_ 강연

톨스토이
풍경

1부
서평

식민주의와 냉전의 시각을 넘어서

『북으로 간 언어학자 김수경』(이타가키 류타, 푸른역사, 2024)

1

이번에 간행된 인물 평전『북으로 간 언어학자 김수경(1918-2000)
』[1]은 우리말 번역을 고대했던 책이다. 책에 대한 기대감은 12개 국어
를 구사하는 엄청난 어학능력을 가진 언어학자가 '북으로 간' 연유에

---

1   이타가키 류타(板垣龍太), 고영진·임경화 공역, 『북으로 간 언어학자 김수경』, 푸른역
사, 2024. 이 글에서는 책의 성격을 평전(critical biography)으로 보고 이하『평전』으로 표
기함.

서부터 북한의 '주체의 조선어학'을 가능하게 만든 실행자라는 호기심 때문만이 아니었다. 김수경은 북한의 언어정책을 실질적으로 수행했던 당사자였다. 오랜 실권을 겪은 뒤 복권된 사연에서 보듯, 그는 전일화(全一化)된 북한사회에서 학자로서는 굴곡진 생애를 살았다. 그의 삶에 담긴 실상은 어떠했는지가 자못 궁금했다.

김수경은 6.25전쟁 발발과 함께 교양사업을 위해 진도에 파견되었다가 가족의 피난 행렬과 엇갈리며 이산가족이 된 사연, 멀리 캐나다로 이민 간 가족과, 해외와 북녘땅에서 가족이 재회하게 된 경로에서 보듯, 한 인물의 생애가 이토록 극적일 수 있을까 하는 안타까움까지……, 과연 책의 진가는 무엇인가를 확인해 보고 싶었다.

책과의 인연은 2019년 10월에 열린 한 학술회의로 거슬러 올라간다. 이 학술회의는 2018년 평창 동계올림픽에 북한 선수단이 참가하면서 시작된, '외교를 통한 한반도의 완전한 비핵화와 평화 정착'을 내건 '한반도 평화프로세스'[2]에 부응하여 기획된 것이었다. 기대와는 달리, 2019년 2월 29일 하노이에서 열린 북미 정상회담은 결렬되고 말았다.[3] 이때만 해도 식어가는 한반도 평화를 위한 불씨를 되살리기 위

---

2   http://webarchives.pa.go.kr/19th/report.president.go.kr/story/view/41 (2023.3.18 검색)

3   하노이회담에서 핵문제가 타결되었다면 북한의 핵무장 능력의 80%가 축소되었을 것으로 관측된다. 이같은 진단은 오늘의 관점에서도 북미정상회담 실패가 분단해소의 퇴행을 초래한 중요한 분기점이었음을 보여준다. 길윤형, 「하노이 회담 성공했더라면…"북 핵 생산능력 80% 줄일 수 있었다"」, 『한겨레』, 2021.7.15.

해서라도 학술적 논의를 본격화해야 한다는 의욕이 충만했다. 학술회의는 한반도를 넘어 '동아시아 평화체제'의 도래를 염원하며 1960년대에 태동한 북한학의 냉전적 관행과 시선을 넘어서려는 논의들로 넘쳐났다.

그 학술회의에서 인상적인 발표의 하나가 바로 『평전』 저자의 「비판적 코리아 연구를 위하여」였다.[4] 그의 발표는 풍문으로만 알고 있었던 '다중언어 구사자인 언어학자 김수경'이라는 존재를 알게 해주었을 뿐만 아니라 일본에서 수행되는 '비판적 코리아 연구'의 윤곽을 파악할 수 있게 해주었다.

2019년을 전후로 해서 국내 학계에서는 남북일의 냉전적 사고와 일국주의(一國主義) 관점을 벗어나 성찰적인 한반도 지역연구로 이행해야 한다는 반성적 흐름이 등장했다. 대표적으로는 분단 이후 학술용어들의 개념사의 변천을 다룬 '한반도 개념사' 연구,[5] 60년대에 태동한 북한학을 비판적으로 분석한 경우,[6] 남북한문학사의 통합 기술을 제창하며 '서울중심주의'나 '평양중심주의'를 넘어 '한반도문학' 혹은 '한반도학'으로의 재편을 제안한 경우,[7] 일상사에 착안한 문화연

---

4   이타가키 류타, 조은진 역, 「비판적 코리아학을 위하여」, 『역사비평』 132, 2020.
5   구갑우 외, 『한(조선)반도 개념의 분단사』, 사회평론아카데미, 2018-2021.
6   이봉범, 「냉전과 북한연구, 1960년대 북한학 성립의 안팎」, 『한국학연구』 56, 2020: 임유경, 「북한 담론의 역사와 재현의 정치학: 1950-70년대 북한 담론의 형성과 변환을 중심으로」, 『상허학보』 56, 2019; 임유경, 「'북한연구'와 '문화냉전'-1960년대 아세아문제연구소와 『사상계의 북한연구』」, 『상허학보』 58, 2020 등.

구[8] 등을 꼽을 수 있다.

이들 논의의 공통점은 냉전적 시각의 성찰과 함께 북한사회를 폐쇄적이고 전일적(全一的) 시스템으로 보는 학문적 관행을 벗어나기 위한 성찰적 모색이었다. 다양한 방법론을 유연하게 활용하며 한반도를 둘러싼 지역연구를 제안하며 이를 '비판적 한반도학', '비판적 코리아학'이라 부르기 시작한 것도 눈에 띈다.[9] 요컨대, 『평전』은 국내 학계의 흐름과 맞물려 있는 일본발 '비판적 코리아 연구(비판적 코리아학)'의 최신 성과인 셈이다.

2

『평전』은 일본어판 출간 이후, 저자가 새로 발굴한 내용을 '부기' 방식으로 보충하고 있어서 개정판에 가까운 새로운 판본이다. 공동번역자 중 한 사람인 언어학자 고영진은, 일본어판에 인용된 남북한

---

7   김성수, 「남북한의 '통일문학'지와 '통일문학선집'의 비판적 분석」, 『상허학보』 58, 2020.

8   오창은, 「북한 연구에서 북한 문화연구로」, 『문화과학』 96, 2018; 오창은, 『친애하는, 인민들의 문학 생활』(서해문집, 2020)이나, 페미니즘적 관점의 논의(박영자, 『북한녀자』, 엘피, 2017; 김귀옥, 『그곳에 한국군 '위안부'가 있었다–식민주의와 전쟁, 가부장제의 공조』, 도서출판 선인, 2019; 김성경, 『갈라진 마음들–분단의 사회심리학』, 창비, 2020 등)를 들 수 있다.

9   김성보, 「'비판적 한반도학'의 시각으로 본 북조선 연구」, 『동방학지』 190, 2020.

자료 원문을 일일이 대조하는 과정이 특히 어려웠다고, 저작비평회 자리에서 밝혔다.

표제로 내건 '북으로 간'이라는 관형어는 '월북'이라는 고정관념을 벗어나[10] 해방을 맞은 한반도에서 분단을 가로지르는 공간과, 체제 선택과정에서 결행 조건, 당대의 정세를 세밀하게 짚어보기 위한 전제를 엿볼 수 있게 해준다. 이 전제에는 북한 정부 출범 이후 '주시경-김두봉-김수경'으로 이어진 '조선어학'의 계보와 역할, 곧 교재와 학술서 편찬, 제자 양성에 이르는 경과를 세계사적 구조 안에서 살피려는 저자의 의도가 담겨 있다.

『평전』을 관통하는 문제의식은 "지역연구를 포함한 오늘날의 학문 분야를 낳은 식민주의와 냉전이라는 힘"(12면)을 비판적으로 성찰하고자 한다는 것으로 요약할 수 있다. 저자의 표현을 빌리면, 그 비판적 성찰의 전략은 "월러스틴과 마찬가지로 학문 분야의 장벽을 넘어 국민국가를 초월한 분석을 시도하지만" "단일한 세계체제 분석으로 나아가는 것이 아니라 그것이 등장했을 때의 비판적 계기를 계승하는 것, 즉 식민주의와 냉전이 남긴 틀의 재생산에 봉사하지 않고 오히려 그것을 깨뜨리는 앎의 형태를 만들어내는 것"(12-13면)에 있다. 『평전』은 일본과 영어권 국가에서 보여준 북한에 대한 국가 중심의 편견과 특정한 이미지들을 반복해서 재생산해 온 관행에서 벗어나

10　용어에 대한 훌륭한 안내서로는 이신철, 「월북과 납북」(역사비평사 편집위원회 편, 『역사용어 바로쓰기』, 역사비평사, 2006)이 있다.

식민주의와 냉전의 역학을 대체하기 위한(474-477면) 대안문화의 실천에 가깝다.

평전이 가진 성격은 매우 복합적이다. 개인생애사이자 가족 이산의 문화지이며 '조선어학'의 형성과 전개를 다룬 학문사라는 세 개의 층위로 된 복합성도 그런 배경에서 연유한다. 에드워드 사이드가 『문화와 제국주의』에서 '머나먼 땅을 조종하고 정착하며 소유하려는' 제국주의와 동서양의 공간지리, 정치권력과 문화의 관계를 비판적으로 기술하기 위해 고안된 대위법적 기술방식[11]은 『평전』의 체계에도 활용된다.

『평전』의 대위법적 구성은 분단과 전쟁으로 인한 가족 이산이라는 시대적 조건과 선택불가능한 현실을 살아가야 했던 삶의 경로가 김수경의 언어철학 관련 학문사와는 층위를 달리하는 이질성을 가지고 있기 때문이다. 분단과 전쟁의 역사적 현실에서 학자의 길을 걸었던 김수경의 생애와, 전쟁통에 헤어진 가족이 남녘땅에서 캐나다로 이주하여 살아간 행로, 다중언어 구사자인 김수경이 수행한 '조선어 학문 및 정책사'는 양립할 수 없는 다층성을 가지고 있다. 개인과 가족이 국가를 넘어서는 학문과 삶의 행로를 효율적으로 담아내기 위한 장치가 바로 대위법적 기술방식이다.

『평전』의 내용을 개괄해 보면, 1장에서 6장에 이르는 내용은 언어

11　박홍규, 「제국주의 문화논리에 매몰된 '우리'」, 『역사비평』 32, 1995, 209면.

학자로서의 탄생 배경과 사회적 활동, 가족 이산 등 개인 생애 및 가족사를 다루고 있으며 '조선어학'과 관련 학문사를 로마자로 표기된 네 개의 장으로 배치되어 있다.

1장 '식민지의 다언어 사용자'는 15세 나이로 경성제대에 입학한 김수경의 면모를 어린 시절부터 짚어가며 다언어 구사자 탄생의 저변을 탐사한다. 1937년 간행된 학우회 회보에 기고한 짧은 글 「영어연구회」에서 김수경은, "어쨌든 우리는 행하기에 앞서 존재하지 않으면 안된다"(56면)라는 결의를 표명하고 있다. 저자는 이 결의를 "스스로 배워가는 능동성"(46면)이 자신을 다중언어 구사자로 정립해 가는 동력이었다고 보았다.

김수경이 수행한 '외국어 학습의 능동성'의 실상은 이러하다. 그는 대학 예과를 수료할 즈음 일본어와 영어는 물론, 프랑스어와 독일어 습득을 완료했다. 또한 대학 본과에서는 러시아어, 그리스어, 라틴어를 배웠으며 이탈리아어, 스페인어, 포르투갈어와 덴마크어의 기초를 다졌다(72-74면). 다언어 구사자 탄생은 유럽교양교육을 중시한 일본의 고급인력 양성장치 속에서 끝없는 탐구심으로 독자적 생존을 확보하려는 식민지조선 청년의 실천적 의지와 결실이었던 셈이다.

2장 '해방과 월북'에서는 해방 이후부터 월북에 이르는 김수경의 행적을 다루고 있다. 해방기의 김수경은 '국대안 파동'과 함께 날로 심해지는 미군정의 좌익 탄압 속에 가족도 알아차리지 못할 만큼 은밀하고 신속하게 동기생 김석형, 박시형, 정해문 등과 함께 반바지차림의 원족에 나선 행장으로 월북한다(129-132면). 월북 후 그는 김일성대 문학부 교원으로 임명된다. 교원 임명과 함께 그는 '조선어학사', '언어학개론', '방언학', '조선어문법' 등을 강의하기 위한 자료 번역과 교과서 집필로 바쁜 나날을 보낸다. 또한, 그는 도서관장에 취임한 후 대학도서관에 필요한 도서 수집을 주도했으며 '조선어문연구회' 활동에도 적극적이었다(135-136면). 김수경은 언어정책의 실무자로서 북한 언어정책의 중심에서 활동하며 자신의 역량을 발휘하는 등, 분망한 사회활동 속에서도 가족과 재회하고 일상의 기쁨을 누리며 일생 중 가장 빛나는 시절을 보냈다(139-147면).

전쟁은 압도적인 파괴력으로 김수경의 모든 일상과 사회 활동을 무너뜨리며 가족과 헤어지게 만들었다. 3장 '배낭속의 수첩'은 '한국전쟁과 이산가족'이라는 부제를 달고 있듯이, 유족에게서 수집한 '참전수기'(『평전』에서는 '회고록'으로 칭하고 있다-인용자)를 바탕으로 전쟁 기간 동안 김수경의 평양 복귀 행로를 밝히는 한편, 월남한 가족들이 어떻게 살아가는지를 기술해 놓았다.

4장 '한국전쟁기 학문체제의 개편'과 5장 '정치학과 언어학'에서는 김수경과 연계된 조선어학의 학문사를 다루면서 조선어학사를 다루었다(I장 구조와 역사: 김수경 언어학의 시작, II장 조선어의 '혁명': 규범을 창출하다, III장 민족의 언어와 인터내셔널리즘, IV장 '주체의 조선어학' 등). 이들 장에서는 언어학의 세계사적 흐름과 연계된 '주체 조선어학'의 성립 과정을 조감하고 있다. 특히, 이들 장에서는 국가의 공적 기구인 대학과 학회에서 수행한 김수경의 사회정치적 역할을 집중적으로 재구하는 한편, 구조주의 언어학과 구 소련의 언어학을 두루 섭렵한 김수경의 언어학자로서의 면모가 어떻게 국가 시스템 안에서 활동의 궤적을 마련해 나갔는지를 추적하고 있다.

6장 '재회와 복권'은 3장과 짝을 이룬다. 3장의 내용이 김수경의 전쟁기 행적과 가족 이산의 경로를 서술하고 있다면 6장은 김수경의 행로와 어긋난 월남행을 택한 부인 이남재와 유족의 삶을 중심으로 서술해 놓았다. 6장에서 인상적인 대목은 북에 생존한 남편과 아버지와 재회하기 위해 가족 모두가 합심해서 벌인 눈물겨운 노력과 분투이다 (410-427면).

전쟁통에 남편과 헤어진 부인은 김수경의 생모와 네 자녀를 부양하며 살아간다(410면 이하). 그녀는 풍문으로 전해진 남편의 근황을 접한 뒤 자녀들의 앞날을 감안하여 '사망'으로 호적을 정리한다. 또한 가족들이 남편 또는 아버지와의 재회를 일생일대의 소망으로 품고 이를 준비하는 일화가 서술되어 있다(421-424면). 특히, 간호사가 된 큰딸이 아버지와의 재회를 위해 헌신하는 노력은 눈물겹다. 큰딸은 부산 메리놀수녀원에서 운영하는 간호학교를 이수한 뒤 간호사가 되고 해외 취업에 성공한다. 캐나다에 정착한 그녀는 가족 대부분을 토론토로 불러들인다(427면). 캐나다로 건너간 둘째딸은 뒤늦게 대학에서 언어학을 전공하고 아버지와 같은 언어학자의 길을 걷는다. 둘째딸은 1988년 베이징에서 열린 학회에서 마침내 아버지와 상면한다. 그녀는 마침내 가족의 꿈을 이루는 당사자가 되었다. 재회의 꿈이 실현되기까지 전쟁통에 남편과 헤어진 부인은 가장의 역할을 감당하며 생계를 꾸려나갔고 자녀들을 양육하며 홀몸으로 살아간다.『평전』에서 감동적인 대목은 부인이 훗날 캐나다로 이주한 뒤 주저함 끝에 남편과 다시 상면하는 장면이다. 남편 또는 아버지와 다시 만나겠다는 가족성원들의 일관된 소망과 각자 역할을 다하는 일화들은 이산의 가혹한 운명만큼이나 슬프고 감동적이다. 6장에서는 가족의 면면과 김수경의 만년도 소개되고 있다. 80년대 후반에 이르러 김수경은 학계에 복귀한다. 그는 남한 독자들을 위한 조선어학사를 집필하며 학자적 삶에 다시금 진력한다.

특히,『평전』6장에서는 분단이산의 가족사가 가진 초국적 양상이 잘 기술되어 있다. 냉전의 질서가 작동하는 세계에서조차 한반도 역외에서 전개된 인적 네트워크의 조력과 교류에 힘입어, 남과 북, 역외로 이어진 서신 교환과 상봉이 가능해진 현실이 극적으로 서술되어 있다. 오래도록 지속된 이산의 비극적 현실은 흩어져 살아가면서도 이산의 상처가 지금도 지속된다는 데 있다. 김수경과 그의 가족을 통해 서술한 것은 '이산이라는 비극의 현존'이다.『평전』은 가족 상봉이야말로 식민주의와 냉전을 넘어 제휴해야 할 중요 과제임을 가감 없이 보여준다.

『평전』 출간과 함께 국내외에서 열린 저작비평회 소식이 속속 전해지고 있다.[12] 『평전』은 '비판적 코리아학'(또는 비판적 한반도학)이 식민주의와 냉전의 질서를 넘어서야 한다는 당위성과 함께 이에 대한 사회적 관심을 불러일으킨 것이다.

『평전』의 저자가 '한국어판'이 아닌 '우리말본'이라 내건 데에는 "언어의 국가적 혹은 국민적인 틀을 탈구축하려는 의도"(4면)가 담겨 있다. 이 의도는 국적과 인종을 넘어선 언어공동체를 급진적으로 상상하며 지역연구의 유연한 가능성(4-5면)을 열어젖힌다. 이 가능성은 동아시아와 북미 대륙에 걸쳐 있는 김수경 유족과 이들을 공감하는 수많은 분단이산자들이 '언어공동체, 언어공통성'을 기반으로 삼아 한반도의 '분단'을 비판적으로 사유하고 성찰하며 확장 가능한 '정치성'을 생성시킨다. 이 정치성은 한반도/조선반도, 한국/남조선/남한, 한국어/조선어 등등, 언어에 담긴 권력과 헤게모니 투쟁과 차별화된 '우리'의 제휴와 연대의 가능성을 확장시켜 놓는다. 이것이야말로 바로 『평전』이 가진 문제적 요소이다. 『평전』은 한반도를 둘러싼 제반 문제들

---

12 캐나다한인 지역신문인 『시사한겨레』에서는 3월 6일 하버드-옌칭연구소에서 북토크가 진행되었고 3월 8일과 9일에는 토론토대학과 토론토한인회관에서 저자와 번역자인 고영진 교수의 강연회가 열렸다고 보도했다. https://sisahan.com/10302?fbclid=IwAR21CZ1uNQ2a5l axo3GMIEYnBap9egHUN_Kfv1JKDZTtoyfhEdogHv9VYaemAR86aVA2KXhHrRBmxSKbw7Ww RcP4649Ak5xQeSGSLQ9Zb1XjTE5VhXMAJmR7xjU0F9giAKTZs oEkGz7yFkvy (2024. 3. 25 검색)

을 놓고 머리를 맞대고 식민주의와 냉전의 질서를 넘어서는 문화실천의 구체적인 방법들을 알게 해준다.

저자는 38선 이북에서 태어나 캐나다로 이민 간 김수경의 둘째딸과 우연히 만나면서 '평전 쓰기' 여정이 시작되었음을 밝히고 있다. 평전 쓰기의 과정이 남다른 가치를 갖는 것은 유족과의 교류를 통해 '월북한 언어학자'로서의 정체성과 가족 이산의 비극과 마주하고 이를 완결하기까지 분단이산이 가진 비극의 실체를 전경화했기 때문이다. "(독자의) 복수성뿐만 아니라 우연성과 만남 같은 것까지 포괄한"(8면) 『평전』의 감동은 국가 단위를 넘어선 언어공동체의 전략 때문이 아니라, 저자의 시선과 성찰에 담긴 식민주의와 냉전의 질서에 포획되지 않는 세계사적 시야와 문제의식, 일국주의를 넘어 월북한 이들과 월남한 이들의 삶을 주목하는 따스한 휴머니즘에 기인한다.

(2024)

여성의 관점으로 역사 다시 쓰기

장편 『세 여자』(조선희)와 『살아남은 여자들은 세계를 만든다』(김성경)

1

역사는 남성의 이야기들로만 기록했으나 여성의 이야기도 간간이 담아 놓았다. 여성에 관한 기록은 대모(大母), 현모양처(賢母良妻)처럼 남성 중심적 가치를 강화하는 데 일조한 경우가 대부분이다. 역사 속에서 악처(惡妻)나 '팜므 파탈' 같은 여성들은 반역자의 표상에 가깝다. 이들 여성은 축출해야 할 불온한 이미지로 덧칠된 사례이기 때문이다. 역사 기술에서 남녀 인물의 불균형은 인식 자체, 표현의 관습 자체로부터 비롯된 것으로 보는 것이 페미니스트의 기본적인 관점이다.

정희진은 우리가 사용하는 거의 대부분 말이 '백인, 남성, 중산층, 성인, 비장애인, 이성애자, 서울 사는 사람의 시각에서 구성된 것'이며 중립적인 말에 대한 환상과 보편적인 언어 자체가 성립하지 않는다는 견해를 피력했다. 정희진의 표현에 따르면 "인간 세계는 말을 만드는 사람, 즉 정의하는 자와 정의당하는 자가 있"다. "언어는 차별의 결과가 아닌 차별의 시작"이라는 전제가 바로 그것이다. 담론과 글쓰기에서 남성은 재현의 주체였고 여성은 재현의 대상이다. 국민, 노동, 민중, 시민과 같은 개념이나 명명조차 '사람은 남성이며 여성은 사람이 아닌 여성'이다. 로댕의 조각명도 '생각하는 남성'이 아닌 '생각하는 사람'이라는 것, '유관순 언니'가 아닌 '유관순 누나'라는 것이 이를 방증한다.[1]

문학과 문화의 장에서 여성이라는 관점을 차용(借用)한다는 것은 남성 중심적 주류 담론들에 담긴 관행적 사고를 벗어나 남성 중심의 수많은 경계와 위계들이 가진 균열과 마주서는 불온한 일이다. 여성을 '대상화하지 않고(objectify) 서술의 주체(subject)로 만드는' 작업은 문학에서든 사회학에서든 간에 도발적이고, 또 그런 만큼 문제적이다. 여성의 관점은 견고한 제도와 규범 아래 말할 수 없는 하위주체에 주

---

1   정희진, 『페미니즘의 도전』, 교양인, 2005, 21–22면.

목하는 경로를 열어젖히며, 폭력화된 권력 중심을 해체, 전복하는 비판적 문화 실천의 외양을 갖는다. 여성의 관점은 온갖 차별과 편견에서 해방된 주체를 꿈꾸며 불온한 상상을 감행하는 경로를 만들어내는 인식의 전환점이자 실천의 최전선이기 때문이다.[2]

2

장편 『세 여자』[3]는 3.1운동 이후 싹튼 여성 사회주의운동의 주역들을 다룬 역사소설이다. 800쪽이 넘는 벽돌책임에도 불구하고, 손에 든 지 하루 반 나절만에 읽게 만드는 흡인력은 참으로 놀랍다.

'20세기의 봄'이라는 부제에 걸맞게 소설 속 이야기는 비폭력 무저항을 표방한 3.1운동 이후 촉발된 여성 사회주의운동의 출발점에서 활동했던 주세죽(1901-1953?)과 허정숙(1902-1991), 고명자(1904-1950?) 세 사람을 주인공으로 삼아 교차 서술한다. 작품은 1920년대부터 1990년대 초반에 이르는 장구한 근현대사의 시간대를 넘나들며 여성의 관점에서 구축한 방대한 이야기의 위용을 드러낸다.

작품을 읽어가며 새로웠던 것은 발굴된 역사적 사실과 여성들의 문제만이 아니었다. 작품은 읽어도 읽어도, 하나로 꿰어지지 않던 사회

---

2   윤택림, 「여성은 스스로 말할 수 있는가」, 『여성학논집』 27-2, 2010.
3   조선희, 『세 여자』, 한겨레출판, 2017; 2020특별판.

주의운동사의 맥락과, 수많은 인사들의 이름과 성향, 그들이 속한 조직의 흐릿한 조각들을 또렷한 형상과 윤곽, 일목요연한 전체상으로 파악할 수 있도록 해준다. 이것은 이야기가 발휘하는 놀라운 체험이다. 방대한 분량으로 된 『한국공산주의운동사』[4] 같은 책조차 이런 놀라운 경험을 제공해 주지 않는다. 막연히 알고 있던 남성 혁명가의 초상이 눈앞에서 펼쳐지는 효과는 여성 서사 특유의 성격에 기인한다. 이 소설을 읽으면서 앤서니 기든스가 10대 청소년들의 성적 경험을 이야기하는 방식에서 거론한 '로망스적 서술 효과'가 여성 서사의 한 특징을 이룬다는 것을 실감했다.[5]

조선공산당의 수많은 조직과 당파들이 일제의 집요한 감시망 속에서 분투하는 소설 속 이야기의 면면은 사회주의 운동과 독립투쟁 대열에 섰던 드넓은 인적 계보와 사회상을 조감하는 데 매우 요긴한 안내도 하나를 구한 느낌을 준다. 역사가들에겐 좀 미안하지만 '소설이 역사보다 우위'라는 아리스토텔레스의 명제를 절감했기 때문이다. 소설에서 재현한 인물과 사건을 통해 조직과 개인 성향, 인맥의 계보가 정돈되는 놀라운 체험은 실증적인 학술서에서는 좀처럼 경험하기 어렵

---

4   로버트 스칼라피노·이정식, 한홍구 역, 『한국공산주의운동사』, 돌베개, 2015.
5   앤서니 기든스에 따르면, 남자 청소년들이 성적 경험을 담론화하는 과정에서 피력하는 '정복적 성향'과는 달리, 여성 청소년들은 성적 접근방식에 저항하거나 자제하는 경향을 띠며, '친밀성'을 근거로 삼아 만남에서부터 심화된 애정 관계로 발전하는 과정 전체를 이야기하는 '로망스적 성향'을 보인다. 앤서니 기든스, 배은경·황정미 공역, 『현대사회의 성, 사랑, 에로티시즘-친밀성의 구조변동』, 새물결, 1996.

다. 그 체험은 인물과 사건을 매개로 삼는 허구적 산문이 발휘하는 역능(力能)이기도 하다. 이야기가 부여하는 힘의 대부분은 사료를 격자(格子) 삼아 그 여백에 부여한 개연성 높은 재현의 효과이다. 이야기 효과는 작가의 역량이라고 해도 과언이 아니다.

『삼천리』 1931년 6월호에 실린 특집 「현대 여류사상가들-붉은 연애의 주인공들」은 주세죽과 허정숙과 고명자에 대한 관음증적 시선을 잘 보여준다. 특집기사는 여성들의 사회운동가로서의 삶을 그리는 대신, '문란한 성욕의 화신'으로 추문화하는 황색언론의 속성을 그대로 보여준다.[6] 반면, 『세 여자』의 작가는 3.1운동 직후 함께 결의한 단발 조치의 스캔들이 촉발한 '모단(毛斷)걸'이라는 명명 같은 대중문화의 면모, '못된 걸(girl)'로 통속화된 '모던 걸', '신여성'의 부정적 이미지를 유통시킨 경로를 뒤따르지 않는다. 작가는 1920년대에 사랑과 혁명을 등치관계로 만들었던 콜론타이의 '붉은 연애'와 겹쳐놓은 세간의 풍문을 '페미니즘의 시선'으로 해체하고 그 자리에 걸출한 세 여성 운동가의 삶을 재현해 놓았다. 세 여성의 일대기는 식민지 현실에서 제국의 감시와 고문 같은 온갖 고난에 맞서며 가시밭길을 헤쳐나가는 여성 혁명가의 행로에 가깝다. 이들은 박헌영, 김단야, 임원근 등 뛰어난 남성 혁명가들의 사상적 동지였고, 식민지 조선을 무대로 삼아 베이징, 상하이 같은 중국 대륙, 도쿄와 고베의 일본, 구소련의 모스크바

---

6   박성은, 「조선희 소설 『세 여자』에 재현된 항일공산주의자 여성의 서사」, 『여성문학연구』 48, 2019, 365면.

등지를 경유하며, 사회주의자로서 조선 혁명과 여성운동의 최전선에서 활약한 시대의 전위(前衛)였다.

장대한 여성 서사에서 공들여 재현한 것은 여성들의 시선과 일상과 내면이다. 이들의 일상과 내면은 남성 혁명가들의 삶에 부속된 전유물이 아니라 주체적 삶을 살아가려는 의지와 열정, 결단력을 소유한 열혈 청년에 가깝다. 이들 여성은 시대와 조직이 요청한 역할을 완수하려는 혁명가이자 인간 주체로 우뚝 선 존재들로서, 남성 혁명가들과 마찬가지로 혁명 대열에서 자신이 어떻게 이바지할 것인가를 놓고 고뇌하는 주체적 개인들이다.

주세죽의 삶은 '조선의 절세미인'에서 탁월한 혁명가인 박헌영의 동지, 아이 어머니로서 가졌을 고뇌와 좌절과 슬픔을 품은 약소민족의 여성 혁명가로 다시 기술된다. 그녀는 구소련에 체류하다가 김단야와 함께 숙청된 뒤 시베리아 유형지로 추방되고 나서 쓸쓸히 죽어갔으나 훗날 딸의 기억 속에 살아남는다.

고명자는 주세죽과 허정숙, 두 선배 여성운동가들과 조선공산당 재건 대열에 뒤늦게 합류한 양반집 규수 출신 여성이다. 그녀는 여성운동가의 이력을 쌓으며 김단야와 동행한다. 그녀는 1925년 구소련 모스크바로 건너가 동방노력자공산대학을 마치고 나서 조선공산당 조직 재건을 위해 서울로 잠입했다가 곧바로 체포된다. 이후 그녀는 김단야의 생사를 끝내 알지 못한 채 살아간다. 그녀는 총력전체제 아래서 오하라 아키코(大原明子)로 창씨개명을 하였고『동양지광』기자로 활동하며 전향한다. 해방 후 그녀는 여운형의 부름을 받아 사회주의 여성운동 전선에 복귀한다. 그러나 그녀는 1950년 2월 경찰에 구금되었다가 6.25전쟁 발발 후 생사불명의 상태가 된다.[7]

베르톨트 브레히트의 시 「살아남은 자의 슬픔」의 한 구절처럼 '살아남은 자가 강한 자'라는 측면에서 보면,[8] 허정숙은 세 사람의 여성 서사에서 단연 빛나는 존재이다. 그녀는 독립운동가들을 변호했던 허헌의 딸에서 여성운동가의 길로 들어선다. 허정숙은 많은 남성 편력 덕분에 '조선의 콜론타이'로 불렸다. 그런 만큼 그녀는 당대를 뜨겁게 달군 스캔들의 당사자였으나 자신의 길을 걸어간 여성 사회주의 운동가였다. 훗날 연안파의 거점인 태항산 진지로 들어가 항일무장투쟁에 나서기도 했다. 그녀는 해방이 되자 아버지 허헌(許憲)을 대동하고 월북한다. 허정숙은 북한 초기정권에서 박정애와 함께 진보적인 여성정책을 수립하는 데 깊이 관여했다. 문화선전상, 사법상을 지내며 그녀는 김일성 정권에서 핵심 인사 중 하나이기도 했다.

『세 여자』에서 인상적인 대목은 남성 혁명가들의 조직과 당파 간 이해관계에 진절머리 내는 허정숙의 내면이다. 그녀는 여성 혁명가로서 유연한 판단력과 시야를 내장하고 있는 인물로 그려진다. 한국전쟁이 휴전체제로 돌입하는 과정에서 전쟁책임 문제가 불거지자 정치

---

7   https://encykorea.aks.ac.kr/Article/E0079724('고명자' 2023.11.30 검색)
8   번역 원문은 "강한 자는 살아남는다"이다. 베르톨트 브레히트, 김광규 역, 『살아남은 자의 슬픔』, 한마당, 1985, 117면.

적 몰락을 예감한 박헌영이 허정숙을 찾아온다. 박헌영이 핏발 선 눈으로 젊은 후처와 아이들을 부탁하자 허정숙은 상해 시절을 회상하며 막역한 친구 주세죽을 떠올린다. 허정숙은 해방전쟁과 평화통일이라는 두 사안을 놓고 번민하다가 해방전쟁 편에 선다. 이 과정에서 그녀는 소련파였던 남편 채규형이 총살되는 비극을 겪기도 한다. 그녀는 '8월 종파투쟁' 이후 연안파와 소련파의 몰락 속에도 용케도 살아남아 사법상으로 영전한다. 허정숙의 생애에는 혁명가에서 무력한 정치가로 잔존한 말년에 이르는 주요 국면들이 잘 드러나 있다.

『세 여자』가 재현해낸 여성서사가 문제적인 것은 식민지 시기에만 국한되지 않는 시공간성을 가지고 있다는 점이다. 작품은 일제 말기, 중국과 일본, 미국과 구소련으로 확장된 배경을 가지고 있다. 그런만큼, 제국주의 시대를 거쳐 분단과 전쟁, 냉전체제로 이어진 한반도의 현실에서 사회주의운동에 헌신한 세 여성의 생애사는 '초국적 (trans-national)'이다. '초국적' 시야의 출처는 망국민이 된 여성들이 20세기 초반에 결의했던 조선 혁명과 여성운동에서 비롯된다. 소설이 구축한 여성의 관점과 여성의 서사는 장기 지속되어 온 분단체제에서 여전히 성찰의 거점을 마련해 준다는 점에서 지금도 유효하다.

3

한편, 한반도의 여성들은 가정과 직장, 사회와 민족문제로부터 촉발된 갈등과 고민을 안고 살아간다. 탈북 여성들은 국경을 넘어 이주하며 한반도와 그 주변지역을 가로질러 살아간다. 탈북 여성들의 삶은『세 여자』의 '후기 글로벌 시대'의 다른 버전이다.

김성경의『살아남은 여자들은 세계를 만든다─분단의 나라에서 여성으로 산다는 것』[9]은 '북한 여성의 서사'를 '다시 쓰는' 모범적인 사례이다. '문화인류학자'의 위치에서 기술된 이 책은 여성이 '재현의 주체', '서술의 주체'가 되어 '다시 쓴 여성생애사, 자기성찰적 문화기술지'를 표방한다. 저자는『천리마 작업반장의 수기』를 기반 삼아 '로농영웅' 칭호를 받은 '길건실─확실'의 공식적인 생애사 대신「딸에게 보내는 편지」라는 '에고 다큐먼트(ego-document)'로 다시 쓴다(21-55면).

'고난의 행군시기'를 거치며 국가사회주의 시스템과 배급망이 무너진 북한사회에서 그녀는 딸에게 같은 여성으로서 자유롭게 살아가라고 권고한다. 편지에서 드러나는 내면성은 그간 북한의 문학에서는 눈여겨보지 않았던, 은폐된 지평이다. 그 지평은 여성들에게는 익숙한 일상의 시선이다. 국가기구의 선전·선동이 보여주는 '외침'과 달리, 딸에게 보내는 '속삭임'은 북한 인민의 일상 속에서 작동해온 여성주체의 심성에 해당한다.[10]

9　김성경,『살아남은 여자들은 세계를 만든다─분단의 나라에서 여성으로 산다는 것』, 창비, 2023. 이하『살아남은 여자들』로 표기함─인용자.

10　'외침'과 '속삭임'이라는 표현은 박순성 외,『외침과 속삭임─북한의 일상생활세계』(한

여성 서사의 담론장은 완강한 습속과 이념적 강제를 동원하는 국가기구의 구속력이 작동하는 현실에서도 생활공간에서 작동하는 미시정치의 국면을 여과 없이 보여준다. 생활공간은 동의와 수락, 반발과 저항, 왜곡과 우회하는 면모를 적나라하게 드러내기도 한다. 저자가 주목하고 서술하는 여성 주체의 다시 쓰기는 개인이 가진 인간으로서의 권리와 정념에 관한 확인이자 '우리와 같은 인간 존재'라는 사실을 재확인시켜 준다. 이 효과는 강고한 분단 체제가 어긋나게 만든 몰이해와 오독의 차원을 넘어서게 해준다는 점에서 문화 실천의 면모를 띤다.

『살아남은 여자들』은 텍스트의 공식성을 해체하여 여성 생애사로 다시 쓰는 작업의 모범적 사례 하나를 보여준 경우이다. 공식성을 재구성하는 과정에서는 수기집과 문학작품, TV 드라마, 영화, 수필과 편지, 일기 같은 다양한 문학예술 텍스트가 동원된다. 이질적 장르를

울, 2010)에서 빌려왔다.

겹쳐 다시 쓴 여성 서사는 '여성이라는 타자의 주체화'이며, 탈북 여성의 생애사라는 의미 있는 문화기술지(cultura Ethnography)를 탄생시킨다.

면담과 레포 형성을 통해 조성되는 인간에 대한 이해와 공감의 지대는 제3세계에 속한 여성 문화사회학자로서의 위치와 정체성을 확보하는 과정을 낳기도 한다. 이 과정은 탈북 이주여성과 재일 디아스포라와 재일 탈북 여성이라는 하위주체들을 발견하게 해주고 이들이 서술의 주체, 재현의 주체가 될 수 있게 만든다. 『살아남은 여자들』에서는 하위주체들이 서술의 주체로 등장한다. 이런 서사적 현실 자체가 분단 체제와 이를 둘러싼 '동아시아'라는 지역성 안에서 문화적 위치를 다시 성찰하도록 만든다.

탈북 여성들이 겪는 규범과 제도와 위계화된 삶의 곤경과 차별에 주목하는 일은 관행으로 권력화된 시선과 의식을 뒤흔들며 문화적 위치와 전략을 비판적으로 성찰하는 주체로 바라보게 해준다. 이들 주체는 권력의 미디어정치로 잘 포장된 이데올로기의 누빔점 아래 놓인 분단 체제의 냉혹한 현실과, 나날의 삶을 살아가는 생생한 현실 속 존재이며, 사회 내부의 모순을 가로질러 '수많은 경계 위에 선 자들'이다.

4

조선희의 장편 『세 여자』와 김성경의 『살아남은 여자들』은 여성이 재현의 주체이자 서술의 주체가 된 여성 서사의 풍요로움을 보여준다. 이들의 여성 서사는 남성 중심의 역사, 남성 중심의 현실정치가 보여주는 폭력과 배제, 권력화를 비판적으로 성찰하는 인간 주체, 주어진 현실 조건과 일상을 어떻게 인간답게 살아갈 것인지/살아내야 할 것인지를 고심하는 이야기이다. 『세 여자』가 장대한 여성 혁명 서사를 구축했던 것처럼, 『살아남은 여자들』은 월경과 이주를 감행하면서도 살아남아 북한에 남은 가족을 염려하고 지원하는 여성들의 강인함과 인간다움을 보여준다.

여성의 관점과 격렬한 일상 정치의 관계는 그간 주목의 대상이 되지도 않았고 제대로 분석되지도 못했다. 여성의 시선은 섬세한 생활 감정에 바탕을 두고 권력화된 이데올로기를 전복, 해체하는 힘을 내장하고 있다. 이들의 관점은 집중된 권력에서 오는 관료주의의 경직된 관행이나 사고를 비판적으로 넘어설 힘을 확보할 수 있다는 점에서 대안적일 뿐만 아니라 저항문화의 거점을 창출하는 강력한 정치성을 갖는다. 이 정치성은 일상으로부터 시작되는 혁명의 진원지를 증폭시켜 가족과 지역사회, 국가와 민족을 쇄신하도록 만드는 근원적 힘을 발휘한다. 또한 이 정치성은 주변적이었던 목소리를 연대하며 새롭게 확보된 역량을 바탕으로 새로운 공동체를 탄생시키는 동력이 된다.

여성적 관점은 관료주의와 같은 권력화된 일상 속 관념과 제도, 그리고 장치에 대해, 익숙하지만 억눌린 존재들의 침묵을 전경화하며 인간다운 삶을 열망하는 무수한 이야기들을 만들어낸다. 남성 가부장적인 현실과 맞서는 여성의 낯선 목소리를 담은 글쓰기는 여성이 주체가 되는 길이며 여성과 소수자, 사회적 약자들의 권리와 인간다움을 확보하는 느리지만 확고한 인간 선언이다. 여성적 관점과 여성 서사에 주목해야 하는 까닭이 여기에 있다.

(2023)

천리마시대와 '신금단'이라는 문화상징

『신금단 선수』(최동협, 평양: 아동도서출판사, 1963)

1

　한국사회에서 '신금단에 대한 기억'은 1964년 도쿄 하계올림픽 출전이 불발로 끝나면서 이루어진 짧은 부녀상봉에 시선이 고정되어 있다. 전쟁통에 홀로 월남하여 당시 세브란스병원에 근무하고 있던 아버지 신문준은 북한대표로 올림픽에 참가하러온 딸의 소식을 알아보고 도쿄로 건너가지만 불과 7분간 만났을 뿐이다. 부녀의 짧은 상봉은 이산의 슬픔을 처음 알린 당사자로 깊이 각인되어 있다.

남한 사회의 대중적 관심은 세계적인 여자육상선수로 성장한 딸과, 전쟁의 참화를 피해 가족을 잠시 떠나 홀로 월남했던 아버지와의 이산이었으나, 이는 국제스포츠 무대에서 경합하는 스포츠내셔널리즘의 여파와 무관하지 않았다. 부녀의 비극적 상봉은 많은 노래로 불리어졌고 영화로도 제작되는 등, 60년대 중반 내내 대중들의 관심을 부추겼다.

고복수와 부부였던 당대 최고의 여가수 황금심을 비롯하여 당대의 가수가 함께 부른 앨범 『눈물의 신금단』(1964, 한봉남 외 작사 작곡) 외에도 앨범 『신금단의 부녀상봉-눈물의 십분간』, 「신금단 부녀의 단장의 이별」 「부녀의 슬픔」 등 많은 노래들이 불려졌다. 노래는 한결같이 이산가족의 슬픔을 애상적으로 증폭시키는 감정의 문화코드를 내장하고 있는데, '아버지의 관점'에서 체제와 이데올로기 경합을 통해 분단 이산의 비극을 고조시킨다. 신금단 부녀 이야기는 영화로도 제작되었다. 영화 「돌아오라 내 딸 금단아」(1965)는 감독 김기풍, 김승호, 태현실, 안인숙 등 당대 최고의 배우들이 등장한 영화였다. 영화는 분단이산 가족의 비극을 중심으로 삼았으나 '자유대한'으로 돌아오라는 메시지를 담은 전형적인 반공영화의 특징을 보여준다.

우리가 아는 신금단은 월남한 아버지와 짧게 상봉한 분단 비극의 당사자로 기억하지만, 북한에서 신금단은 뛰어난 육상선수로서 천리마시대의 체육영웅이기도 했다. 그녀의 근황은 2014년 조선중앙TV

의 방송 보도를 취재한 총련 기관지인 『조선신보』를 통해 상세하게 알려졌다.[1]

　놀라운 것은 신금단이 거둔 육상 기록이 아직껏 올림픽 메달권에 속할 만큼 최정상의 기록이라는 점이다.[2] 신금단이 1964년에 세운 400미터 세계신기록 51초 2는, 현재 세계기록 47초 6(마리타 코흐, 독일, 1985)에 견주어도, 한국기록 53초 67(이윤경, 2003)과 비교해도 놀라운 수준이다. 이 기록은 지금도 올림픽 메달권에 들 만큼 뛰어난 기록이다. 그녀의 800미터 기록(1분 59초 1, 세계기록은 1983년 경신된 1분 53초 28, 야르밀라 크라토츠빌로바, 체코)은 한국기록인 2분 4초 F(허연정, 2010)와 비교해도 놀랍다. 한국 여자육상계는 아직도 신금단이라는 벽을 넘어서지 못한 셈이다. 이렇듯 한국 사회에서 신금단은 노년들에게 분단이산 비극의 당사자로 각인되어 있지만 오늘의 한국사회에서는 거의 잊혀진 존재이지만, 한국 육상계에서 '신금단'이라는 이름은 넘어서야 할 기록의 벽, 높고 거대한 전설로 존재한다.

1　　기사는 『조선신보』 기사를 취재한 안윤석, 「북 전설의 육상인 신금단, 압록강체육단 연구사로 재직 중」, 『노컷뉴스』, 2014.4.30.
https://www.nocutnews.co.kr/news/4016907(2023.11.20 검색)
2　　기영노, 『스포츠는 통한다』, 개마고원, 2019, 97~103면.

2

신금단은 절정의 경기력을 보여주었던 1959년부터 1960년대 내내 북한사회에서 많은 관심을 받았다. 『로동신문』을 비롯하여 『조선녀성』 『천리마』 등 많은 북한 대중매체들에 수록된 수많은 기사에서도 이 점은 잘 확인된다. 그녀는 '조선의 번개', '천리마시대의 체육인'[3]으로 호명되었고 60년대 내내 체제의 우월성과 인민의 자긍심을 낳는 천리마시대의 상징과도 같았다.[4]

1960년대 세계적인 육상 여자선수였던 신금단은 1964년 도쿄올림픽 개최를 앞두고 체제의 우월성을 과시할 수 있는 유력한 스포츠스타 중 한 명이었다. 냉전시대의 국제스포츠 무대는 스포츠를 체제의 선전수단으로 삼았다. 국제스포츠 무대는 동서진영이 서로 체제와 이념의 우월성을 과시하며 각축하는 콜로세움과 다르지 않았다.

신금단은 '천리마시대 공화국'의 우월한 제도와 당의 지도, 노동자의 성실함이 함께 일구어낸 빛나는 사례였다. 혜성처럼 등장하여 '빛의 속도로' 세계육상계를 평정한 이 여성체육인은 사회주의 낙원 건설

3　「천리마 시대의 체육인 신금단 선수」, 『로동신문』, 1962.7.3. 4면.

4　신금단의 스포츠활동을 보도한 『로동신문』 외에 살펴볼 만한 인터뷰 기사로는 「당에 감사드립니다」(『조선녀성』, 1961.8), 「륙상경기에서 기적을 창조한 신금단 선수」(『천리마』 46, 1962.7) 외에, 신금단, 「조국의 명예를 빛내고저」, 『조선녀성』(1964.1) 등이 있다. 민중사의 관점에서 북한사회를 살핀 안문석의 논의에서도 신금단을 소개하고 있다(안문석, 『북한민중사』, 일조각, 2020, 321-325면).

을 위한 전사회적 동원체제의 특징을 축약해서 보여주는 시대의 상징이었기 때문이다. 체육에 대한 재능을 알아차린 지도자들이 지도한 지 불과 3년만에 세계여자육상의 정상에 올랐기 때문에 그만큼 '빛의 속도로' 사회주의 낙원을 건설하는 천리마시대에 걸맞는 표본이었던 셈이다.

최동협[5]이 쓴 『신금단 선수』(평양: 아동도서출판사, 1963)는 북한에서 처음으로 세계 육상계의 최정상에 오른 신금단을 취재하여 쓴 오체르크이다. 신금단 선수에 관한 오체르크 집필과 출간도 이런 사회적 분위기와 함께한다.[6] 책의 판권에는 '실화/ 신금단선수/ 중학교 학생용'으로 기재되어 있고 '인물의 실화'[7]라는 점을 부각시키고 있어서 교육현장에서나 대중 교양서를 지향했음을 잘 보여준다.

5　최동협은 루이 아라공, 『공산주의자들』(전 6권, 평양: 국립출판사, 1956-1957)를 부분 번역했다(1권 김병규, 2권 전창식, 3권 최동협, 4권 전창식, 5권 김병규, 6권 전창식 등). 이 외에도 『헨델과 그레텔』, 조선작가동맹중앙위원회, 1962; 『그림형제』, 조선작가동맹중앙위원회, 1962; 에브 퀴리, 최동협 역, 『퀴리 부인』, 평양: 조선여성사, 1966 등이 있다.

6　500여 매에 가까운 최동협의 장편 오체르크는 신금단 선수 자신의 경험을 토대로, '평범한 선반공이 당의 체육정책에 힘입어 세계 육상계에 혜성처럼 등장하여 어떻게 탁월한 체육가로 발전하였는가'를 쓴 것이라고 소개하고 있다. 「신금단 선수에 대한 장편 오체르크가 나온다」, 『문학신문』, 1962.11.30. 2면.

7　'인물의 실화'의 본래 명칭은 오체르크이다. 리효운의 「문학장르 오-체르끄에 관하여」(『문학예술』, 1952.12) 이후, 오체르크는 실화를 바탕으로 한 서사적 작품군을 지칭하다가 실화소설 장르를 형성했다. 이영미, 「북한의 문학 장르 오체르크 연구」, 『한국문학이론과비평』 24, 2004; 이영미, 「북한의 자료를 통해 재론하는 오체르크와 실화문학의 계보」, 『한중인문학연구』 52, 2016 참조.

도입부에서는 신금단이 빈농계급 출신이며 가족이 해방 전 고향 산천을 등진 채 중국의 동북땅을 유랑한 사연과, 가난과 눈물로 보낸 어린 시절, 해방된 조국에 돌아와 부러워하던 학교를 다닐 수 있게 된 점을 서술해 놓았다. 오체르크에서는 신금단이 가고 싶었던 공장에서 즐겁게 일한 6년 동안을 배움의 터전이었고 강한 의지와 체력을 단련하며 낙천적인 노동계급의 딸로 성장하는 시절로 그려냈다. 오체르크는 "기쁨에 넘치는 로동생활"(4면)이 근로인민의 재능을 꽃피게 한 '천리마시대'[8] 청년상이었고 그 시대에 탄생한 놀라운 결실이라는 점을 부각시켰다.

신금단의 인물 실화는 어린 시절부터 희천의 노동자학교 수료 후 공장노동자로 지내다가 체육선수로 발탁되어 세계적인 선수가 되기까지로 이어진다. 서사의 특징은 실화를 바탕으로 한 인물 전기인 오체르크의 고전적 방식인 보도성, 사실성, 교양성을 취하고 있다. 내용은 어린 시절 빈농계급이 경험한 가난과 수탈과 압제를 벗어난 탈식민의 공통감각을 구성하는 측면과, 전쟁의 비극을 딛고 노동자학교를 다녔고 선반공으로 일하면서 노동자체육 활동으로 자신을 성장시켜준 우월한 체제와 제도를 선전 교양하는 측면이다. 또 다른 층위는 당의 기술지도와 스스로 개발한 자기훈련, 사회주의교양을 쌓아가며 세계적인 선수로 발돋움하여 마침내 정상에 오른 '천리마시대 대중영웅'

---

8   '천리마시대'라는 명명에 관해서는 김경욱, 『북조선인의 탄생-주체교육의 형성』, 도서출판 선인, 2020, 17-25면.

으로서의 측면이다.

신금단의 어린 시절 첫 일화는 두만강 너머 동북 만주에서 살던 때에 일어난 사건이다. 일본인학교 운동회를 구경하던 중 금단이는 30명씩 달리는 경주에 참가하게 된다. 경주에 참가한 금단이 선두로 나서자 일본인 선생이 발을 걸어 금단을 넘어뜨리고 뒤따라온 일본 경찰의 아이가 1등을 차지한다(8-9면). 이 사건은 금단 자신이 겪은 민족차별의 원풍경을 이룬다. 어린 금단은 차별의 분노를 미술가가 되어 '승냥이 같은 왜놈 경관의 상판대기를 그려 세상 사람들에게 보이고 싶은' 소망을 품는다. 금단은 동네아이들이 쓰다 버린 몽당연필로 신문지나 공책에 열심히 그림을 그렸던 8살 무렵의 일화(10면), 가을 수확을 중국인 지주에게 모두 빼앗기고 서른도 안 된 어머니가 해수병을 앓으며 겨울을 맞이하던 가난과 수탈의 슬픈 시절(11면), 포승에 묶인 채 두만강 얼음판 위로 일본 경찰이 겨눈 총창 앞으로 발길을 옮기는 애국자들의 행렬을 바라보던 엄혹했던 시절이 회상된다(12면). 이들 일화는 빈농계급이 감내해야 했던 가난과 수탈과 압제의 기억을 환기하며 인민을 교양하는 목적성을 잘 보여준다.

해방된 지 2년이 지난 후 금단이네 식구는 귀국길에 올라 고향 리원군 포항리에 돌아온다. 동네 언덕에 세워진 학교와 앞개울에 놓인 시멘트다리를 건너 학교를 다니게 된 금단은 군내 학생경기대회에서 100미터를 비롯한 다른 달리기 종목에서 1등을 하며 행복을 만끽한다(19면).

6.25전쟁은 신금단에게도 비껴가지 않는다. 전쟁은 금단이네 가족과 마을을 삽시간에 폐허로 만들어버린다. 연이은 폭격으로 어머니가 부상을 입고 가족들은 뒷산 반토굴에서 살아가는 처지가 된다. 금단은 이른 새벽부터 밭에 나가 김을 매고 집에 돌아와 멀리 떨어진 우물에서 물을 길러다 밥을 안치며 연명한다. 그녀는 식구들을 떠맡는 소녀가장이다. 그녀는 어머니를 대신해서 이른 새벽 논밭 김매기, 모내기, 소몰이 달구지에 소를 메워 마을 농민들과 함께 현물세까지 바치러 가는 여성농꾼이었고 마을의 부서진 다리 복구에도 나서는 어린 전시여성노동자였다(23-27면).

전쟁이 끝나가는 1953년, 금단은 병석의 어머니가 이웃의 도움을 받아가며 농사를 지을 만큼 건강을 회복하자 희천의 노동자학교 진학을 위해 집을 떠난다(28면). 그녀는 밤새 식구들과 이야기꽃을 피운 다음날 아침, 희천 기계제작공장으로 가는 차편에 동승하여 "로동자 학교를 최우등으로 졸업하고 공장에 가서 혁신자가 되어야지"(32면)라고 결심한다. "그렇다! 빨리 건설하기 위해서 공부를 더 열심히 해야 한다"(33면)라는 금단의 결의는 전후복구의 현실을 살아가는 청년들의 내면을 재현한다. 금단이 처음으로 기능공에게서 친절하게 선반 실습 지도를 받은 뒤 "공장이야말로 더 없이 좋은 학교"(33면)라고 찬탄한다. 학업과 실습을 통해 성장해 가며 금단은 학교생활에서 조금씩 체력이 자라나고 체육의 소질이 싹을 틔운다. 노동자학교에는 희천군에서도 농구가 군에서 줄곧 1위를 차지해온 체육단체가 있어서 금단은 체육으로 활력을 찾는 일상을 누린다.

체육이 학생들의 육체를 단련하고 집단주의 정신을 배양하는 문화적 분위기(35면)는 천리마시대가 만들어낸 새로운 풍조의 하나이다. 군사훈련 시간에 진행된 산야횡단 훈련에서 체력을 단련한 금단은, 6킬로쯤 떨어진 학교와 공장을 오고 가는 길을 늘 달린다. 달리기는 시간 절약과 근력을 강화하는 금단의 일상이다. 운동은 사회적 전일화를 통해 사회주의적 테일러주의를 지향하는 동원체제의 도래가 임박했음을 알려준다. 금단은 견실한 청년노동자이면서 노동자체육으로 단련된 신체성을 드러내기 시작한다. 그녀는 1953년 희천 체육대회에 출전하여 100미터 4위, 400미터 5위를 기록하면서 전문체육인으의 가능성을 보여준다.

노동자학교를 수료한 뒤 희천 공작기계공장 소속 선반공이 된 금단은 창조의 기쁨과 흥겨운 노동자로 살아간다. 작업하는 노동자의 흥겨운 생활은 '전쟁 때 목숨을 내걸고 밤작업을 해야 했던 기억'에 비해 조금도 힘들지 않은 작업장의 노동에서 비롯된 것으로 서술된다. 금단은 작업하는 시간 내내 "선반기대와 조국의 휘황한 앞날에 대해서 속삭이듯"(37면) 일을 해 나간다. '각지에 보낼 수많은 기계들을 만들어내는 선반기'를 사랑한다. 그녀는 "기름을 제때에 못 치거나 청소를 깨끗이 못 하면 자기 몸의 어느 한 구석이 텁텁하고 잘 움직여 주지 않는 것 같아서 그대로 넘길 수가 없"(38면)어 하며 안타까워 한다. 노동의 즐거움을 만끽하며 선반기대와 둘이서 조국의 앞날을 속삭이듯 일하는 그녀의 면면은 천리마시대의 이상적인 노동자상을 잘 보여준다. 선반기를 제 몸처럼 아끼며 깨끗이 다루는 모습은 '노동의 신성한 가치'를 실현하는 청년노동자의 이상적인 모습이다.

금단은 노동시간을 마치고 나면 고등공업전문학교 야간수업을 받지만, 밤늦게 돌아와서는 벽보(신문)를 만든 다음에야 잠을 청한다. 또한, 금단은 미술서클에서 활동하며 화가에게 지도받아 혁신자들의 초상화 그리기를 익힌다. 작업시간 앞뒤로 짧은 여분 시간을 활용하여 금단은 직장을 취재해서 기사를 쓰고 삽화를 그려 벽보를 만든다. 금단의 벽보 만들기는 직장에서 노동의 활력을 높이고 작업현장 분위기를 바꾼다. 그녀는 입사한 지 2년도 채 되지 않아 공장의 핵심 노동자로 자리잡는다(40-41면).

이후, 금단은 직장 근처의 중가공 공장으로 전근하여 수직연마기를 다루게 된다. 그녀는 그곳에서도 노동능률이 낮은 공장에 활력을 불어넣으며 남다른 활동력으로 얼마 지나지 않아 핵심적인 노동자가 된다. 대형기계인 수직연마기를 다루면서 그녀는 노동 능률을 올리려면 체력이 필요하다는 점을 깨닫고는 노동능률과 체력 연마에 나선다(42-43면). 휴식시간이면 공장의 작업장 근처에는 각종 운동기구나 농구장, 배구장 등이 마련되어 체육하는 노동자들로 흥겨운 시간을 갖는 '노동자체육'의 풍경(44면)은 노동으로 단련된 몸으로 더 많은 생산경쟁을 고무하는 천리마시대의 전사회적 동원체제를 잘 보여준다. 노동자체육은 상대방을 고무할 뿐만 아니라 진정한 동지애와 뜨거운 우정을 키울 수 있게 해주고 노동과 체육이 체력과 노동능률을 배가하므로 적극적으로 권장되었다. 노동자체육을 중시하는 문화 분위기는 1950년대 북한이 사회주의로 개조되는 과정에서 빈농 계층의 인민을 집단주의 성향을 지닌 노동자로 재편하는 데 활용되었다.[9]

전후복구기를 지나 천리마시대에 들어선 시기의 생산성 경쟁과 튼튼한 신체를 단련하는 노동자체육 문화 속에 신금단은 체육 재능을 꽃피운다. 1958년 그녀는 해방 13주년을 맞아 강계시에서 열린 자강도 체육대회에 참가하여 여자육상 400미터에서 출발은 늦었으나 중반부터 도기록보유자 선수를 추월하며 1등을 차지한다. 이튿날 800미터 경기에서 신금단은 2분 34초로 도(道) 기록을 수립한다.

대회진행부에서 감탄하여 훈련받은 연한을 물었으나 정작 감탄한 것은 금단 자신이었다. 금단은 "과연 내게 이렇게 소질이 있었던가? 아니 소질이라기보다 나의 체력이 이렇게까지 장성했던가!/ 금단이는 자기에게 로동계급의 강의한 의지가 없었다면 그리고 로동에서 단련된 체력이 아니였다면 이러한 결과는 상상할 수도 없다"(48면)라고 혼자 판단한다. 서술자는 "노동으로 단련된 육체, 창조의 기쁨으로 들끓는 락천적인 생활, 국가의 주인다운 로동계급의 강한 책임성, 금단 이를 둘러싼 모든 것들이 그를 이같이 키워 주었다"(48면)라고 서술함으로써 천리마시대의 활력이 넘치는 청년세대의 이미지를 적극적으

9   이세영, 「1950년대 북한 노동자층의 형성과 의식 변화」, 『한국사연구』 163, 2013, 417면.

로 부각시키는 한편, 이를 교양해 나가는 당의 지도력을 선전하는 문화정치의 면모도 함께 보여준다.

이후, 체육에 대한 금단의 희망이 더욱 간절해지면서 공장에서 주는 체육시간을 노동 시간처럼 아껴가며 훈련에 매진한다. 금단은 1958년 9월 평양에서 열린 '공화국창건 10주년 전국체육축전'에 도(道) 대표로 참가하여 800미터에서 전국 최고의 선수들과 경합하며 4위로 들어온다. 결승에서는 예선에서 기력을 쏟은 까닭에 출전선수 12명 중 12위였으나 육상전문가들에게 발탁되어 마침내 체육단에 입단한다. '공장이야말로 세상에서 가장 훌륭한 대학'(59면)이라 여기며 공장의 보배가 되었던 그녀는 이제 '공화국 선수'로 성장하게 된 것이다.

체육단에 입단한 금단은 강도 높은 훈련에 적응하지 못하고 성과를 내지 못하는 자신을 질책한다. 그녀는 지도원이 건네준 『항일 빨치산 참가자들의 회상기』를 읽으며 나약한 자신을 부끄러워하며 마음을 다잡는다. 또한 그녀는 과도한 훈련량을 따르지 못하는 자신의 부족한 체력을 키우기 위해 절치부심한다. 며칠을 고심한 끝에 그녀는 모란봉 기슭의 가파른 층계를 오르내리는 혹독한 자기만의 훈련도 소화해낸다(68-73면). 육상협회 육상경기의 개막식 직후 육상지도원이 지도한 속도보장 훈련, 속도와 보폭을 조절하기, 고무줄의 탄력을 이용한 자세교정훈련을 소화하면서 금단의 경기력은 빠르게 발전한다. 5월과 6월 두 달 동안 신금단은 여러 종목에서 공화국의 육상기록을 갈아치웠고 800미터에서는 아시아신기록 보유자로 등극한다(88면). 또한 1958년 8월 모스크바에서 열린 '국제육상경기대회'에서 신금단은 도착하자마자 훈련으로 여독을 푼다. 400미터에서 그녀는 소련 선수를 추월하여 1등으로 우승한다(91-92면).

우승후 쇄도하는 인터뷰 요청에서 기자들이 "과연 천리마의 나라야 천리마! 그렇지"(98면)라는 탄성을 불러일으킨다. 금단이 7개월 전까지도 선반공이었다는 사실과, 3-4년이나 소요될 선수의 이력을 불과 7개월만에 달성한 믿기 어려운 경기력 때문이다.

1958년 4월부터 8월까지 국내 모든 경기에서 신금단은 국제수준에 도달했다. 같은 해 8월 24일, 불가리아 플레빈에서 열린 국제대회에서 금단은 200미터와 400미터에서 대회신기록을 세우며 우승한다. 이 공로로 그녀는 체육인 최고의 영예인 '공화국명수' 칭호를 받았다. 신금단은 선수로 활동하는 기간 동안 11번의 세계신기록을 세웠으며 28개의 금메달을 쟁취했다.

신금단은 빈농 출신으로 노동자학교와 야간대학을 다니며 희천공작기계공장 선반공으로 일하던 중 도 체육대회에 참가하며 자신의 가능성을 드러낸다. 대회에서 보여준 그녀의 뛰어난 육상 재능을 눈여겨본 지도자들이 그녀를 내무성체육단(현 압록강체육단)에 입단시켜 전문체육인의 길을 걷도록 했다.

그림1.
1961년 츠나멘스키
육상대회 우승과
카퍼레이드
장면(『체육생활』,
1961.8.)

　신금단의 인물 전기는 식민지조선의 빈농계급이 겪어야 했던 만난
각고(萬難刻苦)의 현실과 함께 해방을 맞이하며 회복한 인민이라는 집
단주체의 성장과 노동자라는 계급적 집단주체의 등장을 구체적으로
보여준다. 신금단과 같은 체육강국의 위세는 인민체육에 근간을 둔
노동자체육 문화에서 찾을 수 있다.
　천리마시대의 직장문화는 노동과 체육을 결합한 인민체육의 외양
을 가지면서도 사회결속과 노동효율화라는 이중의 효과를 겨냥했다.

특히 신금단에게서는 신체적 조건과 사상성이 결합된 '문화적 노동자' 이미지를 구비한 북한 체육영웅의 등장을 발견할 수 있다. 체육스포츠에 대한 당과 국가의 역할, 인민체육의 범주에서 분화된 천리마시대의 노동자체육의 실상은 걸출한 스포츠스타의 탄생을 도운 사회주의 인민체육의 강점을 보여주는 사례이다. 신금단의 등장은 체육문화의 사회통합 효과, 체제의 우월성을 선전하는 대외적 홍보 효과 등을 선전할 수 있게 해주었다.

3

오체르크 『신금단』은 1950년대에 혜성처럼 등장하여 60년대 세계 여자육상계의 전설을 만들었던 북한 여성체육인의 성공서사이다. 실화에 바탕을 둔 인물서사는 단순히 한 개인의 일화로만 그치지 않는다. 그것은 일화가 가진 북한 특유의 다양한 맥락과 층위, 이야기의 구성방식에서 비롯된다. 이야기는 인민교양에 필요한 공통감각을 창출하려는 뚜렷한 목적성을 내장하고 있다. 그런 까닭에 이야기는 빈농계급에서 '공화국 인민'으로 성장하며 전쟁의 참화를 겪으며 어떤 삶을 살아왔는지, 어떤 집단심성으로 교육받으며 노동자의 삶을 살아왔는지를 보여주고자 한다.

이야기는 신금단을 단순히 한 개인의 성취가 아니라 당의 배려와 지도를 받으며 노동자집단의 한 주체로 성장하는 과정과 함께, 노동자체육의 환경에서 선반공이 불과 7개월만에 세계신기록을 경신해 나가는 최정상급 선수로 자라나는 경과를 기술하고 있다. 또한 이야기는 세계인들이 찬탄하는 '빛의 속도'로 천리마시대의 '공화국의 체육인명수'로 우뚝서는 면모를 공들여 재현하고 있다. 이야기는 1950-60년대 북한사회가 지향했던 노동자체육과 집단적 주체의 형성이라는 측면에서 흥미로운 사례이다.

특히 신금단의 인물전기는 남한에서 유통된 분단 비극과 이산가족의 당사자라는 시각과는 다른 맥락을 가지고 있다. 이 인물전기는 가난한 인민에서 노동자라는 집단적 주체로 성장해 나가는 과정을 부각시키고 있다. 인물 전기에서는 50년대 이후 형성된 북한사회의 특징이 잘 드러나 있다. 정전체제의 등장(1953)과 함께 전쟁 이전과는 다른 질감의 '북조선인'이 탄생한 것이다.[10] 또한 이야기의 구성에 주목해 보면, 천리마시대의 대표적인 청년노동자상의 정립과 맞물려 낙천적이고 창의적이며 건강한 노동계급의 표상 하나가 제시된다. 신금단의 인물전기는 세계적인 체육인의 등장을 가능하게 해준 체제와 제도의 승리를 선전교양하는 흥미로운 일상사 자료이다. 이야기에서는 낙천적이고 창조적인 노동자의 일상생활, 인민체육의 사회체계, 노동자체육 문화와 북한사회의 엘리트체육이 가진 특징들을 엿볼 수 있기 때문

---

10   김경욱, 『북조선인의 탄생-주체교육의 형성』, 도서출판선인, 2020.

이다.

'고난과 역경을 함께 겪으며 성장한 천리마 시대의 영웅서사'에는 이렇듯 인민을 구성하는 과정에서 '선택과 배제'의 서술원리가 다양한 층위에 걸쳐 있음을 실감하게 해준다. 이야기는 월남한 아버지를 부재 처리하는 대신 금단의 삶에서 부각되는 장면들을 식민지체험의 탈식민적 구성에 치중한다. 그중 하나가 신금단을 낙천적이고 근면한 근로인민, 풍부한 예술과 스포츠의 재능을 가진 천리마시대의 근로영웅으로 그려낸 점이다. 미술에 대한 재능과 열성, 숙소와 학교와 작업장을 뛰어다니며 노동능률을 높이려는 활기찬 노동자의 면모만이 아니라 전쟁의 시기에 감내해야 했던 어린 여성가장의 모습과 전시복구에 나선 북한여성의 실상을 엿볼 수 있다.

『천리마』(1962.7)에는 신금단의 일상을 취재한 기사가 실려 있다. 기사에서는 모범적인 천리마시대의 기수답게, 체육단에서 사육하는

그림 2
『천리마』에 수록된
신금단 취재기사

'모범 양돈공'에서부터 정치경제 지리와 문학예술, 어학공부 등 다방면에 걸쳐 지식습득에 매진하는 '독서가'의 면모가 드러난다. 또한 체육단 동료들의 피로를 풀어주는 손풍금 명수이자 발랄한 이야기꾼이라는 일상적 면모까지도 보여준다.

　승리의 결정적인 요인을 묻는 기자에게 신금단은 '일상적인 훈련으로 땀을 많이 흘리라는 당의 가르침을 충실히 이행했을 뿐'이라 답변한다. 또한, 금단은 자신의 기쁨을 "특히 (…) 남반부 형제들과 같이 나누고 싶"고, "다음번 일본 도꾜에서 열리는 올림픽 대회에 남북유일팀을 구성해서 출전하고 싶은 것이 나의 절절한 념원"이라고 답한다. 이와 함께 그녀는 도쿄에서 "나는 적수들을 다시 한번 결정적으로 압도함으로써 우리당 체육정책의 정당성과 우리 제도의 우월성을 온 세상 사람들에게 똑똑히 보여줄 결심"이라고 밝힌다.[11]

　신금단의 답변에는 스포츠의 전파력을 잘 아는 사회주의 교양을 갖춘 청년체육인의 면모가 잘 드러난다. 그녀의 소망은 풍부한 감수성을 소유한 20대 체육인의 면모와 함께, 남북 체육스포츠 교류를 염원하며 체제에 대한 자긍심을 피력하는 천리마시대의 청년상을 부각시키고 있기 때문이다. 국제스포츠무대에서 남북으로 갈려 경합하는 분단의 비극을 넘어서겠다는 신금단의 결의와 포부는 체제경쟁의 연장선에 있었던 1950-60년대 스포츠내셔널리즘이 작동하는 생생한 현

11　「신금단 선수를 찾아서」, 『천리마』 46, 1962.7, 41면.

장감과 문화상징의 주역임을 실감나게 해준다.

잘 알려진 대로 신금단은 가네포대회 참가를 이유로 국제올림픽위원회 IOC로부터 올림픽 출전 자격을 1년간 정지당해 도쿄올림픽 출전이 좌절되었다. 딸의 출전 소식을 알고 도쿄로 찾아온 아버지와 잠시 상봉한다. 한국사회에서는 앞서 언급한 바와 같이 1964년 노래와 영화로 이들 부녀의 비극이 널리 회자되었다. 신금단이라는 문화상징은 남과 북에서 너무도 이질적으로 호명되고 유통된다. 이 체육인의 인물서사는 천리마시대의 노동자문화와 체육스포츠, 사회교양이 면면을 보여주고 국가의 영웅서사가 '집단적 주체' 형성을 위한 '만들어진 전통'의 문자화라는 점을 다시 한번 확인시켜 주는 사례이다.

(2023)

한국 스포츠의 도약과
재일코리안 스포츠인들의 족적

『재일조선인 스포츠영웅 열전』(오시마 히로시, 연립서가, 2022)

1

국가 간 대항 경기조차 전쟁으로 인식되었던 때가 있었다. 냉전의 시대였다. 당시 우리의 스포츠계는 재일조선인을 교포에서 동포로 호명하면서도 경기 성과를 내는 운동기계로만 여긴 스포츠 내셔널리즘의 시대였다.

'리키도잔'이 '김신락'이라는 본명 대신 남북한에서는 '역도산'이라는 유명 레슬러로 호명된 것도 동아시아라는 문화장 안에서 특히 문제적이다(이타가키 류타, 「동아시아 기억의 장소로서 力道山」, 『역사비평』, 2011). 남과 북에서 '역도산/력도산'은 세계적인 프로레슬러로 '차별을 딛고 성공신화를 만든 이'로 각인되고 유통, 소비되었을 뿐 그의 인간적 고뇌나 남북일에서 서로 다른 대중문화의 표상과 함의에는 그다지 관심을 갖지 않는다.

스포츠 전반에 걸쳐 이런 사정은 마찬가지다. 그럼에도 불구하고, 재일코리안 스포츠인들은 모국의 부름에 응답했다. 가난한 모국에 건너와 종목별 스포츠 발전에 기여한 시절이 있었다는 사실과, 마치 오아시스처럼 밤하늘의 별처럼 한국 스포츠 발전을 이끌었다는 사실에는 숙연해질 수밖에 없다.

재일코리안 출신 선수들은 일상에서 능통하지 못한 모국어 구사능력 때문에 '반쪽발이'로 조롱받으면서도 발군의 실력과 특유의 강인함으로 한국스포츠를 도약시킨 밑거름이 되었다. 이들의 강인함은 일본사회의 차별을 딛고 학교체육과 지역별 대회에서 단련된 풍부한 경험과 뛰어난 경기력에서 비롯된다.

해방 이후 한국 스포츠 발전에 기여한 재일코리안 스포츠인들의 활상은 한국과 일본 스포츠의 역사에서 누락되어 있다. 이들은 스포츠 분야에서 남북일의 대표선수로 활약하며 팀과 개인의 승리를 이끈 개척자, 민족의 설움을 위로해 준 진짜 영웅들이었다.

한글번역본인 오시마 히로시의 『재일조선인 스포츠 영웅열전』(2023)은 해방 이후 2012년까지 재일코리안 스포츠인들의 활약상을 다룬 책이다. 이 책은 '재일본대한체육회' 창립 60년을 기념한 기획서로 기록과 증언, 인터뷰를 통해 스포츠 종목과 인물과 기여한 성과를 담아내고 있다.

오시마 히로시의 책은 몇 가지의 특징을 가지고 있다. 첫째, 이 책은 2012년 발간 당시 시점에서 재일코리안 스포츠인들의 감동적인 활약상을 기억해야만 하는 역사로 기술했다는 점이다. 둘째, 모국의 경제적 빈곤과 조건의 불비함에도 아랑곳하지 않고 한국 스포츠 발전에 자신들의 힘을 보탠 실상을 일화 중심으로 기술했다는 점이다. 셋째, 이 책은 한일스포츠 교류라는 측면에서 재일코리안 스포츠영웅들을 양국의 스포츠 발전에 가교 역할을 한 존재로 부각시켰다는 점이다.

그간, 재일코리안이 기여한 한일스포츠에 대한 전설들만 풍문으로 알음알음 조금 알려졌을 뿐 그 윤곽과 전모가 드러난 적은 없었다.

예컨대, 걸출한 스트라이커였던 한국의 축구스타 '김재한'은 우리가 기억한다. 그러나 김재한의 부인이 된 걸출한 농구선수, 한국 여자농구의 제2중흥기를 열었던 '조영순'은 모른다. 그녀는 일본방직 실업팀인 유니치카 야마자키의 득점왕 '이와모토 에이코'였다. 그녀는 일본에서 활약하다가 한국에 건너와 박신자와 김추자 선수 은퇴후 한국 여자농구대표팀 주장을 맡아 민족명을 회복하며 한국 여자농구의 중흥기를 이끈 인물이었다. 일본 여자농구 역사에는 '이와모토 에이코'로 기록돼 있고 한국 여자농구사에는 '조영순'으로 기술되고 있으나 이 둘이 동일인물이라는 사실은 지금껏 언급된 적이 없다.

한일 사회에서 재일코리안 스포츠인들은 경계인으로서의 불리함을 마다않고 모국에서 불렀을 때 응답했다. 이들은 부모의 나라에서 초인적 노력으로 많은 스포츠 종목에서 빛나는 성과를 견인하는 주역이 되었다.

재일동포 학생야구단의 일원으로 전국체전에 참가한 '장훈'이 훗날 '하리모토 이사오'라는 이름으로 일본야구 '명예의 전당'에 오른 사실은 잘 알고 있다. 하지만 요미우리 자이언츠의 전신인 전전의 야구팀에서 활약했던 재일 투수 '이팔용'은 잘 모른다.

'이팔용'은 부산 출생의 재일조선인으로 야마구치현의 작은 섬에서 자라나 '후지모토 히데오'라는 이름으로 일본야구의 신화로 등극한 선수이다(훗날 모국을 방문해서 고교 야구선수들을 지도하기도 했다). 그는 전전과 전후 일본 실업야구에서 노히트노런을 기록하며 맹활약했다. 그는 일본의 거물 우익정치인 '쇼리키 마쓰타로'가 출범시킨 프로야구 리그에서 일본정신의 상징이었던 요미우리 자이언트의 중심 투수이자 타자로 활약했고 훗날 한신 타이거스의 감독도 역임한 명투수, 명감독이었다.

'이상백'은 식민지 시기에 유학한 와세다대학에서 농구부 창립멤버였고 주장을 맡을 정도로 만능 스포츠인이었다. 그는 해방 전에 일본 농구협회 이사와 일본 올림픽위원회 전무이사를 역임하며 식민지조선 청년들의 스포츠활동을 실질적으로 지원했다. 그는 '일본농구의 아버지', '한국의 쿠베르탱'이었다. 식민지 시기에 조선 스포츠인재들을 올림픽에 출전시킨 토대가 그였다. 이렇게 보면 스포츠야말로 일본 패전 이전부터 '스포츠를 통한 민족적 경합'과 '한일 문화교류'의 경험을 함께 축적해 온 분야다.

해방 이후 재일조선인들은 전전에도 일본 사회에 뿌리내린 스포츠활동이 있었던 만큼, 일본 패전 이후 수많은 차별 속에서도 스포츠활동을 통해 사회경제적 자립의 행로 하나로 꿈을 키웠다. 이 책에서 재일조선인들을 근간으로 했던 주오대학의 축구팀 일화가 거론되고 해방 전 경평(京平) 축구의 전통이 다시 불려나오는 것도 감동적이다.

고비 때마다 한일 지도자들은 한일축구 정기전을 성사시켰던 일화가 그러하고, 파칭코재벌 마루한의 '한유'와 '정상호'가 고시엔 여름 고교야구대회에서 민족명을 걸고 출전하여 우승한 일화가 그렇듯, 한일스포츠의 축제에서 차별을 딛고 이룩한 것이 이들 재일코리안 스포츠 영웅들의 일화이다.

농구에서는 '조영순'의 활약과 함께, 일본지도자의 여자배구대표팀 특훈이 언급되며 한일스포츠 교류의 산 역사로 거론된다. 또한 이 책에서는 '강만수'의 와세다 유학과 대학배구리그 우승이 스포츠 한류의 원조(元祖)로 기술된다. 또한 책 속에서는 재일사업가인 범진규와 재일코리안들의 전폭적인 후원으로 성사된 '장창선'의 도쿄 레슬링 특훈이 언급된다. 그의 특훈은 저 멀리 해방 전후로부터 50년대 한일 레슬링을 주름잡은 '황병관'의 계보와 연계된 인연이었음을 언급하고 있다.

유도에서는 도쿄 올림픽 은메달리스트 '김의태', 뮌헨 올림픽 은메달리스트 '오승립', 몬트리올 올림픽 동메달리스트 '박영철', '추성훈'에 걸쳐 있다. '도요야마 게이치'로 더 잘 알려진 럭비의 '최경호', 마라톤의 '김철언', 세계 최강 골프의 원점에는 지도자로 '연덕춘', '한장상', '구옥희'가 있었다. 또한 클레이사격의 '박영주', 선수층이 빈곤했던 피겨 종목에서는 '김연아'와 함께 활약한 '김채화'가 있었다.

이 책은 대부분 스포츠 종목에서 재일조선인 출신 선수들은 뛰어난 지도자 밑에서 일찍 재능을 보며 혹독한 조련 속에 세계적인 선수로 발돋움했다는 사실을 환기하고 있다. 배구의 경우 도쿄올림픽 이후 두각을 드러낸 여자배구의 조련사는 '다이마쓰 히로후미'였는데 그는 한국배구 전력강화에도 일조하며 '날으는 새', '조혜정'을 탄생시킨 저변이기도 했다는 사실도 그러하다.

오카야마 출신의 재일 2세였던 여자배구 선수 '윤정순'은 고등학교 때까지만 해도 민족명을 사용했다. 그녀는 일본인 감독 '시라이 쇼지'의 양녀로 입적하여 일본 국적을 취득한 뒤 일본 여자농구 대표팀의 주포로 맹활약했다. 그녀는 1970년 방콕아시안게임에 처음 참가했고 몬트리올 올림픽에서 일본대표팀에게 금메달을 안긴 뛰어난 공격수였다(한국 여자배구대표팀은 이 대회에서 조혜정의 활약으로 동메달을 획득했다).

조선학교 방과후 축구지도에 매진하는 북한 대표팀 선수였던 '안영학'을 비대면 회의에서 만난 적이 있다. 그는 남북일 모든 지역에서 축구 인생에 성공했던 인물이다. 그러나 그는 이제 스포츠로 차별을 넘어선 세상을 꿈꾸며 디아스포라의 미래를 가꾸는 지도자다. 자신은 '조선적'을 가진 학생들이 한국과 북한과 일본의 대표팀 선수를 꿈꾸며 해맑게 운동하는 모습을 지도하고 응원한다고 말했다.

재일스포츠영웅들과 이들을 키워낸 지도자들의 족적은 스포트라이트를 받지는 못했으나 그렇다고 해서 주변적인 역할에 그친 것도 아니었다. 이들은 스포츠를 통해 민족의 역량을 증명하며 오직 자신의 노력으로 혹독한 경쟁을 감내하며 스포츠 무대를 풍성하게 가꾼 주인공들이었다.

이들은 재일조선인 사회에 가해진 일본사회의 차별을 벗어나 가난한 신생국가의 불비한 환경에 뛰어들었다. 이들은 올림픽을 비롯한 수많은 경기에서 모국의 국가대표 선수로 활약했을 뿐만 아니라, 스포츠 용구나 기술전수, 대회 출전 경비 마련에 이르는 제반 지원에 이르는 온갖 역할을 떠안았다. 한일 교류의 관점에서 보면 재일코리안 스포츠영웅들의 면면은 모국을 대표하는 차원을 넘어 민족의 긍지를 구현했고 한일교류의 첨병이었다.

3

문득, 한화 감독과 LG감독을 끝으로 일본에 돌아간 재일조선인 출신 야구인 '김성근'이 떠오른다.

'김성근'은 교토 출신의 유망한 투수였다. 그는 오직 야구를 하겠다는 일념으로 가족의 반대를 무릅쓰고 한국으로 건너왔다. 그는 실업팀 투수로 활약하며 아시안게임에서 한국야구가 처음 우승하는 팀의 한 사람이 되었다. 은퇴 후에도 그는 철저한 훈련과 자기관리, 기록에 바탕을 두고 실업팀과 프로구단의 감독직을 수행했다.

김성근은 경험주의에 기초한 지도자가 아니라 기록과 통계에 바탕을 둔 감독으로 입지를 다졌다. 그는 근대스포츠 정신과 야구철학을 가진 전문가여서 '야구의 신'이란 별칭도 얻었다. 김성근은 한국 프로야구의 수준을 한두 단계 아닌 몇 단계를 끌어올렸으나 구단주와의 팀 운영을 둘러싼 갈등 때문에 감독직에서 명예롭게 물러나지 못했다. 한국시리즈에서 그가 연출했던 난폭한 승리 지향의 경기방식은 일견 이해되는 바가 없지 않다.

나는 그의 무차별적인 투수 투입과 승리 지향적 경기운영은 한국 프로야구에 던지는 문제제기였다고 짐작한다. 스포츠를 욕망의 정치로 여긴 자들에게 '너희가 승리를 원한다면 그리 해주마' 하며 응답해준 허무의 몸짓에 가까웠다. 이 쓸쓸한 모습은 재일조선인 출신 스포츠영웅들의 기여와 헌신이 한국사회의 승리지상주의와 충돌하면서 만들어낸 빛과 그림자에 해당한다.

많은 재일코리안들이 선수생활을 끝낸 뒤 일본으로 귀환하는 것은 무엇을 의미하는 것일까. 재일코리안 스포츠인들의 활동이 퇴조하는 징후는 성적 지상주의와 대학 입학 자격 부여, 병역 특례 등으로 한국 스포츠가 국제무대에서 체육강국의 위상을 구축하면서 재일 출신 선수들이 한국 스포츠의 장에서 밀려나는 풍경과 묘하게 겹쳐진다. 한국 스포츠가 학교체육과 사회체육을 외면한 채 얇은 선수층으로 엘리트 중심 스포츠정책에 매진하며 체육 스포츠 본래의 인문적 가치를 잃어버린 현실과 무관하지 않다.

학교체육에서 학업을 병행하며 아름다운 추억으로 남기며 자신의 스포츠재능을 다양하게 꽃피우는 사회적 분위기, 사회체육의 활성화 속에 여가활동으로 높은 수준을 유지하는 스포츠 문화는 1950년대 중반이후 한국전쟁의 특수를 누리며 경제호황을 누린 일본사회의 단면이다. 재일코리안 스포츠영웅들의 등장은 경제적 활황을 구가하던 일본의 사회경제적 조건과 밀접하게 관련된다.

이들의 활약상을 살펴보다 보면, 두터운 선수층을 길러내는 학교체육의 저변과, 기업들의 대학 및 스포츠활동 후원, 사회체육 활성화, 지방 밀착형 프로리그 정착에 이르는 스포츠 문화의 선순환이 매우 인상적이다. 학교체육을 근간으로 한 지역대항전, 전국대회, 사회인체육과 프로종목의 밑그림과 발전상은 고시엔 하계 야구대회나 오랜 전통을 가진 하코네 역전마라톤으로 이어지고 있다. 일본의 이런 스포츠

문화는 대학입시에 치중하며 활력을 잃은 우리 스포츠 환경에서는 참고하고 성찰해야 할 오래된 미래에 해당한다.

재일조선인 사회는 패전 후 1949년 축구월드컵 지역 예선이 도쿄에서 성사되도록 좌우를 막론하고 모국 선수들을 환영하고 지원하는 아름다운 협력이 있었다. 이때 역도산도 거액의 후원금을 쾌척했다. 고집스러운 이승만정부를 설득한 것도 재일스포츠인들이었다. 도쿄에서 개최된 월드컵 지역예선에서 축구대표팀의 승리를 위해 물심양면으로 전력을 다해 지원하였고, 올림픽 출전에 필요한 경비와 스포츠 용품들을 지원하기 위해 거액의 모금에 나선 것도 이들이었다.

재일조선인 사회가 합심해서 이룩한 모국 경제에 대한 기여와, 재일코리안 스포츠영웅들이 이룬 스포츠역사는 이제 망각의 봉인을 열어젖히고 기억의 장으로 불러내야 한다. 이들의 헌신과 활약상은 한국 스포츠 종목 역사에 강조되어 기록되고 기억될 필요가 있다.

(2023)

역사의 복원과 복권(復權)

『독립운동열전』(임경석, 전2권, 푸른역사, 2022)

1

　역사와 문학은 본래 같은 배에서 나온 형제다. '역사'라는 말을 비틀어 페미니스트들은 'He Story'가 아닌 'Her Story'를 표방하며 여성이 주체가 되는 관점으로 역사를 다시 쓰고자 했다. 발터 벤야민은 '모든 역사는 승자의 역사'라고 말하며 역사쓰기가 가진 권력 속성을 문제 삼았다. 역사가 문학과 분리되는 경로는 '구술시대에서 문자시대로' 이행하면서부터이다. 역사가 문학으로 분화되는 것은 사관들이 영역별로 전문화되고 대중의 요청에 응답하는 문화사적 변동과 밀접한 관계가 있다.

하지만, 역사가 추구하는 과거에 대한 교훈보다도 인간의 행위에 담긴 가치를 재발견하고 새롭게 맥락화하면서 공감과 성찰을 낳는 문학에 육박하는 경우도 많다. 발터 벤야민이 헤로도투스의 『역사』 한 편에서 인용하여 소개한 포로된 왕의 일화도 그 중 하나다. 포로가 된 왕은 포승에 묶여 잡혀가는 왕비와 아이들을 바라보면서도 전혀 미동이 없다. 그러나 왕은 시종과 부하들이 끌려가는 것을 보고 괴로워하며 통곡한다. 벤야민이 소개한 이 일화는 자신에게 헌신한 까닭에 적국에서 고초를 겪을 이들에 대한 인간적 연민을 포착한 이 일화를 헤로도투스의 『역사』에서 최고로 꼽는다.

추석 연휴 기간, 임경석의 역작 『독립운동열전』(푸른역사, 2022)을 읽었다. 주간잡지 『한겨레21』에 '역사극장'이라는 이름으로 오랜 기간 연재된 글들을 묶은 것이다. 책 제목은 '극장'에서 '열전'으로 바뀌었다. 천 페이지 넘는 벽돌 책 마지막 페이지를 닫는 순간, 나를 숙연하게 만든 것은 한국 근현대사에서 복원되지 못한 이들의 행적 때문이다.

이름이 많이 알려진 이들의 고난스러운 행적과 이름 없는 자들의 헌신적 조력에 이르기까지, 인물들이 추구한 삶을 포착하는 '인간다움'이라는 관점은 책의 결실을 빛나게 만드는 요소다. 저자의 시각은 치열한 삶을 살다간 이들의 행적과 그것이 가진 시대현실과의 맥락을 깊이 헤아리는 역사가의 자의식에서 형성된 것이다. '무명의 삶'을 역사에 기입하는 것이야말로 역사가의 주요한 책무 중 하나가 아닐 수 없다. 사료 더미에서 발굴해 낸 치열하고 값진 행적을 후대에 계승해야 한다는 역사가로서의 소명의식과 실천적 노력이 이 책의 바탕을 이룬다.

하지만 책에 대한 나의 흥미로움은 책 내용이 1987년 납월북 문인의 해금조치와도 깊이 연계되어서다. 해금조치 이후 30여 년이 지난 지금도 납월북 문인들의 문학작품은 복권되었다고 말하기 어렵다. 이들의 문학이 남북 모두에서 잊혀진 상태를 어떻게 돌파할 것인가, 해방 이전까지만 복권되었을 뿐인 한계를 어떻게 넘어설 것인가를 고심하던 차에 이 책을 만났다. 해금되지 못한 작가들의 사례는 배제된 역사와 잊혀진 역사를 놓고 벌이는 저자의 문제의식과 동질적이다.

사료 하나하나의 인과관계를 따져 밝혀낸 성과는 복원을 넘어 복권에 이르기 때문에 더욱 값지다. 사회주의자들이 독립투쟁에 바친 희생과 공로에 비하면 독립운동의 공훈을 인정하는 국가 기구의 노력은 인색하고 그 행보는 너무 신중해서 안타깝다. 역사학의 성과를 수용하는 사회적 합의가 마련되지 못한 현실과 해당 기구의 지침과 판단이 보수적인 탓이다.

2

『독립운동열전』은 사회주의자들을 배제해온 반공주의적 공훈제도에 이의를 제기하고 발상의 전환을 요청하는 저작이다. 저자의 표현대로라면 책의 주된 의도는 '무명에 대한 헌사'로 축약된다.

역사의 물꼬를 바꾸는 분기점(分岐點)은 결코 한 사람의 영웅적 활약으로 가능하지 않다. 3.1운동이 대표적인 사례이다. 일본이 조선의 식민정책을 무력에 의한 억압과 공포의 통치방식에서 회유와 통합의 통치방식으로 전환시킨 결정적인 요소는 3.1운동이 보여준 엄청난 효과를 목격한 데 있었다. 3.1운동은 비폭력 무저항을 모토를 삼은 거사였으나 여기에는 지식인과 학생들의 뜨거운 참여, 일반 민중들의 자발적인 호응과 참여가 있었다. 3.1운동의 역량을 확인하면서 독립운동의 전선은 한 단계 확장되고 진전될 수 있었다. 이때부터 국내에서, 연해주와 간도 일대에서 독립운동의 전선은 새로운 흐름을 형성하기 시작했다.

저자는 『열전』에서 연해주와 간도만이 아니라 상해 조차지에 주목하여 독립운동에서도 잘 알려지지 않은 일화들을 알리는 데 주력하고 있다. 그가 구사하는 주요 사료들은 모스크바 국립문서 보관소에 소장된 러시아어로 된 자료, 재판기록, 고등경찰의 사건 기록과 비밀보고서 등이다. 영어, 중국어, 일어, 러시아어 등으로 된 다양한 자료에 근거해 있다는 점에서 저자의 오랜 학문적 내공을 짐작할 수 있다.

책을 펼치면 이미륵의 눈물 겨운 망명 일화가 소개되고, 심훈의 소설『동방의 애인』에 등장하는 상해 조차지의 망명집단상이 생생하게 기술된다. 사회주의 정파의 성립과 망명객들의 일상적 풍모도 곁들여지면서 상해 조차지에서 벌어진 김립 암살사건이 어떤 파장을 낳았는지 밀정 보고서와 함께 중첩시켜 서술된다. 서술방식에는 추리소설 기법도 동원된다.

또한 국내외에서 가열차게 전개된 의열투쟁들이 곡진하게 기술된다. 신문보도를 바탕으로 재구성한 사건의 전개상황은 급박하게 돌아간다. 김상옥은 종로서에 폭발물을 투척한 뒤 은신처에 숨어 있다가 일본경찰의 추격을 받다가 막다른 길목에서 대치하던 중 죽어간다. 사건을 기술하는 과정에서 김상옥의 뛰어난 사격술과 숨가쁘게 전개되었던 마지막 대치 국면, 협력자들이 어떻게 그의 거사를 도왔는지를 덧대 놓음으로써 영화의 장면처럼 역사의 파노라마를 펼쳐보인다.

책장을 넘겨가며 가슴 아픈 사연을 셀 수 없을 정도로 접한다. 대략적인 인상을 정리해 보자면, 무명의 수많은 청장년들이 투신한 독립을 향한 열망과 희생으로 모아진다. 이들의 열망과 희생을 가리는 장벽이 오해와 누명, 헤게모니를 둘러싼 갈등과 패착, 고문이라면, 그 장벽을 딛고 빛나는 것은 상처와 병고로 시들어간 청년들의 지치지 않는 실천이다. 이들이 전하지 못한 가족에 대한 애틋한 사랑과 유언이 그러하다.

남겨진 딸을 혁명가로 키워달라던 김익상의 유지는 오늘날 범접할 수 없는 인간의 위엄을 보여준다. 또한, 1910년대 민족독립의 주요 거점이었던 연해주 신한촌의 풍정에서 인상적인 것은 배신과 밀정들의 삶을 거쳐 비밀결사에서 자신을 바쳐 조직을 지켜낸 이들의 희생이다. 또한 광인 행세를 하며 옥중투쟁에 나섰던 박헌영의 일화, 고문과 옥중 투쟁으로 스러져간 셀 수 없이 많은 운동가들의 면면은 독립운동사의 외연을 확장해야 한다는 당위성을 보여주는 숙연한 사례들이다.

책 2권에서 인물들의 면면 역시 역사에 대한 이해를 단면적으로 할 수 없도록 구체적인 사례를 보여준다. 김사국 김사민 형제와 김사국을 간호한 박원희, 혁명가 김한과 김단야, 홍범도와 그의 아들들, 김창숙과 그의 아들들, '연해주의 레닌' 박진순, 빨치산 박종근과 박영발, 방준표, 주세죽과 김마리아, 한위건과 이덕요, 박신우와 송계월, 장재성과 장석천, 허성택, 최팔용, 홍도, 김규열과 김중한에 이른다. 이들의 삶은 야만과 폭력으로 얼룩진 제국주의 시대의 야만성에 맞선 치열함 속에 안긴다움을 간직한 일화들로 다시 태어난다. 일화들은 시대를 넘어선 뜨거운 독립투쟁사로 기억되어야 할 유산임을 증명한다.

3

사회주의라는 이념이 수용되면서 식민지 조선은 세계사적 시야와 설명모델을 가질 수 있었다. 독립운동 전선에서 사회주의는 세계를 논리적으로 설명하는 사유 모델이었고 제국주의를 넘어서는 유력한 방략의 하나였다. 사회주의 이념은 또한 1차 세계대전에서부터 전간기(戰間期)를 포함한 2차 세계대전에 이르는 시기를 성찰하는 국제적 시야의 하나였다.

일제의 혹독한 식민지배에서 독립운동들이 반일을 넘어 저항과 투쟁을 감행하는 과정에서 직업적 혁명가의 출현은 세계사적 시야의 확보와 관련이 깊었다. 러시아는 독일과 불가침조약을 맺으면서 혁명가들을 첩자로 내몰았고, 일본과 동맹을 맺으면서 일제 간첩으로 몰아 그들의 생명을 요구했다. 스탈린의 공포정치는 약소민족 혁명가들의 운명을 손바닥 뒤집듯 했다. 국제공산당(코민테른)의 식민지조선 현실에 대한 몰이해가 빚어낸 참사였다.

국제 환경의 특수성을 감안하면 사회주의자들의 독립운동에 대한 공훈 작업은 식민지 시기에 한정하더라도 좀더 유연하게 대처하기 위한 기준과 방안이 조속히 마련되어야 한다는 것은 불문가지(不問可知)다. 목숨을 걸고 투쟁한 식민지 시대의 공훈이 사회주의자라고 해서 배제되어서는 안 된다는 것이 저자의 일관된 입장이다. 역사의 정치화로 인해 빚어진 부정성은 '공공 역사'라는 문제와는 상관없이 역사에 대한 기준과 판단을 혼돈의 장으로 만들어버렸다.

사회주의 독립운동가들은 일제가 양산한 악의적인 풍문과 집요한 회유를 딛고 자신들의 파열을 무릅쓰면서까지 극복하고자 했던 열망의 끝은 '식민지로부터의 해방'이었고 '봉건적 질서로부터의 탈피'였다. 구한말부터 시작된 독립운동가들의 활약상은 반일과 독립과 계몽을 외치며 독립운동의 전선을 구축하며 치열하게 전개되었다. 같은 맥락에서 사회주의 독립운동가들에 대한 경의와 적절한 예우를 갖추는 것이 국격에 어울린다. 무명에 가까운 수많은 사회운동가들 중에는 전선에서 이탈하여 밀정으로 전락하며 배신의 길을 걸었던 이도 물론 있었다. 그러나 더 많은 이들이 더많은 헌신과 희생을 바쳐가며 독립의 전선을 지켰다는 사실을 잊어서는 안 된다.

제국 일본의 광포한 시대를 헤쳐나가는 사회주의자들에게 혁명은 민족의 독립을 의미했고 반봉건의 질서를 벗어나는 것을 뜻했다. 해방 이후 혁명은 제국주의로부터 벗어나 민족을 속박했던 봉건적 유제들을 타파하고 계급적 주체들로 구성된 새로운 나라 건설을 위한 일체의 노력을 의미했다. 남북 모두에서 혁명가들은 '망각된 역사', '역사의 미아'로 남아 있다. 『독립운동열전』은 망각된 역사를 불러내어 다시 써나간 증언록에 가깝다.

(2022, 미발표)

'미디어'라는 창으로 본 북한문학

『미디어로 다시 읽은 북한문학』(김성수, 역락, 2020)

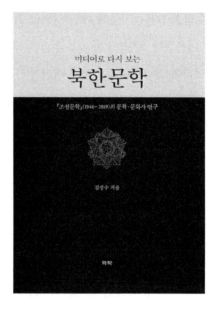

1

　　북한문학 연구에서 참고되는 인용의 면면을 살펴보면 90년대 후반
에 일구어놓은 성과에 머물러 있는 느낌을 지울 수 없다. 김윤식의『한
국 현대현실주의 소설연구』(1990)와 그의『북한문학사론』(1996), 민족
문학사연구소의『북한의 우리문학사 인식』(1, 2)(1991), 이명재의『북

한문학사전』(1995), 신형기의『북한소설의 이해』(1996), 김재용의『북한문학의 역사적 이해』(2000)와『분단구조와 북한문학』(2000), 김재용·유성호의『북한문학사』(2000), 김용직의『북한문학사』(2007) 등이다.

북한 문학연구에서 주로 거론되는 저작들이 2000년대 초반까지 출간된 것임을 감안할 때,[1] 1990년대와 2000년대 초반에 산출된 성과에 기대는 현상은 그간 좀더 치밀하고 좀더 발본적으로 진전된 연구 성과들이 미진했다는 간접적인 징표일지 모른다. 그러던 차에 반갑게도 연구의 답보상태를 메워줄 값진 성과가 등장했다. 김성수의『미디어로 다시 보는 북한문학』(역락, 2020)이 바로 그것이다. 책은 '미디어'라는 창으로 북한문학의 대표적인 기관지인『조선문학』전체를 읽고 그 안에서 문화사적 맥락을 추출해 낸 결과물이다. 결실을 거두기까지 저자의 오랜 발품과 노력이 담겨 있다.

---

1   북한연구 지침서로는『현대문학비평자료집(이북편)』(이선영·김병민·김재용 공편, 전 8권, 태학사, 1994)과『북한문학사전』(이명재 편, 국학자료원, 1996)이 있다. 2000년대 이후 성과로는『북한의 언어와 문학』(북한연구학회 편, 전 10권, 경인문화사, 2007),『총서 '불멸의 력사'를 읽는다』(소명출판, 2007)나『북한의 시학연구』(이상숙 외, 전6권, 소명출판, 2013),『북한의 우리문학사 재인식』(민족문학사연구소 편, 2014) 등이 있으나 모두 공동연구의 산물이다.

2

　'『조선문학』(1946-2019)의 문학문화사 연구'라는 부제에 걸맞게 자료의 범위는 방대하고, 매체분석법에 입각한 독해는 엄밀하다. '연구편'과 '자료편'으로 나누어놓은 책의 구성은 무엇보다 이 책이 면밀한 독해의 산물이라는 사실을 보여준다. 책은 자료 전체에 대한 거시적 흐름과 미시적 변화를 동시에 포착하고 있다.

　제일 먼저 눈길이 가는 것은 '자료편'이다. '자료편'은 다섯 개 장으로 이루어져 있다. 1장에서는 북한문학 형성기에 해당하는 1946년부터 1953년 이전의 미디어지형 전체를 도표화했다. 『문화전선』(1946-47), 『조선문학(朝鮮文學)』(1947), 『문화전선』(주간, 1948-1950), 『문학예술』(1948) (통권 1-73호)에 이른다. 1953년 이전의 잡지들은 통권이 각호에 한정되므로 『조선문학』 이전과 이후의 통권 매기기는 저자가 직접 작업했다. 2장은 '사회주의 리얼리즘의 좌우경화'(1953-1967, 통권 74호-244호), 3장은 '주체문학의 일방적 도정'(1968-1994, 통권 245-565·566호), 4장은 '주체문학·선군문학의 전개'(1995-2011, 통권 567-770호)으로 시기별로 주제화했다. 5장 '김정은 시대의 북한문학'(2012-2019, 통권 771-866호)에서는 김정은 체제 출범 이후 잡지를 대상으로 최근 동향까지도 발빠르게 파악하고 있다. 이렇듯 '자료편'은 시기별로 『조선문학』의 전사와 866권 전체를 시기별로 분석, 정리, 도표화한 중요한 결실이다.

'자료편'에서 주목해야 할 대목은『조선문학』이라는 문학예술총동
맹 또는 조선작가동맹의 대표적인 문예기관지(월간 포함)라는 특성에
걸맞게 미디어의 세부 약호와 내용까지 공들여 정리해놓은 부분이다.
북한의 문예잡지 전체에 대한 자료조사는 다음의 원칙에 따라 정리되
었다. 먼저, 잡지 누계(총 호수) 잡지 권호와 간행물 번호를 분류한 첫
번째 항목이다. 두 번째 항목에서는 발행기관, 발행소, 발행인, 편집
인, 발행일자를 기재하였다. 세 번째 항목에서는 판형과 면수와 정가
를 분류하였고, 네 번째 항목에서는 권두 기사와 특집, 기획란을 정리
하였으며 다섯 번째 항목에서는 공고, 광고, 부록, 편집후기를 포함했
다. 비고란에서 저자는 그간 항목화해서 서지 사항을 비롯한 편집체
제들을 정리하면서 표지와 목차, 내용상 일치하지 않거나 누락된 대
목을 기재해 놓았고, 정가, 목차 배열의 변경 사항 등을 따로 기입해 놓
았다.
　책 371면을 보자. 저자가 미디어 자료를 정리한 체계와 사례 하나
를 살펴보기로 하자.

　　항목1:『조선문학(朝鮮文學)』창간호, 누계 6권, K-1926의 간행물 번호
　　항목2: 발행기관(북조선문학동맹), 발행소(문화전선사), 발행인(리기영), 주
　　　　　필(안함광), 발행일자(1947.9.15)
　　항목3: 판형(46판? 국판?), 면수(298면), 임시정가(100圓)
　　항목4: 권두기사·특집·기획-[권두 중편소설] 리북명, 로동일가(전재) [주요
　　　　　문건] 문예총서기국, 북조선문학예술축전 등

항목5: 공고·광고·부록·편집후기-[표지2면] 문화전선사 신간소개, 근간 예고
비고란: '내표지 창간특대호', '목차 배열 변경', '창작중심 문예지 변신 시도',
'주필 안함광의 경질에 빌미?'

항목1에서부터 항목5에 이르는 세목은 1953년 이후 간행되어 지금껏 발간되고 있는 『조선문학』이 아니라 1947년에 간행되었다가 사라진 동명의 잡지에 관한 내용이다. 항목을 정리, 추출한 저자의 노력은 북한의 문학예술미디어의 신분증명서 초안을 만든 느낌을 준다. 저자의 메모는 그 옛날 독서카드의 충실한 반영처럼 읽힌다.

항목을 살펴보면, 발행인 '리기영' 주필 '안함광' 체제, 298면에 이르는 만만찮은 분량과 내용, 지금껏 북한문학의 정전으로 거론되는 리북명의 중편 「로동일가」가 전재된 점, '북조선문학예술축전'의 공지, 광고란에 수록된 문화전선사의 신간 소개 등, 잡지의 성격을 판별할 수 있는 핵심 내용들이 기재돼 있다. 1947년 298면으로 간행된 『조선문학』 창간호 내표지에는 '창간특대호'라는 표기가 있고 저자는 창작 중심의 문예지로의 변신을 시도하는 특징을 추출하고 있다. 저자는 '주필 안함광의 경질에 빌미?'라고 표시해둠으로써(317면), 2집 간행으로 단명한 잡지의 운명을 합리적으로 추론해낸다.

이들 항목은 '2집 간행으로 단명한 잡지의 운명'을 보여주는 공시적 단면과 함께 이후 역사적 변곡에 따라 『문학예술』로 제호를 바꾸어간 점에 주목한다. 북한의 문학예술 기관지의 통시적 경과를 알 수 있도록 친절한 안내 표지판을 세운 셈이다. 그도 그럴 것이 '자료편'에서는

『조선문학』(그 전신은 『문화전선』, 『문학예술』을 포함한)이 가진 문예총 또는 작가동맹의 대표적 문예기관지(월간)라는 특성들을 일목요연하게 정리해 놓았기 때문이다.

'잡지'라는 미디어의 창으로 읽어낸 『조선문학』의 묘미는 단순히 작품만 선별해서 읽어내는 방식을 넘어서는데, 시기별 특집이나 기획물로만 한정되지 않는다. 미디어 독해방식은 엄밀한 서지학적 절차에 기초를 둔 다양한 시야를 제공해 준다는 데 의의가 있다. 일례로, 자료편은 번호체계의 변경이나 잡지 판형, 한문 병기에서 한글전용으로의 표기 변화나 편집진 구성의 변화, 발간일자, 예고만 된 채 발간되지 아니한 책 광고와 도서발간 광고 등등을 세목화했다. 이를 짚어가다 보면, 북한의 문학예술을 언어정책의 차원과 출판문화의 윤곽까지도 짚어볼 수 있게 해준다.

'자료편'에 정리된 광고란을 일별해 보면 1946년 7월에 간행된 『문화전선』 1집은 한자 병기 및 좌횡서 인쇄방식을 취하고 있다. 잡지의 판형과 활자 배치방식은 식민지 시기의 출판 관행에서 벗어나지 못하고 있어서 신생국가의 면모가 확연하다. 또한 잡지에서는 리찬 작사, 평양음악동맹 작곡의 「김장군의 노래」 악보와 함께 김일성 초상화를 배치해 놓았다. 이런 점은 해방 직후의 현실에서 김일성이 국가기구를 대표하는 위상을 가지고 있었음을 실증한다.[2]

---

2   그 구체적인 업적으로 「20개조 정강」도 배치하고 있어서 당대사회의 현장성을 파악하기에도 매우 유용하다.

'자료편'을 읽어가다 보면 1946년『문화전선』에서부터 2019년 『조선문학』에 이르기까지, 거의 매호에 걸쳐 기획된 특집란이 가진 맥락이 결코 가볍지 않음을 확인할 수 있다. 잡지 특집란은 북한의 문학예술이 당면한 시기별 국면들이 어떻게 의제화되었는지, 당정책의 변화와 함께 대두하는 사회정치적 함의가 어떻게 연계되는지를 대면할 수 있기 때문이다.

3

　'연구편'에서 확인되는 책의 성과는 북한의 문예기관지『조선문학』에 대한 향후 연구를 한 단계 끌어올려 놓았다는 점에 있다. '연구편'을 일별해 보면 이 책의 연구 성과가 다채롭다는 점을 확인하게 된다.
　우선, 저자가『조선문학』을 독해하는 방식과 내용은 대표성을 가진 북한문학예술의 기관지라는 특수성에 한정되지 않는다. 저자의 연구는 기관지의 통시적 변화 속에서 당 정책과 연계된 북한 특유의 문학제도의 특성이나 다양한 예술 문화장르(음악과 미술, 출판 등)와의 연관을 읽어내고 있기 때문이다. 연구편은 '『조선문학』 전체에서 매호별 공시적 쟁점들을 하나하나 파악해 내고 그것들을 겹쳐가며 문예지의 통시적 변화를 추출해내는 작업'(23-24면)이다. 저자의 값진 결론의 하나는 조선문학예술총동맹(문예총) 기관지와, 조선작가동맹 기관지의 이원적 간행의 역사이며, 이 이원적 구조를 가진 매체의 역사를 입체적으로 보아야 한다는 주장으로 압축, 요약된다.

저자에 따르면, 조선문학예술총동맹(약칭 '문예총') 기관지의 역사는 처음 탄생한 『문화전선』(계간, 1946.6-1947.8)에서 주간 발행의 『문화전선』(주간, 1948.2-1950.8?)으로 이행하며 『문학예술』(계간+월간, 1948.4-1953.9)과의 병존 시기를 거쳐 『조선예술』(월간, 1956.9-현재)로 이어졌다. '문예총' 산하의 '조선작가동맹'의 기관지인 『조선문학』(계간, 1947.9-12)에서, 1950년대 초중반 이후에는 『조선문학』(월간, 1953.10-현재)과 『청년문학』(월간, 1956.3-현재), 『문학신문』(주간, 1956.12-현재) 등이 함께 공존하는 다채로운 미디어 문학장을 형성했다(22-23면). 저자는 이같은 문예미디어 지형에 『문화통보』, 『문화건설』, 『조쏘문화』, 『조쏘친선』 같은 잡지도 포함시켜 논의해야 한다는 입장이다(25면).

이번 저작에서 밝혀진 새로운 연구성과로는 다음과 같은 내용이 주목된다. 첫째, 1953년 9월에 개최된 제1차 조선작가대회에 대한 새로운 사실이다. 이 대회에서 남로당계 조선문학가동맹 출신이 '종파세력'으로 비판받고 축출되었고, 7개 장르의 동맹연합체였던 문예총의 해체, 문학가·미술가·작곡가 등 3개 직군의 동맹만 남겨지는 결정이 있었다는 점이다. 이로 인한 미디어 지형의 변화폭이 매우 컸다는 사실이 적시되어 있다(279-289면). 또한, 1967년 이후 '편집 주체의 관료화'(95면)에 대한 지적도 중요한 연구성과 중 하나이다. 게다가 1968

년 8월부터 70년대 중반까지 지속된 '도서정리사업'에 대한 폐단을 지적한 대목, 문예지 폐간에 따른 문학예술 토대의 다양성 상실, 그로 인한 '문예지들의 극단적인 개인숭배 선전물로의 변질'(291면)을 비판한 대목은 향후 후속 연구에서 유의해서 살펴야 할 성과들이다.

연구편의 백미는 미디어 지형의 면밀한 자료 정리와 분석과정에서 드러나는 값진 통찰에 있다. 그 중에서도 '편집위원회'의 역할을 다룬 대목은 주목에 값한다. 저자는 기명식 편집위원회가 편집후기나 독자란을 통해 활발한 의견을 게재하는 미디어장의 동력을 보여주었는데, 이는 인민민주주의를 표방한 집단지도체제 방식을 준용한 것에 가깝다고 보았다. 그러나 익명의 편집위원회는 1967년 이후 김일성 유일체제로 바뀌면서 생겨난 미디어지형의 직접적 변화라고 보았다. 저자는 "1967년 이후 『조선문학』의 편집 주체는 독자적인 매체 전략을 가진 편집권보다 상급기관의 의중을 상명하달식으로 전달하는 편집 기술자에 가까워졌다"(95면)고 판단하고 있다.

'연구편' 결론에서 저자는 북한 초기 문학장에서 김일성을 중심으로 한 집권세력이 기관문예지를 장악함으로써 문단주도권을 행사할 수 있었다는 점에 주목한다. 특히 저자는 1953년 7월 정전체제로 돌입한 동년 9월에 열린 제1차 조선작가대회에 주목한다. 이 대회에서는 남로당계 조선문학가동맹 출신 '종파'들의 축출이 있었고, 7개의 직군별 동맹연합체였던 문예총을 해체되었다. 그 결과 문학가, 미술가, 작곡가 등의 직군별 작가동맹 셋만 남기는 결정서가 통과되면서 미디어 지형의 변화폭 또한 매우 컸다는 점을 밝혀 놓았다(279-289면).

저자의 문제의식은 『조선문학』을 통해서 북한문학의 기원적 양상에서부터 변모과정 전체를 조망하는 데 있다. 이 문제의식은 한 마디로 말해 "정치주의와 문화통치, 그리고 그 이면에 담긴 미디어 담론과 주체의 역동성"에 주목하는 일이다. 이 관점은 "문예정책의 텍스트 반영성에 주력애온 기존 접근법에 대한 반성"(이상 20면)에서 출발하여 '문예지를 문학작품을 수록한 단순 인쇄물로 보지 아니하고', '미디어-문학장(media-literature field)'(21면)이라는 전제를 실현시켜준다. 그간 북한문학 연구는 북한문학의 미디어 장 전체를 고려하지 못한 채 '보고자 하는 부분만 논의했다'는 것이 저자의 판단이다. 이 비판적 성찰은 향후 북한문학의 특성을 재규정하고 '주체화된' 북한문학예술의 미디어장을 본래대로 복원하는 것을 학술적 목표의 하나로 삼아야 함을 의미한다.

잡지가 가진 매체의 특집과 기획란은 북한 문학예술 잡지가 어떠한 방향성과 의제화를 수행했는지를 보여주는 '미디어의 창'에 해당한다.[3] 매체 속 특집과 기획은 문학예술단체가 의제화한 세목들인 셈이다. 독자란의 경우 독자들의 반응을 표집할 수 있는 중요한 지표이다. 이들 항목을 통해 문학예술잡지만의 고유한 기능과 텍스트성을 고려

---

3   잡지의 '게이트 키핑(Gate-Keeping)'은 독일 출신 미디어학자인 쿠르트 레빈이 만든 개념이다. 안드레아스 뵌·안드레아스 자이들러, 이상훈·황승환 공역, 『매체의 역사 읽기』, 문학과지성사, 2020, 122-123면.

할 필요가 있다. 이같은 저자의 문제의식을 공유할 수 있는 것이 바로 자료편이고 그 바탕 위에서 메타적으로 수행한 작업이 '연구편'이다.

4

저자는 매체사적으로 중요한 분기점이 주체사상의 유일체계화에 따라 1968년 8월부터 칠팔 년 지속된 '조사정리사업'과 사상투쟁이라고 보았다. '조사정리사업' 와중에 많은 문예지들이 폐간되는 운명을 맞았다. 이로 인해 1967년 이전에 축적되었던 문학예술의 물적 토대와 풍부한 성과들이 사라졌다. "살아남은 문예지들이 극단적인 개인숭배의 선물로 변질"(291면)된 것이다. 저자의 북한 문예지 비판은 미디어 독법을 통해 남북 문학예술의 소통과 통합 가능성을 모색해온 이력을 감안할 때 이례적이다. 연구 결과에 따르자면, 1967년 전후로 북한문학의 양상 자체가 질적으로 변화되었다는 것만이 아니라 향후 남북한 통합문학사의 기술 가능성은 현저하게 낮아졌다는 엄연한 현실도 절감한다.

그간 북한문학의 주된 연구 경향은 북한의 문예정책과 정치적 흐름에 짜맞춘 편의적 독해에 치중해 온 게 사실이다. 무엇보다 이 책의 성과는 작품만 선별해서 읽어내는 방식을 탈피하여 엄밀한 서지학적 분류방식과 독법의 기본을 되돌아보게 만든다. 나아가, 이 책은 연구 주제와 방향을 스스로 찾게 만드는 지침서라는 점에서, 북한문학 연구자들에게는 기멜 언덕 하나가 생긴 셈이다. 이 책은 북한문예지 읽기에서 다원주의적 모색과 유연한 사고를 보여주는 한편, '남북 문학예술의 소통과 통합 서술을 위한 공분모'를 확보하려는 연구의 최전선에서 있다. 그런 측면에서 이 저작은 북한학과 북한의 문학예술 전공자들에게는 늘 곁에 두고 참조해야 할 '등대' 같은 지침서이다.

(2020)

해방 후 이태준의 소련·중국 체험

『쏘련기행』·『혁명절의 모스크바』·『중국기행』(이태준, 이태준전집 6권, 소명출판, 2015)

1. 이태준의 소련 및 중국 방문과 기행문의 의의

해방 이후 이태준은 급격히 좌측으로 선회하는 행보를 보인다. 1946년 8월 초 장편『불사조』를 신문에 연재하던 중 이태준은 돌연 연재를 중단한 뒤 소련 방문길에 올랐다. 그는 1946년 8월 10일, 평양을 출발하여 소련을 방문했다가 같은 해 10월 17일 평양으로 귀환했다. 이후 그는 북한에 남아 소련 방문의 경험을 담은 기행문을 집필했다. 그의 갑작스러운 소련행과 이후 북한에 체류하게 된 상황은 남한 문단에 큰 충격을 던졌다.

이태준의 월북행에 관해서는 더 많은 논의가 필요하겠으나 해방 직후부터 진보 진영에 적극 가담했던 정황상 사상적 선회는 분명한 사실이었다. 그 증거가 바로 『쏘련기행』(1947.5)을 비롯하여 『혁명절의 모스크바』(1950.3), 『중국기행 – 위대한 새 중국』(1952.4) 등이다. 그의 기행집은 해방 이후 소련과 중국 방문이라는 체험을 구체적으로 기술한 텍스트라는 점에서 통해 어떤 사상적 전신을 거쳤는지를 추론해볼 단서가 된다.

이태준은 기행문을 '여일기(旅日記)', '여행기(旅行記)' 등을 포함해 '자연이든, 인사든, 눈에 선 풍정(風情)에서 얻는 감상을 쓰는 글'이라고 정의했다. 그는 기행문을 '떠나는 즐거움과 노정의 가시화', '객창감(客窓感)과 지방색(地方色)의 구현'이라 보았다. 그는 기행문 안에 그림이나 노래를 삽입하는 것도 옹호했다.[1] 기행문에 대한 이태준의 남다른 태도를 감안하면, 두 번의 소련 방문과 한 번의 중국 방문을 거쳐 남긴 세 권의 기행집은 낯선 일이 아니다. 이들 기행집에는 이태준이 포착한 시대정신과 분위기가 고스란히 배어 있다.

---

1   이태준, 『증정 문장강화』, 박문서관, 1948, 145–162면.

해방 이전부터 이태준은 남다른 감각과 미문으로 된 단편들과 신문 연재로 당대 최고의 인기작가였다. 그는 해방 이후 펼쳐진 새나라 건설이라는 시대정신에 예민하게 반응했다. 해방공간과 단정수립기에 이루어진 두번의 소련 방문, 6.25전쟁 중에 이루어진 중국 방문은 일상을 벗어난 설렘이나 객창감을 향유하는 것과는 질적으로 다른 차원이었다. 소련 방문의 체험 상당부분이 탈식민 이후 세계질서에 대한 관심과 새나라 건설이라는 과제를 염두에 둔 점이 이를 잘 말해준다.

기행문에서 드러나는 진영 간의 대립적 시각, 소련이라는 장소성(場所性)이 갖는 새나라 건설과의 연관도 그런 맥락에서이다. 그의 중국 방문은 중화인민공화국 건국 2주년 축하 사절로 간 것이어서 한국전쟁의 와중이었던 것을 감안할 때 항미원조(抗美援朝)에 대한 깊은 감사와 애정, 사회변화에 대한 관심을 보인 점도 같은 맥락이다. 이들 기행문에서 이태준은 북한사회에 충만한 신생국가의 활기찬 분위기를 반영하고 있을 뿐만 아니라 소련과 중국이라는 사회주의 대국들과 연계된 문제를 입체적으로 살필 수 있다.

2. 두 번의 소련 방문과 체험의 편차

『쏘련기행』은 1947년 5월 1일, 서울과 평양에서 동시 발간되었다. 서울에서 간행된 '백양당본'과 평양에서 발간된 '북조선출판사본'은 다른 체제이다. '북조선출판사본'에는 남로당 고위인사인 이강국의 추천사 「서」가 수록되어 있으나 '백양당본'에는 이 글이 빠져 있다. 백양당본의 발행인은 '조쏘문화협회'와 '조선문학가동맹'으로 병기(倂記)된 것과는 달리, 북조선출판사본의 발행인과 발행소 대표자는 '정명원(鄭明源)'으로 기재되어 있다.

이태준의 소련 방문은 당사자도 예상하지 못했을 만큼 갑작스러운 '사건'이었다. 그의 소련 방문은 좌익 진영 내부에서 전략적으로 결정된 것이었다. 이강국의 「서」는 이 같은 사정을 담고 있다. 이태준은 해방 직후 좌익 진영과 손잡았다. 좌익 진영에게 이태준은 '거대한 수확'이었다. 좌익 진영에서는 이태준에게 일제가 유통시킨 '공소반공(恐蘇反共)'의 관념을 해방 이후 반전시키라는 역할과 임무를 부여했다.[2] 그의 소련 방문은 '남조선의 조쏘문화협회 이사' 자격으로 결정된 것이나, 그 배경에는 남한 최고의 인기작가가 소련에 대한 공포감을 희석시키고 반공정책을 전개하는 미군정과의 대립각을 세운 좌익진영의 정치전략이 가로놓여 있었다.

『쏘련기행』은 1946년 8월 10일부터 10월 17일까지, 2개월 넘는

---

2   이강국, 「서」, 이태준, 『쏘련기행』, 평양, 북조선출판사, 1947, 3-4면.

여정에서 얻은 체험과 감상을 순차적으로 기술하고 있다. 기행집에서 특징은 탈식민의 현실을 맞이한 지식인이 사회주의 대국에서 절감하는 강렬한 이(異) 문화체험이다. "낡은 세상에서 낡은 것 때문에 받던 오랜 동안의 노예생활에서 갓 풀린 나로서 이 쏘련에의 여행이란, 롱(籠) 속에서 나온 새의 처음 날르는 천공(天空)"이라는 표현이 그같은 정서를 잘 설명해준다. 그에게 소련은 "인간의 낡고 악한 모든 것은 사라졌고 새 사람들의 새 생활, 새 관습 새 문화의 새 세계"이다. 이 나라는 해방을 이끈 구원자일 뿐만 아니라 '새나라 건설'이라는 시대적 과업의 모델로 등장한다.

이태준은 소련인들을 '오랜 친구'와도 같은 심정으로 만나고 감격해 한다. 그의 눈에 비친 소련인들은 남녀와 노소와 계층을 막론하고 '요순 때 사람들'이다. 그가 본 소비에트사회는 솔직하고 남을 신뢰하며 위선과 비굴에 빠지지 않고 불순한 이해관계로부터 해방된 인간적인 사회로서 생존경쟁이 치열한 자본주의 세계와는 대척점에 있다. 이 사회는 '자본의 노예'가 아닌 '절대평등을 이룬 진정한 평화향'으로 '계급 없는 전체적 사회 성원'이 살아가는 처소이다.

『혁명절의 모스크바』는 사회주의 10월 혁명 32주년을 기념하여 방문사절단 일원으로 소련을 방문한 뒤 쓴 기행집이다. 이때의 방문 일정은 1948년 10월 28일 평양을 출발하여 동년 11월 16일, 귀로에 오르기까지 20일 내외로 비교적 짧은 기간이었다. 기행집은 『쏘련기행』과 마찬가지로 순차적으로 기술되고 있으나 '조쏘 친선'에 좀더 비중을 두고 있다.

『혁명절의 모스크바』는 북한정권 수립 직후인 1948년 10월부터 시작된 소련군 철수와 함께 고조된 조소 친선의 분위기를 반영하고 있다. 1950년 1월 말에 탈고한 이 기행집에서는 첫 소련 방문 때인 1946년 당시 사회상과 비교해서 발전된 면모를 기술하는 한편, 러시아 혁명사와 레닌, 스탈린을 찬사한다. 그의 소련 방문 일정 중에는 치타시에 잠시 머물렀던 일정도 포함돼 있는데, 치타시에서 만난 소련인들의 소탈함과 화려한 문화시설에 크게 감동한다. 또한 남북 간 군사적 충돌이 빈번해진 때문인지 기행집에서는 서방 진영에 대한 냉전적 시각도 두드러진다.

여정 끝에 모스크바에 당도한 이태준은 새롭게 건설되는 각종 건물들을 바라보며 전쟁의 상처를 극복하는 소련의 발전상을 찬탄한다. 이 찬탄에는 향후 어떤 사회주의 국가를 건설할 것인가를 고심하는 태도가 반영되어 있다. 기행집에서 이태준은 혁명절을 전후로 고조된 분위기 속에 레닌의 자취를 더듬거나 스탈린의 행렬을 좇아가며 소련 문화의 진면목을 탐사해 나간다.

혁명절 저녁, 이태준은 경축 연예를 관람하면서 "저마다 창조한 고유한 미"를 가진 소수민족의 문화에 주목한다. 그는 '민족 고유의 전통'이 연행되는 무대를 가리켜 인류의 궁극적인 발전 목표로 삼을 만한 '평화와 문화가 합치된 심미적 상태'라고 표현한다. 소수민족의 문화축제는 '타민족의 것을 말살하는 자본주의 문화의 파괴적 속성과는 전혀 다른' 조화로운 문화의 상황이며, "세계 각국민족들이 머지않은 미래에 한데 어울려 꽃동산을 이룰 새 세계문화의 일면상"이라는 것이다. 그는 "세계문화의 보고는 자본주의 강점자들이 자기것 하나로써 타민족들의 것을 말살하는 코스모폴리티즘의 문화"가 아니며 "스탈린적 민족정책이 지시하는 바와 같이 각개 민족이 동등한 입장에서 자기 고유의 것을 발전시킨 문화들의 총화"인 소비에트 문화야말로 "여러 민족의 고유한 예술"과 "각이한 전통과 특색 있는 선율들이 한데 어울려 대 조화경을 이루는" "선진적 문화현상"이라는 것이다. 그는 한 걸음 더 나아가 소비에트 문화야말로 "항구한 평화와 함께 마침내 도래하고야 말 인류 전체의 새 문화 새 세계문화의 찬란할 미래"를 선취한 것이라 보았다.

레닌박물관과 스탈린 전시관을 방문한 이태준은 그곳에서 레닌, 스탈린과 정신적 교감을 나누는 장면을 상상한다. 이 상상은 불세출의 혁명가에 대한 존경과 흠모, 최고지도자의 삶을 자발적으로 학습해 나가겠다는 결의를 피력하는 것과 무관하지 않다. 아동 양육시설을 방문한 이태준은 아동 공원의 모든 시설과 사업내용을 경청하며 소련 노동자들의 자녀들이 누리는 물질적으로나 문화적으로 풍요로운 환경에 감탄한다. 그는 어린이들이 국가의 차원에서 관리되는 풍경에 특히 감명한다. 이외에도 기행집에는 작가펀드에 대한 관심, 번역할 소련의 문학작품 목록 수집 내용을 찬찬히 살펴보는 장면이 기술되어 있다. 이렇듯, 『혁명절의 모스크바』는 『쏘련기행』에서 보았던 관찰자의 태도에서 벗어나 소수민족 문화정책과 박물관, 아동시설, 출판문화 등 제도의 세부사항을 눈여겨보며 새나라의 윤곽을 적극적으로 상상하는 면모를 보인다.

기행집『중국기행 - 위대한 새 중국』은 관례단의 일원으로 중국 북경에서 열린 건국 2주년 행사를 참관하는 공식 일정을 마친 후 중국 정부의 지원으로 중국 각지를 2개월가량 여행한 기록이다. 13장으로 구성된 이 기행집의 세목은 여정을 고스란히 반영한다. '북경 - 모주석의 초대 연회 - 국경일의 천안문 광경 - 북경에서 며칠 동안 - 만리장성 - 황하를 건너 - 상해 - 항주 - 남경 - 천진 - 석경산 제철소 - 하얼빈 - 돌아오는 길에서'이다. 북경은 경축행사의 공간이다. 그는 만리장성을 거쳐 상해와 항주, 남경을 순행한다. 남방 행로에서 그는 해방된 중국의 변화된 실상과 항미원조의 뜨거운 마음을 체감한다. 천진과 석경산 제철소를 거쳐 하얼빈을 경유하는 경로에서, 그는 일제에서 벗어나 만주국과 연루된 과거청산의 현실과 재건되는 산업시설을 목격한다.

기행집에서는 영미불일(英美佛日)의 서양 열강과 일본의 식민지배를 비판하며 그 폐해를 조목조목 따지고 있다. 이 같은 서구 비판은 6.25 전쟁의 시기라는 상황을 감안하면 그리 낯설지 않다. 한반도에서 벌어지는 전쟁이라는 위급한 정세 속에서도 이태준은 중국 건국의 의의를 짚고 빠르게 변전하는 인민민주주의 제도의 가능성과 실상을 살피는 모습을 보여준다. 도시와 농촌, 공장과 병원, 전람회를 둘러보는 이태준의 시선은 지난 5년간 북한사회가 개혁해 온 새 생활의 경험에 비추어 관찰하는 방식을 취한다.

　우선, 이태준은 구체제하에서 억압당한 인민들이 노예적 삶에서 해방되고 역사의 주체로 등장한 점을 상찬한다. 이는 『쏘련기행』에서 보았던 사회주의 대국 소련에 대한 찬탄 일변도의 관점과는 사뭇 다르다. 특히, 이태준은 서구 열강들의 축출과 부패한 국민당정부와의 싸움에서 승리한 새 중국의 평화로운 삶에 호감을 표시한다. 천안문 광장의 군대행렬을 가리켜 "조국의 자유와 동양과 세계평화를 위하여 싸우는 투사들"로 지칭하며 "전 세계 인민의 해방을 위해 싸우는 고상한 국제주의 사상으로 무장한 사람들"이라 표현한다.

　새 중국에 대한 그의 찬탄은 두 권의 소련기행문과 마찬가지로 제도 문제에 집중된다. 토지개혁 이후의 혁명적인 변화, 새혼인법이 발효되면서 줄을 잇는 이혼소송 기사에 관심이 바로 그것이다. 그는 신문을 사서 읽으며 언문정리운동의 추이와 인민들의 호응을 면밀히 살핀다. 이 같은 태도에서 당대작가로서의 관심과 안목이 새나라 건설이라는 과제와 어떻게 접합되는지를 확인할 수 있다. 중국사회의 일상 변화에 대한 관찰 후 이태준은 새 중국이 '인민민주주의'의 원리에 따라 '모든 주권이 인민의 소유가 된 세계', '반봉건과 반식민, 반제국주의 투쟁이 실현된 세계'라는 결론을 내리고 있다.

3. 이태준의 소련·중국 체험과 '새나라 건설'

　이태준은 얄타회담과 모스크바 삼상회의에서 제기된 신탁통치안 때문에 '탁치논쟁'이 격화되는 국면에서 진보 진영에 가담하며 현실 정치에 뛰어들었다. "위험이라도 무릅쓰고 일해야 될, 민족의 가장 긴 박한 시기"[3]라고 생각했던 그는, 탁치논쟁의 사회분열 속에서 현실정 치 참여라는 결정을 내린 셈이다.

　소련 방문 이후 이태준은 북한에 잔류하며 자신의 진영 선택과 사 상적 행로를 확고히 했다. 1946년과 1948년, 두 번의 소련 방문과 1951년 전쟁 중 중국 방문은 일개 문인으로서가 아니라 조소문화협 회의 임원, 문예총의 고위인사 자격으로 이루어진 점을 감안할 때 북 한에서 변화된 그의 위상을 잘 보여준다.

　세 권의 기행집에서 가장 폭발력이 큰 텍스트는 단연 『쏘련기행』이 다. 『쏘련기행』에서 확인되는 사실의 하나는 그의 소련 방문이 월북 과 북한체제의 선택으로만 한정되지 않고 고착화되기 시작한 분단의 현실을 넘어서기 위해 현실정치에 뛰어든 결행이었음을 보여준다. 기 행집에서 이태준은 해방 이후 새나라 건설이라는 문제를, 누구를 위 한 국가, 어떤 가치를 지향하는 국가를 만들 것인가를 놓고 고심한 점 을 기술해 놓았다. 냉전구도 속에서 그는 새나라 건설을 앞두고 사회

3　　이태준, 「해방전후」, 『해방전후·고향길』, 이태준문학전집 3권, 깊은샘, 1995, 48면.

주의 선진문화를 직접 확인할 기회라고 판단하고 소련 방문을 결행했던 셈이다.

소련 사회에 대한 이태준의 인상이 한껏 고양된 것이라 해도 그 당대의 국제정세에서 '남한의 미국'과 '북한의 쏘련'이 지정학적으로 관철된 현실이었지 선택지가 아니었다는 점을 십분 감안할 필요가 있다. 이태준은 시베리아 평원을 지나는 기차 안에서 소련사회를 읽어낸다. 시베리아는 혹한의 황무지가 아닌 무수한 공장지대와 국영농장들의 평화로운 정경으로 변했다고 보는 그의 심정은 새나라 건설이라는 과제를 어떻게 실현할 것인가를 고심하는 당대 지식인들의 내면상에 가깝다. 그는 소련 사회가 2차 세계대전이 종전된 후 폐허 위에 낙토를 일구어낸 힘의 원천이 무엇이었는지를 생각하고 있었다. 그는 "자원개발과 공업시설이 전초로서 새 세계의 문화는 이 끝없는 황원을 끝없이 낙토화하며 있는"(「돌아오는 길」, 『쏘련기행』) 소련 사회의 동력이 "제도의 승리"라고 보았다.

이태준이 '제도의 승리'의 기반으로 제시한 당대적 과제는 '봉건유제 청산'과 '일제잔재의 일소', '국수주의의 배격'이라는 세 가지 원칙이었다. 그는 새나라 건설은 협애(狹隘)한 민족주의를 넘어 세계 평화를 지향하는 문화 애호국이 되기를 원했다. 이태준이 25원동군 사령관 슈티코프 대장이 주최한 만찬은 이같은 원칙을 재확인하는 자리였다. "언어와 문자와 풍습과 민족이 단일한 조선이란, 소련에 비겨 건국이 얼마나 쉬울 것이냐 하는 것을 여러분이 깨닫고 오셨느냐"라는 물음과 함께 "조선은 조선인의 조선이 되어야 합니다."라는 슈티코프의 발언은 소련기행에서 얻은 결론이었고 이태준 자신의 신념에 부합하는 새나라상이었다.

이태준은 앙드레 지드가 소련 사회를 비판한 사실도 잘 알고 있었다. 그는 지드의 소련 비판을 '난숙한 자본주의의 시각'이라고 정리하며 자신의 관점과는 거리를 두었다. 그가 소련 방문에서 얻은 결론은 소련 비판 대신 신생 국가의 활력과 세계평화를 위한 '제도의 승리'였다. 지금의 시각에서 보면 소박하기 이를 데 없지만, 그렇다고 해서 그의 관점을 곧바로 폄하하기는 어렵다. 일제가 남긴 '공소반공'의 모드를 계승한 미군정의 고압적인 점령정치나 신탁통치를 놓고 분열한 국내 정치의 현실을 감안하면 더욱 그렇다. 이태준의 관점에는 사회주의 제도에 대한 관심을 피력하며 소련 및 중국 사회를 면밀하게 관찰한 체험을 바탕으로 선회한 인민민주주의의 정치 노선이 선명하게 드러나 있다.

(2015)

60년대 지식사회 담론장 읽기

『냉전과 혁명의 시대 그리고 '사상계'』(사상계연구팀, 소명출판, 2012)

1

근대 잡지는 신문이라는 매체와 함께 '문학이라는 제도'를 안착시킨 또 하나의 제도이자 여론을 생산하고 유통시킨 담론장에 해당한다. 근대문학은 신문과 잡지라는 기반 위에서 싹을 틔웠다. 『개벽』과 『조선지광』 같은 잡지들에 드리운 후광이 바로 그 증거이다. 근대의 지식

일반과 문화를 생산하고 유통시키는 공적 담론장을 마련한 것도 이들 잡지의 역할이었다. "『사상계』의 진면목은 역시 현실정치에 기초한『사상계』발 정치·문화 담론"(261면)이라는 말처럼, 문학 연구자들에게 잡지『사상계』는 일제강점기의 잡지처럼 지식사회의 치열한 모색들을 간직한 자료의 보고(寶庫)이다.

『냉전과 혁명의 시대 그리고 '사상계'』는 해방 이후 잡지들과 1950~60년대를 풍미했던 지식종합지『사상계』를 텍스트 삼아 시의성 짙은 당대의 담론에 주목하여 그 시대정신의 출처와 맥락을 탐사해 낸 책이다. 머리말에서 밝힌 것처럼, 이 책은 국가의 연구 지원제도와는 무관하게 의기투합한 연구팀이 8년 동안의 원전 읽기를 정리해서 학계에 제출한 의미 있는 성과이다.

학문적 관심사를 공유하는 연구자들이 한데 모여 함께 텍스트를 읽어가며 새로운 학술 담론을 생산한다는 것은 이를 꿈꾸는 것만으로도 가슴 벅찬 일이 아닐 수 없다. 이 책은 그런 울력과 오랜 숙성을 거친 첫 성과여서 반갑고 또한 믿음직스럽다.

2

책을 펼쳐 보면, 해방 이후부터 1960년대에 이르는 한국 지식사회의 담론을 연구 수준이 탐색단계를 넘어 논의가 본격화되기 시작했음을 실감하게 된다. 공동연구자들의 문제의식은 잡지로 대변되는 지식인 사회의 담론장을 향한 관심이다.

"해방 이후 일본에서 서구로 전환된 지식장"(4면)에 담긴 탐사 작업은 탈식민 이후 "제국 식민에서 대한민국 국민으로 정체성을 재편하면서, 그리고 전쟁이라는 역사적 질곡을 겪으면서 또 어떠한 방식으로 자기 인식과 (국가를 포함한) 타자 인식"을 했는지에 관한 "의식세계와 그들의 내면"(3면)을 탐구하는 데 있다. 공저자들은 탈식민의 시대적 조류 속에 새로이 재편되어간 세계질서를 인식하고 대응하는 담론의 추이를 '냉전과 반공'이라는 주된 문제틀로 삼는 데 합의하고 있다.

책에서 대상화한 '해방(또는 광복) 이후부터 1960년대 초반'『사상계』의 발간 시기는 대외적으로는 제국주의적 식민질서의 해체와 함께 세계 질서가 냉전구도로 급박하게 재편되었고, 안으로는 미·소에 의한 남북 분할, 6.25전쟁의 발발, 분단의 고착화로 이어진 시기였다. '해방 이후(전후)' 한국사회는 식민제국의 해체가 근대국가 수립으로 이어지지 못하고 분할된 채 세계 냉전체제 안으로 편입되면서 반공 냉전의 시대로 접어들었다.

세계 냉전체제의 일원으로 출발한 남한사회가 탈식민의 상황이라는 문제들에 관해 공동저자들의 시선은, 저자의 한 사람인 공임순의 경우처럼, 낙관보다는 미군정의 정치적 실패 속에 고조된 식량사태와 같은, 불안과 미래에 대한 공포에 주목한다.

「원자탄을 둘러싼 한반도의 변화되는 세계상과 재지역화의 균열들」

(공임순)은 '원자탄'에 대한 소문을 "대내외적 경제 종속과 한반도 재식민화에 대한 경고에 대한 우려"(38~40면)를 반영한 징표로 읽어낸 작업이다. 이 글에서는 1950년대 남한 현실에서 변전하는 원자탄에 대한 주장을 착잡하게 조감하면서 공산주의와의 대결에서 승리하려면 원자탄 사용도 마다하지 않아야 한다는 자기파멸적인 발언을 비판한다. 원자탄 사용 발언은 지역전, 국지전이 아닌 세계전의 구도를 철저히 내면화한 이남의 반공주의자들의 적나라한 실상이다(60~65면). 냉전적 반공주의로 무장한 1950년대 남한 사회의 집단의식은 원자탄으로 상징되는 동서 군비경쟁의 논리를 적극적으로 내면화한 극단적인 사례였던 셈이다.

전후 세계사적 질서 재편에서 공간성 변화에 주목한 「해방기 공간 상상력의 전이와 '태평양'의 문화정치학」(장세진)은 근대 이후 '바다'라는 공간에 작동하는 상상력에 주목한 경우다. 계몽 담론으로 전유해 온 '바다의 국민국가화'(89면)라는 문화정치의 일단을 해방기에 적용시킨 그의 작업은 해방 이후 제국 일본의 퇴각과 함께 등장한 "태평양으로부터의 귀환담"에 주목한다. '태평양으로부터의 귀환담'은 내셔널리즘의 기원을 새로이 만드는 '민족의 수난서사'(103면)를 만들어내는데, 이는 '백두산'이라는 공간을 전유하며 '항일무장투쟁의 민족 서사'를 창출해 낸 북한의 경우와 거의 동질적이라는 흥미로운 관점을 제시한다(100면). 냉전시대의 도래와 함께 수입된 원자탄이 지금의 현실에서는 북한발 핵무기 논란 같은 신냉전의 추세로로 바뀐 점을 말고는 동아시아의 바다 영토분쟁 또한 여전하다는 사실을 재확인하면 두 편의 글이 가진 문제성을 절감한다.

다음으로 인상적인 글은 냉전과 반공의 필터로 해방 이후 지식담론을 탐사한 「1950년대 남한의 '아시아 내셔널리즘'론-동남아시아를 정위(定位)하기」(김예림)이다. 이 글은 1945년 이후 '아시아 냉전'의 전개와 함께 남한의 시야 안에 '동남아시아'라는 지역이 강력한 정치적 함의를 갖게 된 점에 주목한다. 반공블럭 안에 속한 1950년대 남한사회는 '아시아 내셔널리즘-동남아시아'라는 연관체를 신뢰하지 않았을 뿐만 아니라 심지어 경계했던 양가적 존재였음을 밝히고 있다(139면). 이 글은 남한사회가 피력한 아시아내셔널리즘의 경계의식 저변에 반공 일변도의 외교정책이 자리잡고 있었다는 점, 이러한 반공적 외교정책을 반성하는 1960년대에 이르러서야 아시아 내셔널리즘을 '중립'으로 번역하면서도 섣부른 중립화론을 경계한 점을 밝혀내고 있다(144면).

'아시아 내셔널리즘에 대한 반공 한국의 경계'(김예림)와 짝을 이루는 글이 「번역된 냉전, 그리고 혁명-사르트르, 마르크시즘, 실존과 혁명」(박지영)이다. 이 글은 한국 지식사회가 얼마나 반공주의에 주박되어 있었는지를 심도 있게 검토한 경우이다. 이 글에서는 『사상계』가 미공보원의 종이 원조를 받아 잡지를 출간했다는 점과 함께 반공 번역물의 출처가 미국이 제시한 자유진영 사상서 목록이었다는 사실을 밝혀 놓았다(149면). 『사상계』조차 친미 반공주의에 깊이 침윤되어 있었던 셈이다.

　박지영은 이 글에서 '번역의 정치성'을 극단적으로 드러낸 사례로 사르트르를 지목한다. 사르트르는 동구 블럭에서 일어난 헝가리 사태를 전후로 하여 열렬한 공산주의자에서 소련 비판론자로 돌아선 실존주의 철학자였다. 자유주의자로 선회한 그의 행보는 『사상계』에서 수행된 사르트르 저작 소개와 모종의 연관을 가지고 있었다는 점이 지적된다. 박지영에 따르면, 사르트르의 저작에서 공산주의자의 면모를 배제한 번역 양태야말로 1950년대와 4.19혁명 직후 "번역장에 작동하는 반공주의라는 검열 원칙이 입체적으로 적용된"(156면) 경우였다. 그런 측면에서 박지영은 『사상계』의 지식 담론장이 냉전적 반공주의 프레임을 벗어나지 못했다고 지적하면서(183~184면), 이것이야말로 미국발 반공주의가 관철된 증거라고 보았다.

　「'청년 세대'의 4월혁명과 저항 의례의 문화정치학」(김미란)은 4.19혁명이 '청년세대의 자유민주주의를 위한 시민투쟁'이라는 정의로 통념화된 경과를 재론한 경우다. 이 글은 수많은 시위 참가자들의 투쟁을 대학생 중심으로 맥락화한 담론을 비판적으로 재해석한 경우이다. 김미란은 4.19혁명에 대한 정의만이 아니라 '청년세대'를 민주주의 수호자로 규정하며 동원한 언어적·비언어적 저항 의례에 주목하여, 청년들이 헌법 수호를 위한 자유민주주의에 목표를 두었고 이를 강화해 나간 주체가 되었다고 본다(197면). 특히, '청년'의 범주화는 서울 중심의 위계화된 대학생을 '청년'으로 구성되었으며 이들에게 "혁명기에 형성된 정치적 공동체"(201면)라는 '정의'를 부여했다고 보았다.

책 2부는 50-60년대 『사상계』의 주요 담론을 검토한 의미있는 성과들로 채워져 있다. 2부는 공동연구의 문제의식을 공유하며 『사상계』라는 잡지가 가진 국내 지식사회의 담론장에 대한 논의를 특화시킨 경우이다. 『사상계』를 저항적 민족잡지로 각인시킨 함석헌의 논설에 주목한 「함석헌의 민중 인식과 민주주의론」(이상록)을 제외하면 대부분 기획 특집의 의의를 천착한 경우이다.

「1950년대 후반-1960년대 초반 '사상계 경제팀'의 개발담론」(정진아)은 1950년대 원조경제에 대한 비판적 관점을 취한 '사상계 경제팀'의 진단과 경제개발의 처방을 정리한 작업이다. 이 글은 잡지의 경제 분야 필진들이 당대의 대표적인 경제전문가들이며 5.16쿠데타 세력과의 협력도 마다하지 않았던 점을 간과하지 않고 있다. 정진아는 경제전문가 그룹 필진에게서 경제개발계획의 밑그림이 이미 마련되었던 정치경제적 측면을 부각시키는 한편, 저항잡지라는 『사상계』의 통념을 전복시켜 시대적 과제에 적극 관여하는 면모에 주목했다.

「'사상계'에 나타난 농촌 인식-1950년대 농촌담론을 중심으로」(김명임)는 전후 피폐해진 농촌 문제를 해결하기 위한 사상계의 농촌담론에 주목한 작업이다. 이 글에서는 농업협동조합과 지도자 양성, 농지개혁을 통한 민주주의 실현을 지향했던 『사상계』의 농촌담론을 검토한다. 이 과정에서 농촌담론은 자유민주주의만을 유일한 가치로 전제하며 농촌을 계몽 대상으로 삼았던 한계를 비판적으로 검토하고 있다.

『사상계』에서 동양 담론의 계보를 추적한 「'사상계'의 동양 담론 분석」(김주현)도 돋보인다. 김주현은 『사상계』에서 전개된 동양문화론이 과거 일본의 동양론을 극복하기 위해 고안된 점에 착안하였으나 해방 이후 중국이 공산화되자 중국문화론이 반공주의와 오리엔탈리즘에 빠졌다고 본다(274면). 또한 이 글에서는 '사상계발 동양문화론'이 '한국/한국적인 것'을 재구성하는 과정 초기에 부정적 이미지가 우세했던 민족주의가 개발독재의 분위기 속에 차츰 긍정적인 이미지로 바뀌는 변화에 포착하고 있다(290면). 김주현은 동양 담론과 관련해서 1970년대 한국문학사 기술에서 근거로 차용된 근대 기점론이 실은 1950년대에 이미 마련돼 있었다고 본다. 곧 1950년대에 일부 고전문학자들에 의해 근대기점론이 주장되었으나 공명을 얻지 못한 사정을 언급하고 있다(289면).

이외에도, 『사상계』의 특집기획 중 영화 텍스트를 통해 서구중심주의의 미학을 우위에 놓는 특징을 지적하고 지식인과 대중의 왜곡된 관계를 비판적으로 조망한 「'사상계'와 대중문화 담론」(한영현), 최재서의 아카데미즘적 문학 활동을 한국사회의 후진성과 연동시켜 문학의 새로운 규범을 세우려는 『사상계』의 기획 일단으로 해석한 「'사회'의 문학·반행동주의·아카데미즘」(정영진)도 주목되는 논의이다.

3

책의 두드러진 특징은 당대를 표상하는 유언(流言)의 키워드나 주요 담론 장에서 거론된 시의성을 재구해 내는 한편, 이를 국제적 질서 재편과 연계된 국면 안에 대입시키면서 발휘되는 해석의 넓은 안목이다. 논의의 대부분은 텍스트에 대한 내재적 분석보다는 반공 냉전의 세계적 구도와 어떻게 연동되는지에 주목하며 '전후'탈식민적 질서의 재편에 따른 텍스트의 맥락적 진폭을 겹쳐 읽는 방식을 선호한다. 이는 텍스트에 담긴 구심적 함의보다는 원심적 동력학에 주목함으로써 세계사적 질서 재편과의 연계를 부각시키는 데 효과적이기 때문이다.

책 전체를 보면, 기획 의도와 관련해서 아쉬움도 있다. 공동연구가 가진 장점인 폭넓은 논제 섭렵, 과감한 해석, 깊이 있는 논의 등에도 불구하고 연구 주제의 안배가 좀더 숙고되었더라면 더 좋은 결과를 낳았으리라는 판단이 든다. 무엇보다 연구자들의 다양한 관심사를 수렴하고 정합성을 고려한 합의의 조율 정도가 선명하지 않다. 연구의 진척이나 입론의 깊이를 감안할 때 다소 아쉬운 대목이다.

'냉전의 시대와 반공주의'를 전제로 '세계사적 질서 재편의 시야'를 구비하고 '자기정체성과 타자의 인식태도 변화'를 논의하는 방식은 1부에서는 어느 정도 공동작업에 걸맞은 논리적 정합성을 강하게 피력하는 반면, 2부에서는 그러한 공유의 지점이 부분성을 넘어서지 못한다. 2부의 담론 중심 논의가 '정치적 저항성', '경제개발', '농촌', '동양',

'대중문화와 지식인', '문학관' 같은 대주제의 한 부분에 편중되어 있는 점과 무관하지 않다.

사상계연구팀의 이번 성과는 본격적인 단계에 진입한 해방 이후 문학과 문화연구의 선두에 있다. 세계사적 냉전과 반공주의라는 키워드로 읽어낸 해방 이후 잡지 텍스트의 가치는 이들의 논의를 통해 진전된 해석을 기대해도 좋을 만큼 모범적이기 때문이다. 사상계연구팀에게서 기대할 대목은 1960년대 중반 이후 『사상계』가 보여준 많은 변화와 진폭에 대한 해명과 그에 관련된 시대적 조건 속에 놓인 다양한 논제들을 심화시켜 얻어낼 새로운 성과에 대한 열정과 공감이다.

(2012)

카프소설의 문학적 자산

『탈출기-카프문학작품선집』(최서해 외, 새움, 2019)

1

봉준호 감독의 영화 「기생충」을 보았다. 정교한 미장센들의 배치가
돋보였다. 영화는 우리 사회의 계층 간 벌어지는 음습한 갈등을 코믹
과 위트와 서스펜스를 버무려 명랑하게 다루었다. '가진 자/못 가진
자'의 낡은 대립 대신, 가진 자들이 못 가진 자들의 사기행각에 휘말린

다는 달콤쌉싸름한 설정은 참신하다. 영화는 못 가진 자들이 발휘하는 서툴지만 괴물 같은 욕망의 행로를 따라 2시간 넘는 킬링타임 내내 현존하는 사회 문제들을 연쇄적으로 환기시켜 주었다. 영화의 문법은 후반부에 이르러 다소 지루해지는 느낌도 없지 않다. 하지만 영상 속 서사는 소설 텍스트만큼이나 정교하고 치밀했다. 영화 속 다양한 미장센과 암호 같은 문화코드는 널리 회자되며 많은 해석을 낳을 것이다. 영화 속 다양한 코드를 읽으려면 아무래도 영화관을 한두 번 더 찾아야 할 조바심이 들었다.

영화를 보고 나서, '인간에 관한 한 가장 내밀하고 상세한 보고서'라는 소설의 정의를 다시 떠올렸다. 천만 관객 영화가 속출하는 한국사회에서 소설 읽기는 그리 우세한 문화적 관습이 아니다. 그러나 소설 전공자인 내게 「기생충」에서 마주한 부와 가난의 대립상은 소설에서는 오래되고 낯익은 구도다. 압도하는 화면과 빠른 속도감에 비하면 소설 속 텍스트는 느리게 전개되고 심지어 성글기까지하다. 소설을 읽는 과정은 문자의 성긴 여백에다 '내가 주인공이라면'이라는 가정을 통해 서서히 몰입하며 동일시의 감정을 전이시키는 경로를 펼쳐보이기 때문이다.

2

소설 속 세계는 현실을 소재로 삼고 상상으로 만들어낸 언어의 작은 우주다. 이 세계는 시대 조건의 제약과 부딪치며 빚어낸 특별한 관점으로 인간들의 일상적 삶을 엿보게 만드는 가공(架空)의 현실이다. 이 세계는 성공한 자의 삶을 관찰하는 게 아니라 사회의 구조적 모순에서 생겨난 상처와 비극으로 점철된 '작은 이야기들'로 이루어져 있다. 약자를 괴롭히는 집요한 교활함 같은 불의가 가득한 이야기, 인간의 욕망과 야비한 술책이 빚어내는 괴물과도 같은 현실에 무너져 내린 삶을 다룬 이야기, 억압적 권력이 거리낌 없이 행사하는 폭력에 상처 입고 절망하는 약자를 재현한 이야기 등등, 이들 이야기를 읽으면서 통념은 무너지고 상식은 산산조각 나버리는 고통을 경험한다.

무더운 여름밤, 영화 대신 『카프문학선집-탈출기』를 일독했다. 신경향파를 포함해서 카프 계열 작가 12명의 작품 스무 편이었다. 작품을 하나하나 읽어가다 보니 잊혀진 일제강점기의 사회 일화가 구체적인 형상으로 펼쳐졌다. 프랑코 모레티가 「문학의 도살장」(김용규 역, 『멀리서 읽기』, 현암사, 2021)에서 지적했듯이 수많은 작품들이 후대의 문학시장에서 살아남을 확률은 극히 희박하다. 지금 읽은 '카프소설선집'도 망각의 굴레를 벗어던지고 시장의 선택으로 운좋게 살아남은 경우에 해당한다.

1924년부터 1945년에 걸쳐 생산된 작품들을 일별하면서, 소설 속

디스토피아는 우리를 둘러싼 열강들의 각축, 정치경제적 난맥상, 경직된 사회문화적 현실과 상당 부분 겹친다는 점에서 전혀 낯설지 않다. 카프소설이 다시 이 시대에 불러나온 것은 시대가 그만큼 다른 모습이나 구조적 모순들이 중첩된 세계이며 인간다움의 실현 여부가 낙관할 수 없는 거대한 장벽과 마주서고 있다는 점을 방증한다. 현실의 폭력성을 성찰하며 다양성과 차이의 존중을 요청하는 통로가 바로 카프소설집을 읽는 다른 이유이다.

작품 곳곳에서 빈민들은 도움의 손길을 내밀며 절규하고, 지식인과 학생은 고뇌하고 번민한다. 일제 강점기라는 현실은 "창자까지 튀어져 나온 붉은 쥐"를 보며 "쥐새끼와 같이 돌아다니지 아니하고는"(「김기진, 「붉은쥐」) 연명하지 못하는 세계이며 하루하루가 "공포와 비애가 떠도는"(이북명, 「민보의 생활표」) 일상의 연속으로 서술된다. 「지옥순례」(박영희), 「탈출기」와 「기아와 살육」, 「박돌의 죽음」(이상 최서해), 「원보」와 「서화」(이기영), 「과도기」(한설야), 「물」(김남천), 「암모니아탱크」(이북명) 등 작품에 편재하는 현실은 굶주림과 가난과 이주, 도박과 죽음, 감원, 투옥으로 내몰린 노동자 농민의 극한적인 국면이다. 현실의 질곡을 이야기하는 세계가 던지는 무거운 메시지는 "우리로서 살아온 것이 아니라 어떤 험악한 제도의 희생자로 살아왔"(최서해, 「탈출기」)다는 고통스러운 깨달음이다. 그 깨달음은 필연적으로 "노예를 면하려는 싸움"(박영희, 「싸움」)을 준비해야 한다는 자발적 의지를 불러들인다. 당대현실의 충실한 반영이라는 관점에서 보면, 조명희의 「낙동강」은 식민권력과의 대결을 축약해 놓은 듯하다. 작품은 부재지주와 농민조합원들과의 대결은 현실에서 혁명가의 죽음으로 귀결되며 패배하지만 단합된 힘을 다지는 계기를 확보하는 순간을 포착한다.

비극이 범람하는 현실과 상처가 도드라지는 이야기의 세계는 가까이에서 보면 슬픔과 분노를 증폭시킨다. 미적 거리와 비판적 관점을 장착하고 이야기를 읽어가면 작품 속 비극적 현실은 구조적인 문제라는 인식에 도달하며 비로소 현실적 대응의 여력을 갖추게 만든다. 「원보」나 「암모니아탱크」는 죽음으로 내모는 식민지 농촌의 가혹한 현실과 콤비나트의 혹독한 노동환경을 고발한 경우다. 윤기정의 「양회굴뚝」이나 김남천의 「공장신문」은 엄혹한 현실과 맞서려면 동지애와 단합된 조합의 힘이 필요하다는 자각과 실천을 동반하도록 만든다. 지하련의 「도정」은 일왕의 항복 선언을 듣던 소년이 '쇼와 영감'이 불쌍하다며 눈물짓는 장면을 제시한다. 이 작품은 해방과 찾아온 것이 감격만이 아니라 일상화된 질서에 대한 불안과 슬픔을 낳는 균열된 의식상태를 예리하게 포착하고 있다. 일왕의 항복 선언에 대한 식민지 조선의 기이한 반응이 문제적인 것도 그런 맥락이다.

3

　카프소설은 '식민지현실'이라는 전제를 감안해서 읽을 때 일제가 남긴 깊고 큰 상처를 보다 선명하게 바라볼 수 있게 해준다. 소설을 무기로 삼아 어두운 시대와 응전한 문화실천의 저항적 의미를 짐작게 한다.

　지금, 카프소설을 읽으며 식민지배의 엄혹함을 다시 접한다. 이 경험은 식민지배가 합법이라 강변하는 오늘의 일본정치가 보여주는 일천한 역사지식과 유아적인 '자국중심주의'의 위험성을 비판적으로 볼 수 있게 해준다. 더불어 탈식민 이후에도 지속되어 온 노동조건의 비인간적인 면모도 새롭게 볼 수 있는 시야를 열어젖힌다.

　지난해(2018)는 '월북문인 해금조치'가 시행된 30년 되는 해였다. 이를 기념하는 학술행사와 성과도 풍성했다. '해금조치'는 근대문학 성과를 이념의 잣대로 축소, 왜곡시킨 전날의 과오를 일정 부분 청산하는 계기를 마련했다. 카프문학에 대한 봉인이 풀리면서 그 성과의 면면은 6,70년대 농촌문학과 빈민문학을 거쳐 80년대 노동문학으로 이어져 왔음을 새삼 확인하게 된다. 더불어, 소설은 '인간에 관한 가장 상세한 보고서'이면서 '사회에 관한 가장 상세한 보고서'라는 사실을 절감하게 된다.

(2019)

모국어로 완역된 4.3대작

『화산도』(김석범, 김환기·김학동 공역, 전12권, 보고사, 2015)

1

지난해 10월 열두 권으로 완역된 한글판 대하소설 『화산도』는, 역자들의 배려로 번역 초고를 처음 읽으며 교열에도 참여하는 행운을 누린 작품이다. 초벌 번역을 다듬는 교열의 기회를 통해, 소설의 세부를 짚어가며 작품이 주는 메시지가 독자들에게 어떤 반응을 낳을지를 예감하는 즐거운 희열도 마음껏 누렸다. 그 희열은 저 80년대 후반, 조정래의 『태백산맥』이 서너 권씩 출간될 때마다 설레는 마음으로 사서 읽었던 추억을 떠올려주기에 족했다.

『화산도』는 흡인력 높은 서사를 갖춘 다성적인 작품이다. 내 주변의 지인들은 벌써 '『화산도』를 읽는 모임'을 꾸렸다는 풍문을 전해 왔다. 예감은 틀리지 않았다. 6개월이 지난 지금, 꾸준한 구매에 힘입어 번역상 오류를 바로잡은 개정판 출간에 이르렀다.

『화산도』는 휴화산처럼 잊혀진 4.3의 기억을 활화산처럼 분출시킨 이야기의 세계이다. 미해결의 역사, 잊혀진 기억을 불러내어 장대한 이야기로 만들어낸 작가의 노고를 근 20년 만에 접하게 되었다니 ……. 일본문학 전공인 번역자가 작품 번역에 기울인 오랜 공력을 잘 아는 나로서는 장장 팔 개월 동안 최초의 한국어 독자로서 '정독의 즐거움'을 누렸다. 그런 중에 『화산도』가 2015년 4.3평화상을 수상했다는 소식을 들었다. 나는 작품을 모두 읽은 이가 한국에서 나 말고 누가 있을까라는 즐거움을 은밀히 누렸다.

2

작품을 읽어가면서 이야기의 방대한 규모와 독특한 구조, 문체의 독특한 미감, '이방근'이라는 인물의 매력에 빠져들었다. 이야기의 시공간은 1948년 2월부터 사태가 완전히 잦아드는 이듬해 6월까지이지만, 이야기는 그 넓이가 장대하고 울림의 깊이는 아득하다.

이야기의 공간은 제주의 한적한 포구에서부터 목포, 서울, 여수와 순천, 부산, 일본의 도쿄와 오사카, 고베와 교토, 큐슈와 시코쿠 남단에 이르는 밀항 루트까지, 육로와 해로, 일본 연근해를 아우른다. 이들 공간에서 펼쳐지는 이야기는 제주 4.3이 어떤 사건이었는지, 더 나아가 사건의 비극적 진상 해명으로 모아진다.

4.3의 기억이 한국소설사에 등재된 것은 그리 오래되지 않았다. 과문한 탓인지는 모르나 현기영의 「순이삼촌」(1978)이 시발점인 것으로 기억한다. 구십(九十)을 넘긴 노 작가는 60년대 중반 '재일조선문학예술가동맹' 기관지에 한글로 연재하다가 우여곡절 끝에 중단하고는, 1976년부터 다시 일본어로 연재하는 어려움을 마다하지 않았고, 마침내 1997년 일곱 권의 단행본을 완간하였다. 30여 년에 걸친 세월이었다. 노 작가의 4.3은 한국소설사에 비해 무려 10여 년 이상 앞설 뿐만 아니라 여타 작품들을 압도한다.

노 작가의 4.3 이야기에는 해방 당시 제주의 일상 공간이 촘촘히 포진해 있다. 그 공간은 나날의 삶에서부터 정치와 사회경제, 음식문화에 이르는 다채로운 층위를 담아내고 있다. 또한 이야기는 해방을 맞이한 후 가파르게 전개된 남북분단의 충격이 점차 고조되고 남한만의 단일정부를 수립하려는 움직임에 제동을 거는 진보세력과 제주 민중들의 광범위한 호응을 얻으며 어떻게 저 비극의 4.3으로 이행되어 갔는지를 보여준다. 방대한 규모에 걸맞게 이야기는, 세계냉전체제의 등장과 함께 관철된 남북분단의 여진이 어떻게 제주에서 분출되면서 동족학살의 비극으로 이어졌는지를 전면화한다.

작품을 읽어가다 보면, 작가는 4.3의 서사를 거대한 화산섬에 비견되는 장대한 모습으로 구조화한 것이 아닐까 하는 생각을 갖게 한다. 4.3봉기로 치달아가는 긴박한 상황과 이를 관조하며 사태의 진상을 더듬어가는 이방근의 촉수는 이야기의 긴장과 속도를 절묘하게 조절하는 작가의 노련함 그 자체이다. 『화산도』의 세계는 사건 중심이 아니라 인물 중심이다. 중심인물은 이방근이다.

　이방근은 작품 속 모든 인물들을 연결하는 그물코 같은 존재다. 모든 이야기는 이방근에게서 나오고, 이방근을 거쳐 이야기가 펼쳐지며, 이방근을 통해 이야기는 진전된다. 이야기와 인물 구성상의 특별함은 이방근의 유연하고 넓은 시야에 정확히 비례한다. '의식의 흐름' 기법으로 서술되는 이방근의 내면세계는 구체적이며 미감을 담아내기에 족한 장문으로 서술된다. 그 의식은 마치 수영하는 모습처럼 술잔을 기울이며 난세를 슬기롭고 유연하게 헤쳐나가는 모습을 보여준다. 이방근은 술잔을 기울이며 사유하고 접촉하는 수많은 등장인물과 전개되는 급박한 사건의 맥락을 가늠하며 4.3의 안과 바깥, 좌와 우 진영을 넘나든다.

　'이방근'이라는 존재는 『화산도』가 창안한 가장 인상적인 인물이다. 그는 '햄릿'처럼 고뇌하는 인간상을 연상시키기에 족하지만, 햄릿처럼 고뇌로만 그치지 않는다. 이방근은 게릴라가 된 제주인들이 혹독한 소탕작전 속에 하나 둘 죽어갈 때 이들을 구출하여 밀항을 돕기 위해 갖가지 방책을 내놓고 이를 실천하는 행동하는 지성인이다. 첫 결혼에 실패했던 그는 재혼하여 봉제사(奉祭祀)와 생육(生育), 가업을 승계하라는 가부장적 유교문화의 압력에 맞선다. 그는 아버지와 가문 장로들이 강권하는 장자의 책무 일체를 거부한다. 아버지와 장로들과 대립하는 이방근의 완강한 내면은 자유주의자의 풍모를 보여준다.

이방근은 소학교 시절 봉안전(奉安殿)에다 방뇨하며 궁성요배(宮城遙拜) 의례를 위반했던 존재이다. 그는 일제 말기에 사상범으로 검거되고 나서 전향을 선언한 뒤 칩거하여 자신의 생명을 보존하였다. 해방 후 그는 일체의 사회활동을 사양한다. 이방근의 이런 면모는 해방 직후 투옥경력을 훈장처럼 내세우던 자들이나 친일분자에서 반공주의자로 이행한 인사들과는 크게 변별되는 처신이다.

3

일본의 평단에서는 김석범의 『화산도』를 마르케스의 『백년의 고독』 이나 빅토르 위고의 『93년』에 비교하며 '일본어 문학'이자 '세계문학'의 성과로 언급해 왔다. 작품이 한국어로 완간되면서 한국의 독자들과 만나기 시작했다. 이제 이 작품은 재일디아스포라의 노작이며 한국문학의 영역에 편입되었다. 분단문학을 연구해 온 내 경우, 작품을 읽으면서 연구의 향방을 전면 수정하지 않으면 안 될 만큼 충격과 곤혹스러움을 절감했다. 그 곤혹스러움은 '4.3의 역사화'에 한정되지 않는다. '4.3의 소설화'가 가진 작가의 위치와 조건이 남과 북, 제국 일본과 전후 일본, 그 어디에도 소속되지 아니하는 재일디아스포라의 드넓은 시야와 통찰에서 비롯된다.

디아스포라의 시야와 통찰은 그간 자국중심주의에서 다루어온 남북한의 수많은 문학작품들이 거둔 성과를 동아시아와 세계사적 시야에서 재해석하도록 요구한다. 민족을 넘어선 이방근의 '인간애'는 햄릿형 인간이기도 하지만 '깨어난 돈 키호테'의 형상을 겸하고 있다. 그는 천황제와 전근대적인 가부장적 유습을 전복하며 식민과 탈식민의 거대한 장벽과 맞선다. 그는 인간의 품격과 향기를 내뿜으며 정치적 주체인 '인민'의 관점에서 탈식민의 과제를 치열하게 수행한다. 이방근은 4.3이 가진 탈식민 이후 한반도의 분단과 비극적 사태의 원점에서 남북과 좌우, 일본의 '전후'를 넘어 지역 인류 보편의 가치를 창출하고 있다. 지역성을 넘어 세계문학으로 진군하는 소설의 높은 성취는 참으로 감동적이다.

(2016)

민족 이야기와 탈식민의 독법

『이야기된 역사』(신형기, 삼인, 2005)

학문적 관심과 직결된 책을 만난다는 것은 즐겁고 긴장된 일이다. 『이야기된 역사』(신형기, 삼인, 2005)가 그런 예이다. 저자는 특히 남북한 사회의 민족 이야기를 비판적으로 검토해 왔다. 그런 저자의 노력이 이번 저작에서는 그 외연을 한껏 넓혀 현실 정치에 대한 인식론에까지 다다른 특징을 가지고 있어서 도드라진다.

책에서 관심 있게 읽은 부분은 주로 제1부와 2부에 실린 글이었다.

4.19혁명의 담론 구조가 개발독재 체제의 '용해-귀속의 메커니즘'과 그리 차이나지 않는다는 견해(「용해와 귀속의 역사를 돌아보며」)는 민족을 이야기하는 서사의 내용 형식조차 문화정치학의 맥락에서는 국가의 이데올로기 장치 안으로 귀속됨을 시사한다. 영화 「효자동 이발사」를 통해서 박정희 시대를 회상하는 저자는 국가/일상을 병치시켜 국가 아버지와 일상 속 아버지를 정밀하게 독해해 나가는 미덕을 잘 보여준다(「두 아버지의 우화」). 또한 황석영의 『장길산』에 부각된 민중의 서사가 숭고한 재미와 도덕의 정치학을 내장하고 있다는 저자의 주장도 흥미롭다(「민중 이야기와 도덕의 정치학」).

책의 핵심은 북한문학에서 지속된 민족 이야기의 역사와 문법을 해명하는 데 있다. '조미(朝米) 대결'의 오랜 반목과 그에 따른 체제 결속의 역사는 문화 주권의 문제만이 아니라 해방 직후의 과거 청산과 직결되어 있다는 것, 새것/낡은것을 병치하여 '새로운 인간상과 낡은 인간상'을 대립적으로 등장시킨 민족 이야기의 문법을 소상하게 밝힌다. 또한 북한의 민족 이야기가 주체사상의 등장과 함께 '주체화'되면서 세계사적 변동에 대응하기 위해 고립주의 노선을 취하게 된 내력을 조감한다. 북한의 민족 이야기가 보여주는 다양한 특질은 핵 문제처럼 체제 내부만의 문제만이 아니라 동북아 국제정세와도 밀접하게 관련된 사안들이라는 점에서 주목을 요한다.

저자는 북한 체제의 현실적 무게를 파악하기 위해서라도 북한의 민족 이야기에 주목해야만 한다는 입장을 취하고 있다. 저자가 북한의 민족 이야기에서 발견하고자 하는 것은 현실정치와 국제 정치학에까지 영향을 미치는 '태도와 언급의 구조'(레이먼드 윌리엄즈)이다. 이 구조는 북한의 민족 이야기가 만들어낸 권위와 반복성에서 형성된 것이라는 게 일관된 저자의 주장이다. 곧, 북한에서 반복적으로 지속해온 민족 이야기가 김일성의 항일무장투쟁을 절대화하면서 빚어진 사태는 개인들을 용해하고 국가 안에 귀속시켜 일체화한 것, 이로 인해 사회 내부의 다양성과 체제의 유연성을 상실하여 오늘의 위기에 봉착했다는 것이다.

저자의 문제의식은 북한의 민족서사가 지닌 이야기의 반복성을 국가의 미적 기획과 전유로 해석해 내고 이를 근대성 일반의 문제로 풀어내는 데서 더욱 빛난다. 여기에는 저자 특유의 탈근대적인 비판적 의식이 작동하고 있다. 미학 중심주의와 거리를 둔 저자의 태도는 학제적 연구의 가능성을 실천하고 열어젖힌다. 강단비평이 견지해온 텍스트 중심주의를 벗어나 개성적이고 과단성이 발휘되는 입론은 이야기 현상을 매개로 삼아, 역사와 문학과 정치, 예술 영역에 걸쳐 일어나는 민족 이야기의 일체화, 은폐가 이루어지는 균열 지점들에 관한 논의가 펼쳐진다. 논의가 가진 정치와 예술, 역사와 문학의 접점에 대한 탐색은 해석학적 통찰력을 발휘한다.

책에 대한 불만도 없지 않다. 그 하나는 저작을 관통하는 중심 가설인 '용해와 귀속의 메커니즘'이 가진 일반화 문제이다. 이 가설이 남북한 사회 모두에 고루 작동했다는 것은 다소 지나친 일반화가 아닐까.

남과 북이 이질동형의 쌍생아라는 관점은 중첩된 중간지대를 배제하며 극과 극을 어긋나게 접합시킨 느낌을 준다. 다른 하나는 남북한의 체제경쟁이라는 구도를 기반으로 삼은 '용해-귀속의 메커니즘'이 전제되고 이를 정당화하여 국가, 인종, 계급에 두루 적용된 논리는 다소 반복되는 인상을 준다는 점이다. 저자의 논지는 남북문학이 가진 고유한 맥락, 서로 경합해 온 민족 이야기의 복합성과 계통에 대한 설명을 생략한 채, 남북한의 문학예술이 가진 유사성에 집중함으로써 논의의 폭을 좁히면서 가설을 일반화한 점도 다소 동의하기 어렵다.

민족 이야기가 "(민족이라는 공동체로) 일체화하는 용해와 (근대 국민국가로의) 귀속이라는 프로젝트"라는 것은 충분히 수긍되는 전제이나, 북한사회의 민족 이야기가 단일화('주체화')된 것과는 달리, 남한사회의 민족이야기는 분열적이라는 점은 익히 예상된다. 그런 까닭에 민족 이야기의 독법 역시 근대와 반근대, 탈근대와 후기근대의 서로 다른 위치의 다양성을 가질 여지가 충분하다. 국가의 동원체제로 귀속되지 않는 잉여 지점 또한 상존하는 셈이다.

남북의 민족 이야기에서 누락되었거나 부재하는 것들, 억압당한 것들의 귀환 등의 문제는 민족 이야기의 문법을 논의하는 자리에서 부재한다. 서로 경합하는 민족 이야기의 여러 층위와 다른 맥락들은 국가에 호명된 주체라는 단선적 맥락만으로는 포착되지 않는 점도 분명히 존재한다. 민족 이야기의 외연을 일제강점기로 소급시키거나, 아니면 90년대까지 연신(延伸)시켜 비판적으로 증명하려는 저자의 의욕은 높이 살 만하다. 허나, 역사 바깥에 놓인 타자들의 이야기나 민족의 지배적인 이야기 안에 부재하는 것들을 지나쳐 버리거나 강제의 규율이 남북한 문학에 관철된 점을 암묵적으로만 전제하는 태도는 다소 거슬린다. 간과된 것들에 대한 해명이 가설을 보완하는 또 하나의 방향이라면, '이데올로기 규율의 관철'이라는 전제는 이데올로기적 기능의 유사성 때문에 주체와 글쓰기 행위를 노예적 상태로 상정하는 위험을 초래할 수 있다. 그리 되면, 북한의 민족 이야기가 남한의 민중 이야기의 특징과 변별되지 않는 경우도 생겨난다.

저자가 상정한 민족 이야기에 대한 비판적 독법이 북한문학에서 작동하는 메커니즘을 해명하는 데 기여했다는 점은 분명하다. 저자가 지향해온 '이야기의 역사학'은 근대국가의 기획이라는 차원에서 거론된 민족 이야기의 비판적 독해를 넘어 민족을 놓고 경합해 온 남과 북의 다양한 이야기들이 가진 출처와 계통을 파악할 수 있게 해준다.

(2005)

근대성과 미래를 향한 전망

『비루한 것의 카니발』(황종연, 문학동네, 2001)

1

비평의 소임 중 하나는 문학 현장에서 섬세한 감식안으로 문학의 변화하는 추세와 창조적 가치를 예리하게 포착하는 '보석감정가의 안목jeweler's eye'[1]을 발휘하는 데 있다. 최량(最良)의 감수성으로 작품

---

1   조지 마커스, 유철인 역, 『인류학과 문화비평』, 아카넷, 2005, 37면.

에 담긴 미학의 뇌관을 발굴하는 것이야말로 비평의 존재가치이다. 비평 행위가 잘 구현될 때 '작가-텍스트-독자'로 구성된 문학의 장(場)은 역동적인 순기능을 발휘한다.

90년대 초반부터 왕성하게 활동해 온 황종연의 비평을 떠올려보면 그의 첫 평론집『비루한 것들의 카니발』의 출간은 뒤늦은 감이 있다. 비평집을 읽어본 독자들이라면 평소 많은 이들이 그의 비평을 신뢰하고, 그의 비평에 거는 기대가 큰지 납득할 수 있다.

텍스트의 정밀한 독해와 폭넓은 전거(典據)를 바탕으로 그의 비평은 근대성에 관한 심원한 담론들을 인용하면서 90년대 한국소설에 대한 풍요로운 의미를 생산하고 있다. 특히 90년대 한국소설에서 이전의 관습과 질적으로 다른 곤혹스러운 현상들이 그의 비평에 이르러서는 잘 요리된 담론의 성찬으로 변한다. 90년대 소설의 곤혹스러운 현상이란 독자에게 문학의 관습에 끊임없이 시비를 걸며 불편함으로 몰아넣는 미적 전략의 기묘함 때문이다. 단일이념의 붕괴, 매체와 사회의 급격한 변화 속에 90년대 한국문학이 실천해 온 다양한 분화는 더 이상 인상비평이나 입법비평의 관행으로는 설명되기 어려운 현상을 연출한 것이 사실이다.

황종연의 비평은 90년대 한국소설의 다양한 변신들을 '위반과 전복'이라는 근대성의 정신과 긴밀하게 결부된 것으로 해명하려 한다. 그의 비평이 상대적으로 돋보이는 것은 전지구적 자본주의의 현실 속에 놓인 우리 문학에 관한 폭넓은 이해와 설명방식이며, 작품에 담긴 언어적·양식적·예술적 가치를 인식에 대한 자각과 긴장된 사유(이것은 그의 표현대로 거의 도박에 가까운 모험이다)이다.

황종연은 비평의 행위를 "어떤 철학적 체계나 정치적 대의라기보다 과거 및 현재의 문학작품이 산출한 새로운 지각과 인식"으로 규정하고 있다. 그는 비평가를 "문학작품 자체의 언어적, 형식적 예술적 자질"에 대한 감식, "발견과 혁신"의 문학적 역사에 가담하여 담론의 빛나는 전통을 빌어 말하는 "카멜레온 시인"이라 부른다. 비평가의 위상을 문학의 장구한 전통과 비판적 지성을 가동하는 시인, 작가의 대리인에 가깝다는 일종의 자기선언이다. 이 선언은 궁극적으로 ""비평가가 예측하지 못하는 문학의 역사"와 비평의 성공 여부까지도 염두에 둔 것이기도 하다.

황종연의 비평은 작품의 면밀한 읽기와 병행해서 문학의 장구한 관습에 기대어 새로운 문학 전통을 수립하는 과정으로 인식하는, 로버트 벨라의 표현을 빌려 말하면 '신전통주의자'[2]의 감각을 보여준다. 문학의 전통에 비추어 새로운 가치와 혁신의 징후들을 추출하고 이를 문학 전통에 재배치하는 방식이야말로 그의 비평이 가진 특질 중 하나이다. 면밀한 독해를 통해 텍스트의 언어적 양식적 기법적 가치를 일목요연하게 추출하고 작품의 창조적인 가치나 가능성이 어떤 계보에 속하는지를 탐색하는 일은 생각만큼 그리 쉬운 일이 아니다.

---

2   로버트 벨라, 박영신 역, 『사회변동의 상징구조』, 삼영사, 1981.

　　비평집을 관통하는 비평적 화두는 근대성을 추구해온 한국소설의
궤적과 좌표 점검으로 모아진다. 비평은 시간의식에 따라 다시 두 개
의 논점으로 정리해 볼 수 있다. 하나는 한국소설이 경험해 온 근대적
모색에 대한 역사적 맥락의 재구성이고 다른 하나는 90년대 소설에서
발견되는 근대성의 역동적 측면이다. 이 두 개의 축은 왜 그의 비평이
한국문학의 소산을 서구의 근대 경험에서 인용하며 진술하는지에 대
한 이해의 단서를 제공해준다. 잘 알려진 대로, 자본주의적 근대는 유
럽의 지역적 경험에서 출발한 것이지만 전지구적으로 확산되면서 보
편화되었다.

　　자본주의적 근대의 '비동시적인 동시적 전개'가 회피할 수 없는 삶
의 조건이 되면서, 근대의 기원이 어디에서 출발한 것이며 우리 자신
이 지금 어떤 변화에 가담하고 있는지에 대한 문제 의식은 그래서 중
요한 가치를 가질 수밖에 없다. 근대적 현실이 기억(전통)과 상충된 경
험의 한 부분으로서 삶의 균열과 모순을 빚어내는 현실을 어떻게 인식
할 것인가의 문제는 역사적 현실 속에 놓인 존재의 정체성에 대한 질
문이기도 한 것이다. 이런 맥락을 짚어가다 보면 그의 비평의 모태가
근대 초기와 1930년대로부터 시작하여[3] 왜 90년대 한국소설을 대상

3　그의 주목할 만한 글로는 이광수의 문학론과 근대초기 문학의 성립과정을 다룬 「'문학'
이라는 역어」(『한국문학과 계몽담론』, 새미, 1999), 김동인 소설의 경향과 미적 주체성을 다

으로 삼게 되었는지를 짐작할 수 있게 된다. 그의 비평은 근대성의 기원과 전개과정에 대한 문학사적 검토와 병행하여 90년대 한국소설을 해명하려 나선 작업이다.

황종연 비평에서는 소설에 대한 근대성의 역사적 맥락을 재구성하려는 문학의 기획이 동시대 문학을 언급하는 논의의 중심에 놓인다. 동시대의 문학이 과거의 문학적 전통의 연장선에 놓여 있다는 사고와 함께, 지각과 갱신을 거듭해온 역사의 특수한 지점으로 간주하는 인식은 그의 비평이 가진 해석학적 논리인 셈이다. 80년대 문학과는 너무나도 이질적인 모습으로 등장한 90년대 소설의 곤혹스러운 변신을 해명하는 것이야말로 자신의 비평적 과제로 여긴 것은 아닐까. 그의 비평에서 발견되는 역사감각과 공시적 균형감각은 90년대 소설에 대한 남다른 성과를 낳는 동력임에 틀림없다.

「편모슬하, 혹은 성장의 고행」은 파행적 근대의 역사적 맥락과 공시적 차원을 동시에 적용한 사례이다. 이 글은 파행적 근대의 핵심 중 하나인 6.25의 "역사적 악몽"과 아버지 부재 또는 편모슬하의 성장모티프를 다루고 있다. 이 글에서 그는 개인의 성장이 "고행"이 되어버린 한국사회의 특수성으로서 김원일·박완서·김주영·임철우·오정희·송기원·장정일에 이르는 소설사의 맥락을 추출해 낸다. 이 과정에서 유럽의 성장소설이 주된 모티프로 삼은 "개인의 자율적 성장과 사회적

___

룬 「김동인의 미적 주체성과 소설」(문학사와비평연구회 편, 『김동인문학의 재조명』, 새미, 2001) 등이 있다. 이들 논의 또한 '근대성의 문학적 전개'라는 일관된 관심사 안에 있다.

통합 사이의 모순"(36면)이라는 일반원리를 바탕으로 우리 성장소설의 지도가 그려진다.

돋보이는 대목은 "한국 성장소설이 근대적 개인의 자아 발전을 이야기하면서도 자아 발전에 필요한 인간 사회의 형식은 제대로 탐구하지 않았다는"(58면) 점에 주목한 부분이다. 한국문학의 근대적 모색을 탐색하면서 그 결여태인 형식 문제를 지적하는 것으로 마무리되는 점은 다소 아쉽다. 한국문학 전반에 걸쳐 있는 근대성의 특수한 전개, 압축 근대의 파행상이라는 왜곡에 대한 보다 정밀한 논의는 좀더 기다려야 할 부분이다. 그의 비평이 '미적 근대성의 현재적 모색'이라는, 과거-현재와의 담론적 소통은 풍요롭게 하였으나, 한국문학이 걸머진 특수한 근대적 모색, 압축 근대의 특수성 논의로까지 확산되었으면 하는 아쉬움이 남는다.

현장비평에서 대상이 된 90년대 작가의 범위는 장정일·최인석·박상우·채영주·성석제·한창훈·구효서 등에 걸쳐 있다. 90년대 누구보다도 두드러진 활동과 주목을 받았던 장정일·신경숙·윤대녕·백민석은 그의 비평을 통해 80년대 소설과 차별화된 독자적 가치, 근대성의 여러 국면에 걸쳐 풍성한 의미망을 획득한다. 그가 구사하는 근대성에 관한 다채로운 개념들[4] 덕분에 90년대 소설의 미적 기획과 서사전략들은

---

4   황종연 비평에서 근대성과 관련한 핵심 개념들로는 다음과 같은 개념어들을 열거할 수 있다. '비루한 영웅', '문화와 반문화(count-culture)', '진정성', '자아와 타자', '욕망', '내면성', '성장소설', '나르시시즘', '탈낭만화', '남성성과 여성성', '민족과 민족주의', '미적 주체성', '미적

생생한 의미를 드러낸다.

　표제이기도 한 첫 번째 평론 「비루한 것의 카니발」은 장정일과 최인석의 소설에서 위반과 전복, 반문화적 의미를 발굴한 작업을 보여준다. 이 글은 그의 비평이 동시대문학을 통해 근대성의 국면을 심화시켜 논의하겠다는 결의를 간접적으로 보여준 경우다. 그는 90년대 소설이 보여준 광기와 패륜의 몸짓을 80년대 문학에 대한 반성적 극복에서 출발한 의미있는 소산으로 본다. 이 글에서는 장정일과 최인석의 소설에만 국한되지 않고 신경숙과 윤대녕을 거쳐 은희경·서하진·백민석·성석제 등, 90년대 소설 전반의 성과를 설명해줄 미적 원리로 확장시킨다. 그의 비평이 가진 설득력은 일반화의 환원주의(이광호, 홍기돈), 진정성이라는 추상관념의 절대화(김명환)라는 우려에도 불구하고, 후기 근대에 대처해 온 동시대 문학의 생소한 가치를 새롭게 조명해 줄 유력한 심미적 근거들을 제시한 데서 생겨난다.

　90년대 문학이 80년대 문학의 층위를 벗어난 후일담, 사생아와 같은 이단과 변종으로 여겨진 상황에서, 황종연의 비평은 90년대 문학의 자발적인 모색이고 문학적 근대라는 전통의 확산이라는 관점으로 전환시킨 공과는 각별한 의미를 가지고 있다. 그의 비평이 지난 80년대 문학의 정치성 중시, 민족과 민족주의 이념 편향의 억압으로부터의 해방을 지향하기 때문만은 아니다. 80년대 민중주의, 민족주의, 정

이데올로기', '초과(excess)의 열정', '위반충동', '권력' 등, 문학과 문화, 심리학과 미학, 철학 분야에 걸쳐 있다.

치성과 같은 신성화된 관념을 폐기하면서 그의 비평이 새롭게 의미를 부여하는 근대성 일반에 기반을 둔 접근방식 자체가 90년대적이다.

그의 비평은 현장비평에서보다 국문학계 전반에 많은 영감을 제공해준다. 현장비평에서 요구되는 대안적 주장 대신 국문학 연구자의 시선을 장착한 그는 한정된 작품 독해에 그치지 않고 문학사적 영향관계나 서구 근대문학의 전통, 한중일의 상호작용에 대한 보다 폭넓은 시선을 제공해 주기 때문이다. "일반적인 근대, 그런 것은 없다."라든지 '민족과 민족주의'조차 허구적 구성물로 간주하는 태도에서 알 수 있듯이 그의 문학적 관점은 작품의 치밀한 독해를 바탕으로 80년대와 변별되는 전환의 징후들을 추출하고 그 안에서 미적 전략의 새로운 가치를 발견하는 방식으로 전개된다. 개념 일반의 화석화, 이념의 절대화에 대한 거부에서 출발하는 비평적 문제의식은 '단단한 모든 것을 녹여 증발시키는' 근대성의 요체에 대한 해박한 지식과 각성에서 비롯된 것이다. 그의 비평은 90년대 소설과 80년대 문학과의 길항관계에서 근대성의 새로운 전통을 모색하는 데 집중하는 인상을 준다.

3

90년대 소설에 관한 그의 비평이 거둔 성과와 해석학적 모델이 무엇인지를 알기 위해서는 5부에 실린 글 「모더니즘의 망령을 찾아서」

에 주목해볼 필요가 있다. '근대성의 경험'이라는 부제가 붙은 마셜 버먼의 주저는 황종연의 비평이 기대고 있는 친연성을 보여준다. 그가 비평적 사유의 근거로 삼는 근대성의 제반 문제들은 버먼의 문제의식과 공유하는 접점을 가지고 있다. 그 접점은 자본주의의 가공할 파괴력과 창조적인 생산력이라는 버먼의 문제의식을 현재적 삶의 경험으로 요약하는 한편 이를 시대적 조건으로 전환시킨다는 점에 있다.

마셜 버먼은 '오늘날 전세계에 걸쳐 모든 사람들이 공유하고 있는 경험 양식', 즉 시간과 공간, 자아와 타자, 삶의 가능성과 위험에 대한 매우 중요한 '경험양식'과 '경험 일체'를 '근대성'이라 정의한다. 이 같은 버먼의 근대성 개념에서 고전적인 근대의 비전이 출몰하는 양상 또한 황종연의 비평과 인식론적 기반을 공유하고 있다.

황종연의 비평에서 '역사적 시간성'과 '미적 실천'과 '이론'에 대한 세 개의 꼭지점을 통해 문화가 각축하는 담론장을 조감하는 방식은 페리 앤더슨에게서도 확인되는 사안이다.[5] 이러한 인식론적 기반 위에서 근대성은 앤더슨의 지적처럼 '형식화된 전통주의'를 성문율로 삼는 인식론적 오류인 '절대적 관념화'라는 경향을 보이는 것도 사실이다. 버먼이 말하는 근대성과 모더니즘의 활력이 우리의 삶을 관통하며 끝없는 변화를 요구하는 기계시대의 그것과 분리되어 설명하기 곤란하듯이, 황종연 비평에서는 변화를 즐기며 새로운 가치를 창조하는 추세에 대한

---

5   페리 앤더슨, 김영희·유재덕 공역, 「근대성과 혁명」, 『창작과비평』 80, 1993, 346-347면.

호의적인 관점이 발견된다. 이 관점은 그의 비평적 입지가, 범람하는 광포한 자본주의의 위력과 길항하며 중심화와 주변화를 끊임없이 대체해 나가는 구체적인 현실의 장 안에 놓여 있음을 말해준다.

근대성에 입각한 그의 비평이 가진 설명모델은 전통과 관련하여 과거(전통), 근대화, 인간 계몽의 이념과 역사, 자본주의의 사회경제적 제도성, 도시, 아이러니의 미적 철학적 원리 등에 의해 좀 더 다양하게 변주된 개념과 미시적인 논리를 만들어낸다. 그 개념들을 구성하는 것이 앞서 언급한 다양한 키워드들인데, 아마도 이러한 이론의 단위들은 그의 비평 전체에서 설명되는 근대성과 모더니즘 경향이 가진 미적 성과를 해석해 내는 데 대단히 유용하다. 근대성 해명을 위한 그의 비평적 모색은 90년대 한국소설의 "원리·규범·형식"(391면)와 그 소설들의 계보학적 의미들을 풍요롭게 해석해 주기 때문이다.

그의 비평이 감행한 90년대 이후 한국소설에 대한 풍요롭고 독창적인 해석에 담긴 미학적 감수성과 그 가능성과는 별도로, 그 해석적 인식틀에 착종된 오인은 없었는지도 짚어볼 필요가 있다. 페리 앤더슨이 말하듯이 소비중심주의가 '문화대혁명'으로 오인되었던 사정처럼,[6] 90년대 한국소설을 근대성의 연장선으로 파악하는 그의 비평에는 어떤 전망도 내리기 어려운 미래에 대한 모호함이 개재하는 것도 사실이다. 그 모호함은 "끝없이 재현되는 현재만 있을 뿐 전유할 수 있

---

6   페리 앤더슨, 같은 글, 353면.

는 과거도, 기대할 수 있는 미래도 없는 닫혀진 지평"[7]이다.

황종연의 비평이 당대 소설에 대해 취하는 조심스럽고 착잡한 진단을 이해할 수 없는 것은 아니지만, 근대성의 지표가 한국문학을 모두 설명해 줄 절대적인 개념은 아니라는 점에서 미학적 조건과 인식론적 틀 역시 끊임없는 자기갱신의 처지에 놓여 있음은 물론이다. 황종연의 비평에서 자아 혹은 창조적 개인에게 요구되는 단련된 교양과 전통적 의미의 감식안조차 무궁한 발전의 비전을 담은 근대성 개념 안에서 또 하나의 단일한 개념으로 전락할 위험 또한 있기 때문이다. 그의 비평에서 과거와 현재를 중첩시켜 당대 문학의 불투명성을 제거하는 수순을 넘어 미래를 향한 전망에 관해서도 적극적이고 과감하게 발언하기를 주문하는 것은 단순한 기대만은 아니다.

(2001, 미발표)

---

7   위의 글, 354면.

네 편의 북한소설 읽기(1)

북한사회의 변화와 경제적 합리성: 변창률의 「영근 이삭」

1

소설은 사회의 집단심성을 '맥락화한' 한 편의 이야기이다. 소설에는 한 사회 구성원들의 주된 관심사가 무엇인지 어떤 방식으로 살아가고 있는지가 잘 드러난다. 북한의 소설도 그 점에서 예외가 아니다. 북한소설 또한 북한사회가 요구하는 인간상과 그들이 살아가는 삶의 애환을 잘 담아내고 있다.

2000년대에 들어와 북한사회가 추구해 온 변화로는 체제 이데올로기로부터 실용적 사고가 중시되는 경향 하나를 들 수 있다. 지난 십년 동안 북한사회는 '고난의 행군'으로 대변되는 혹독한 경제난과 그에 따른 체제 위기를 이겨냈다. 북한사회 내부의 변화의 중심에는 2002년 7월 1일 시행된 소위 '7.1 경제관리개선 조치'가 있다. 이 정책은 북한사회의 변화를 촉발하는 매우 혁신적인 조치들로 이루어져 있다. 이 조치는 그간 시행되어 온 계획경제 방식을 탈피하여, 국가 보조금 중단과 인센티브 제공, 배급제 폐지와 생활비 인상과 같은 시장

경제적 요소를 도입하고 있다. 이에 따라, 기업소와 공장이 자율권을 보장하는 것으로 그치지 않고, 책임경영을 통해서 얻은 초과생산에 대한 이익을 처분하는 권리까지도 허용하기에 이른다. 이러한 조치가 결과적으로 북한사회 전반에 걸쳐 변화를 불러일으키는 동력을 제공한 셈이다.

'고난의 행군' 이후 북한사회는 식량난과 물자난, 에너지난을 타개하기 위한 전 산업 분야에서 효율성을 제고하는 모습을 보여준다. 1998년부터 2004년 7월까지 대대적인 토지정리 사업을 시행하면서 7,700여 정보의 농경지를 확보하는 등 식량문제 해결에 진력해 왔다. 또한 에너지난을 타개하기 위해 곳곳에 수력발전소 건설을 독려했고, 150Km에 이르는 개천-태성호 물길을 완성하여 10만 정보의 논밭에 용수를 공급하는 등 산업 인프라 구축에도 박차를 가했다. 이러한 노력 속에서 경제관리 조치가 시행되었다. 경제관리 조치는 관행화된 정실주의와 비효율적인 관료주의를 비판하며 경제적 사고와 합리성에 입각한 사고와 실천을 정책적으로 뒷받침하는 개혁책의 면모를 갖는다.

변창률의 소설 「영근 이삭」(『조선문학』, 2004. 1)은 경제관리 조치 이후 북한사회가 변화하는 일상을 반영한 작품이다.

단편소설

영근이삭

변 창 률

눈보라이는 밖을 내다보며 이윽토록 창가에 서있
던 작업반장 전석근은 다시 책상에 마주앉았다. 책
상우에는 1분조명단이 적힌 수첩이 펼쳐져있었다. 좀
전에 1분조장 최정식아바이와 마주앉으며 펴놓은것이
였다. 이제는 60나이가 된 아바이의 후임문제를 토론
하려던 참이였었는데 분조원 강영실아주머니가 숨가
삐 뛰어왔다.

《빨리 가시자요. 시끄러운 일이 생겼어요.》

《시끄러운 일이라니?》

아바이는 미간을 좁히며 물었다.

《오늘 진행한 개인세대 퇴비실사를 몽땅 다시 해
야 한다는거예요. 조마다 둘것에 담은 땅이 같지 않
고 집집마다 질도 각이하다면서…》

《누가?》

《누군 누구겠나요. 홍화숙이 아니면…》

《홍화숙이가? 음… 어쩐지 아침부터 실눈이 돼
서 입술을 감쳐문게 미타다 했더니… 하긴 잠시
라도 너좋구 나좋구 하구 입다물고있으면 <홍말썽>
이가 아니지.》

분조장은 성가시다는듯 머리를 저으며 일어섰다.
좀 기다려달라는 말을 남기고 강영실을 따라서는 아
바이를 바라보는 석근의 얼굴이 어두워졌다. 석근
은 아바이의 후임으로 다름아닌 그 홍화숙이를 점
찍고있던터였다. 그래서 아바이의 의향을 묻자던 참

이였는데… 공교롭기란…

1분조원들의 이름을 짚어내려가던 석근의 원주필이
강영실의 이름에서 멎었다. 남자 못지 않게 일솜씨
가 걸싸고 농사물계에 환한 녀인이다.

분조장의 말 한마디면 쉬는 날, 명절날도 가림없
이 일러로 달려나오는 녀인, 하지만 분조농사를 맡
기기엔 뭔가 부족하게만 느껴진다. 왜서일가?… 최
정식아바이가 뇌이면 말이 떠올랐다.

《분조장노릇을 하자면 모든 일에 앞제를 맬줄 알
고 사람들의 마음을 움직일줄 아는 이 두가지가 기
본이라구 할수 있지. 곡식에 비유한다면 크고 잘 여
물어야 용근 이삭이라고 하는것과 마찬가지랄가…》

그 말대로 하면 잘 어울리지 못했다고 해야 할지.

다시 명단을 짚어가던 그의 원주필이 홍화숙의 이
름에서 멎었다. 아무리 보아도 적임자는… 하지만 분
조원들이 찬성하겠는가? 더구나 최정식아바이가 《용
근이삭》으로 보겠는지…

석근의 눈앞에는 홍화숙과 관련된 지난해의 일들
이 화면처럼 흘러갔다.

×

1년전 석근이 작업반장으로 임명된지 며칠이 지
나서였다. 소한무렵의 강추위가 계속되던 어느날 작
업반선전실에서는 농장원모임이 있었다.

지난해의 영농사업이 총화되고 분조별 대렬편성

2

「영근 이삭」은 협동농장을 무대로 농민들의 일상을 주된 내용으로 삼는다. 작품의 주인공인 '홍화숙'은 협동농장의 기본 단위인 분조의 한 사람이다. 그녀는 '홍말썽', '홍타산'이라는 별명이 붙을 만큼 분조원들과는 자주 불화를 일으킨다.

작품의 관찰자이자 서술자인 작업반장 전석근은 1분조장이 연로하여 그의 후임을 놓고 토론하던 중에 '홍화숙'의 분란 소식을 듣고는 곤혹스러워한다. 작업반장에게 홍화숙은 "남자 못지 않게 일솜씨가 걸싸고 농사물계에 환한 녀인"(46면)이다. 작업반장은 홍화숙에게 1분조장을 맡길 심산이었기 때문이다.

홍화숙의 '옹근 이삭' 같은 면모는 '분조의 화목'을 바라는 사람들에게는 끝없는 분란을 일으킨다. 이 같은 면모는 오늘의 북한의 일상에서 낡은 것과 새것이 충돌하는 접점을 보여준다. 홍화숙이 골치덩어리에 가깝게 그려지는 것은 낡은 사고에 사로잡혀 있는 이들의 관점에서이다. 일년 전 부임한 작업반장은 지난 소한 무렵 개최된 농장원 모임에서 3분조장이 작년도 영농사업을 함께 지도하고 분조별 편성을 끝낸 다음 홍화숙에 대한 푸념을 늘여놓는 것을 들은 적이 있다.

3분조장의 푸념은 홍화숙 때문에 '머리털이 다 셀 정도'라는 것이 요지이다. 홍화숙은 거름 운반작업 도중 휴식시간에 애기엄마가 짬을 내서 탁아소에 젖먹이러 갔다가 작업총화 시간에 늦은 일을 문제 삼았다고 불만을 토로한다. 홍화숙은 작업총화 시간에 늦은 애기엄마에게 '융통성 없이' "거름 한 차 실은 것은 물론 그 시간에 뜨락또르(트랙터-인용자)가 태워버린 기름값까지 계산해야 한다"(47면)며 닦아세웠던 것이다.

부임한 지 얼마되지 않았던 작업반장은 3분조장이 털어놓는 홍화숙에 대한 푸념이 대체 어떤 맥락인지 가늠조차 하기 어렵다. 작업반장의 혼돈은 관찰자인 독자의 입장에 가깝다. 그러나 '낡은 사고를 가진' 3분조장의 전도된 시각에서 풀려나오는 홍화숙의 면면은 이야기가 전개되면 될수록, 그녀의 진면목이 하나둘 드러난다. 홍화숙이라는 존재를 알아가면 갈수록 부정적인 평판에서 긍정적인 면면으로 치환된다.

그녀는 작업시간을 허비한 것에 상응하는 비용 문제를 예리하게 포착하고 있었고 분조원들의 투정은 자신들에게 있는 비효율과 정실주의에서 연유한다. 작업반장은 3분조장의 불평불만이 '경제적 타산'에 기초한 새로운 감각을 구비한 홍화숙과 대면하면서 청산해야 할 낡은 통념임을 발견해 나가는 중립적 개인이자 관찰자에 해당한다. 3분조장이 신랄하게 제기하는 '홍화숙'의 문제점은 오히려 지향해야 할 경제관념이기 때문이다.

작품은 경제적 가치 판단에 익숙한 자와 그렇지 못한 이들과의 대립구도를 가지고 있다. 대립은 경제적 타산에 대한 분조원들의 이해를 심화시키는 일종의 긴장상태에 해당한다. 분조장과 홍화숙의 긴장은 정실주의와 '관행'이라는 이름으로 벌어진 낙후한 관행들의 부정성을 낮설게 만든다. 이는 계획경제와 집단주의적 관행에 익숙한 부정적 일상세계의 생생한 단면이다. '기가 막혀서…'라는 푸념은 분조원 개개인이 경제적 타산을 창출할 합리적 사고의 부재, 정실주의에 매몰된 상태를 드러낸다.

새로운 작업반장의 부임은 새 시대에 걸맞는 사유와 실천을 요구하는 북한사회의 변화와 맞물려 있다. 작품은 새로운 질서를 안착시키는 계기를 일상의 자잘한 풍경에서부터 이야기를 풀어내는 역량을 가지고 있어서 개성적이다. 작가는 '홍화숙'과 분조원들 사이에서 관행이라는 이름으로 행해진 작업장의 비효율을 조금씩 개선해 나간다.

'홍화숙'의 문제적인 성격은 집단의 이익과 화목을 강조하는 정실주의를 비판하고 경제적 타산에 어울리는 합리적 사고를 발휘하는 것이 과연 어떤 가치를 갖는지를 보여주는 데 있다. 3분조장의 푸념은 표면적으로 분조원들의 화합을 저해하며 분란을 일으키는 홍화숙을 비난하는 것이지만, 그러한 비난과 투정이 사회 변화에 발빠르게 적응하지 못하는 사상적 미숙함을 보여주는 증좌라는 점에서 양가적이다. 관찰자인 작업반장조차 논란 많은 홍화숙이 작업반에 장애가 되지 않을까 우려하기 때문이다.

홍화숙을 중심으로 전개되는 협동농장에서의 좌충우돌식 분란은 북한 농촌사회를 전일적으로 그려내는 방식을 취하지 않는 대신 생동하는 일상의 표정들을 구체적으로 묘사하고 있어서 흥미롭다. 더구나 까다로운 홍화숙에 대한 논란은 이야기가 전개되면서 부정적인 모습에서 점차 긍정적인 의미로 바뀌어간다. 부정성이 긍정적인 모습으로 변해가는 징후들은 어조를 통해 확보된다는 점에서 이야기의 분위기는 경직되지 않고 유쾌하고 낙관적인 여흥들로 가득하다. 분조원들의 원성과 분조장의 푸념은 '화목을 바라는 정실주의와 타성'에서 비롯된 것임이 밝혀지면서 협동농장을 무대로 펼쳐지는 변화하는 분위기는 홍화숙이 불러일으키는 분란이야말로 새로운 가치관으로 무장한 '종자'와도 같다는 경탄을 낳는다.

예컨대, 홍화숙은 탁아소 책임보육원에게 땔나무 문제를 제기한다. 이로 인한 갈등의 본질은 지금처럼 분조원들이 돌림식으로 탁아소의 땔나무 문제 해결하는 방식이 임시적이라고 잘라 말한다. 그녀는 탁아소 인원들이 합심하여 자체적으로 봄가을에 열흘씩만 나무를 심는 근본적인 처방이 필요하다고 역설한다. 식목사업은 훗날 '땔나무림(땔나무숲-인용자)' 몇 정보를 마련하는 것이고 그로부터 사료를 얻고 염소도 기르고 꿀벌도 치면 고기와 우유를 얻을 수 있다는 것이 그녀의 주장이다.

작업반장조차도 의구심을 갖는 그녀의 원대한 포부는 일 년 사이에 변화된 현실을 불러들이는 주요 원천이다. 작업반장은 버려진 탁아소 뒤편 둔덕에다 지난 일년 사이에 농장관리일군들이 합심하여 아카시아 땔나무숲과 넓은 강냉이밭을 조성한 광경을 바라본다. 이 풍경에서 그는 농장사람들이 일구어낸 엄청난 변화를 실감한다. 이 변화를 선도하는 인물이 바로 홍화숙이다.

'홍화숙'의 인물 형상은 단순히 한 개인의 범주에 그치지 않고 실천적 과업을 실행에 옮김으로써 만들어진 변화상을 체감하게 만든다는 데 있다. 그녀의 당찬 면모는 강냉이밭에서 강냉이 포기를 정성스럽게 살피는 연구사 처녀의 활동과 겹쳐진다. 연구사 처녀는 식량난을 타개하려는 국가이성의 의지를 실행하는 존재이다. 강냉이 개량사업에 헌신적인 노력을 기울이는 연구사 처녀의 면모처럼 '홍화숙' 또한 경제적 타산을 몸소 실행하는 전위에 해당하기 때문이다. '홍화숙'은 벼모판을 냇물에 씻어내고 뜨락또르 기술자와 합심하여 모심기의 기계화를 성취하는 창안자이기도 하다.

그러나 '홍화숙'은 사업의 모든 성과를 자신의 몫으로만 챙기는 인물이 아니다. 그녀는 작업복 주머니 넣어둔 까만 비닐지갑인 '로력일수첩'에 꼼꼼하게 하루의 작업량을 기록하고 이를 꼼꼼히 따지는 계획경제의 실현자이다. 수첩에는 수확된 강냉이알까지도 정확히 세어 기록해 둠으로써 다른 분조와 뒤섞인 강냉이 수확물을 가려내는 데 일조한다. 이 과정에서 늘 부딪치기만 하던 홍화숙과 3분조장 사이에 다시 한번 큰 분란이 일어난다. 3분조장은 홍화숙이 분류하고 강냉이 알수를 기록해 나가는 작업을 일거에 무너뜨린다. 강냉이 수확량을 정밀하게 계량하려 했던 홍화숙은, 3분조장이 "뭐가 아직 내려가지 않아서 생색이요? 이렇게 망신을 주어야 씨원하겠소? 이거나 저거나 무엇이 다른가 말이요? 까다롭다는 건…"하며 반발하자 홍화숙은 일순간

당황한다.

홍화숙은 3분조장의 서슬퍼런 행동에 골라둔 강냉이의 큰이삭이 흩어진 것을 집어들면서 곤혹스러운 표정으로 응대한다. 홍화숙은 "너무 지나쳤다면 용서하세요. …하지만 이 강냉이는 한 이삭이라도 축나거나 보태여져도 안되는 거예요." 하며 사과한다. 그와 함께 그녀는 "먹는 문제를 풀자구 우리 과학자들이 뼈와 살을 깎으며 연구해낸 품종"이라는 사실과 함께 "정확한 수확고를 알려줘야 그들의 연구사업에 도움이 되고 우린 앞으로 더 많은 알곡을 낼" 과정이라는 점을 설명하며 "이것이 소란을 피우고 까다롭게 구는 것으로 되는가요."(54면) 하며 반문한다.

홍화숙이 관찰한 유달리 큰 강냉이 수확물의 특징이나 기록해 둔 강냉이 알의 수는 단순히 개인의 작업량과 관계되지 않는다. 그녀의 노력은 연구사 처녀의 강냉이 개량을 위한 과학적 영농사업의 결과와 연계되어 있어서 훗날 식량난 해소에 일조하는 국가사업의 일환이라는 사실이 뒤늦게 밝혀지는 셈이다. 볼을 타고 흘러내리는 눈물과 함께, 영농사업의 기초를 이루는 관찰의 기록이 중요하다는 점을 역설하는 '홍화숙'의 메시지는 체제이데올로기의 절대적 교시가 개인의 일상적 영역으로 옮겨온 것인 만큼 징후적이다.

3분조장은 평소 이악스럽게만 보였던 '홍화숙'의 진의를 뒤늦게 깨닫고는 진심으로 사과한다. 3분조장의 낭패감과 뒤늦은 각성은 정실주의에 사로잡혀 자존심에 상처입은 것으로만 여기며 저항하는 북한

사회의 오랜 관성을 구체적으로 보여주는 대목이다. 관행에 물든 존재들의 저항은 비단 농업 분야에만 국한되지 않는다. 작품은 사회 전반에 만연한 정실주의와 비경제적 관행들을 환기하며, 이를 개선하는 의지와 노력으로 변화를 가능하게 만들자며 특별한 인물을 내세운다. 그가 바로 홍화숙이다.

3

'말썽군', '타산쟁이'에서 옥수수의 큰 이삭처럼 '영근 이삭'으로 판명된 '홍화숙'의 인물됨은 북한사회가 추구해야 할 경제적 실리주의와 긴밀하게 연관되어 있다. 이 활력 있고 낙관적인 여성 주인공은 남성들의 편견과 고루한 통념을 타파하는 역동성을 내장하고 있다. 그녀의 '실리'는 사회변화를 이끄는 동력이 경제적 가치 획득을 위한 실천의지와 통한다.

그녀는 냉동기(냉장고)와 색텔레비죤(천연색 텔레비전), 록음기, 재봉기와 같은 가전제품을 장만해 둔 자산가이다. 값비싼 공산품을 보유한 풍경 외에도, 그녀의 집은 돼지, 염소, 토끼, 닭, 오리, 게사니(거위), 칠면조 등 온갖 가축를 키우는 사업가의 면모도 보여준다. '홍화숙'의 풍요로운 가정상은 그녀의 역동적인 경제활동가가 곧 낯설지 않은 사회가 될 것임을 시사해 준다. 또한, '홍화숙'은 일상에 그저 안주하며 분란없이 살아가는 타성에 젖은 존재들을 각성시키는 일꾼이다. 그녀는 '관행'이라는 이름으로 적당히 타산을 맞추려는 중간 및 초급 일꾼들을 질타하며 정체된 관료주의의 폐단을 파타하는 역할을 마다하지 않는다.

「영근 이삭」은 식량난 해소와 경제난 극복에 진력하는 오늘의 북한 사회를 실감나게 보여주는 작품이다. 이 작품은 협동농장의 정체된 일상을 타파하기 위해 새로운 개인을 등장시킨다. 사회 전반에 걸쳐 경제적 곤경을 해소하기 위해 분투하는 오늘의 북한은 '홍화숙'의 언급처럼 '수확고의 정확한 계량화' 같은 과학적이고 경제적 타산을 실현시킬 주역들이 필요해 보인다.

홍화숙이 일으키는 갈등과 분란은 관행이라는 낡은 통념에서 빚어지는 혼란이자 낙후된 현실 속 통념에 사로잡힌 이들의 저항이다. 이를 계도하기 위한 분란과 소음은 어찌 보면 당연해 보인다. 「영근 이삭」은 여주인공 '홍화숙'을 내세워 북한사회가 요청하는 '경제적 합리성'과 '사회 변화의 방향'을 제시하고 있다. 홍화숙은 침체된 공동체 성원들에게 자발적인 변화를 촉발하고 변화의 동력을 사회 전반에 파급시키는 인물이다.

네 편의 북한소설 읽기(2)

개발과 생태계 보존이라는 딜레마: 최련의 「바다를 푸르게 하라」

1

　생태계에 일어나는 사태와 파장은 우리의 상상을 넘어선다. 사태가 심각한 수준에 이를 정도면 단시일에 해결하기가 불가능하다. 최근 서해안 원유 유출사태로 인한 엄청난 파장도 그러한 면모를 유감없이 보여준다. 백만 명을 훨씬 넘긴 자원봉사자들의 참여가 세계에 널리 회자되기는 했지만 삶의 터전을 잃어버린 서해안 주민들의 절망은 넓고 깊다. 어민들의 생업은 전쟁 수준에 버금갈 만큼 초토화되었고 기약 없는 재난 상황으로 엄청난 스트레스를 겪는 게 일상이다. 그러나 오염된 바다의 소생은 수십 년, 수백 년을 기다려야 하는 게 냉엄한 현실이다.

　지금의 북한사회는 생태계 문제에 관해 어떤 인식 수준과 태도를 가지고 있을까. 북한사회가 생태계 문제에 눈뜨게 된 것은 오래되지 않았다. 1986년 4월 최고인민회의에서 채택한 '환경보호법'이 생태계의 관리 보존을 법적으로 제도화한 첫 행보였다. 이후 공해방지와 생태 환경 보호를 위한 각종 시책을 펴나갔다. 하지만, 1997년 대만으로부터 핵 폐기물을 수입하려 했던 점을 떠올려 보면, 환경보호에 대한 관심이나 수준은 그리 높지 않아 보인다.

북한은 대도시보다는 중화학공업지대의 환경 오염 문제가 심각한 것으로 알려져 있다. 중화학공업단지에서 배출되는 각종 유해 폐기물은 처리시설과 여과장치를 갖추지 못해 인근 해역의 오염 정도는 예상을 훨씬 넘어서는 것으로 전해지고 있다. 또한 북한 농촌에서는 물자난으로 인해 산림 훼손이 심각하고, 토양 오염, 쓰레기 및 폐기물 오염, 수질 오염 등이 뒤를 잇는다.

북한의 환경 오염 문제는 중화학 분야를 중시해온 산업정책의 필연적인 산물이다. 경제적 어려움과 함께 환경오염 문제는 심화된 것으로 보인다. 홍수와 산사태와 같은 자연재해의 피해가 더 커진 것도 땔감을 얻고 식량난을 해결하기 위해 산자락을 밭으로 일구어 산림을 지속적으로 파괴했기 때문이다. 그래서 북한에 지원해야 할 첫번째 협력사업으로 산림녹화를 꼽기도 한다.

오늘의 북한사회가 생태계 문제를 거론하기 시작한 것도 사태의 심각성에서 비롯되었을 개연성이 높다. 생태계에 대한 인식의 일단을 보여주는 최근의 소설 사례가 있다. 최련의 「바다를 푸르게 하라」(『조선문학』, 2004.2)가 바로 그것이다. 작품은 드물게도 바다 생태계에 대한 북한사회의 인식을 가감 없이 반영한 경우다.

단편소설

바다를 푸르게 하라

최 련

《아버지, 이것봐요. 바다는 저렇게 파란데 왜 여
긴 파란 물이 들지 않을가요?》
원양어로에서 돌아온지 하루밤에 안되는 젊은 선장
은 딸애가 모래불에 쪼그리고 앉아 바다물에 잠그었
다 불쑥 내미는 하얀 천뎅기를 보자 어리둥절해졌다.
《그건 무슨 소리냐?》
여섯살난 소녀는 한숨을 내쉬었다.
《아버지, 이걸 좀 보란 말이예요. 저기 저건 새파란
데 여기 물은 파랗지 않거든요. 왜 그럴가요?》
그제야 딸의 말뜻을 알아차린 아버지는 바다를 향
해 크게 웃었다.
《하하- 저기는 파랗고 여기는 맑단 말이지. 하
하…》
껄껄거리던 아버지는 원방에 찬 딸의 눈길을 보자
일른 웃음을 거두었다.
《오. 그건 말이지. 바다물이 맑기때문에 파랗게 보
이는거란다. 해빛이 바다물에 비치면…》
하마트면 《빛의 흡수》요 《반사》요 하는 말이 튀
어나갈번 했으나 제때에 말을 끊은 선장은 보다 알기
쉬운 말귀를 더듬어보았다. 그러다가 끝내 찾지 못한듯
한손을 홱 내젓고는 귀여운 딸을 움쭉 안아일으켰다.
《해송아, 그러지 말구 우리 이제 아버지 배를 타
구 저기 저 바다 한가운데까지 나가보자꾸나. 물이 정
말 파란가.》
《야, 좋네.》
이제껏 꿈만으로 달려가던 바다 한가운데로 아버지
와 함께 나간다는 말에 손벽을 치며 환성을 올리던 딸
은 문득 아버지의 눈을 똑바로 쳐다보며 간절한 눈빛
으로 물었다.
《근데 언제요?》
《이제 해송이가 요만큼 더 큰 다음에.》 하고 아

버지는 딸의 머리우에서 한뽐도 안되는 위치에 넙적
한 손바닥을 펴보였다. 소녀의 눈에는 그쯤한 높이는
이제 열흘밤만 자고나면, 아니 한 일주일만 지나면 자
랄것 같아보였다.
《응 좋아. 난 꼭 저기까지 나가볼래요. 거긴 물이
새파랗거야.》
소녀는 확신에 넘쳐 수평선 한끝을 바라보았다. 아
직은 자기의 비밀을 숨겨둔 바다가 이 꿈많고 호기심
넘친 소녀의 눈동자속에서 온통 푸른 빛으로만 반짝
인다.
…
이제는 20년전의 일이 되여버린 추억이 왜 이 순
간에 문득 떠올랐는지 해송은 딱히 짐작할수 없었다.
혹시 나약한 마음이 불러낸 추억은 아닐가… 아무리
짚어봐도 지금의 이 불안한 심리와 유년기의 그 추억
사이에 어떤 련관이 있는지는 도무지 싫이지 않았다.
어느덧 자기가 찾는 사무실의 방번호가 눈에 띄우
자 해송은 호- 하고 한숨을 내쉬고는 조심히 문을 두
드렸다.
《안녕하십니까?》
다소곳이 인사하고 머리를 들던 해송은 한순간 굳
어졌다.
이 방의 주인인듯 책상을 마주한채 전화를 걸고있
는 사람은 이목구비가 단정한 청년이였다. 이제 서른살
쯤 되였을가. 혹시 방을 삭갈린게 아닌가 하여 돌아
서려는데 청년은 송수화기를 든채 한손으로 잠간 기
다리라는 시늉을 해보였다. 여유있고 틀이 잡힌 동작이
다.
《그렇습니다. 1년나마 가정을 떠나서 살았습니다.
정성을 기울여주십시오. 집에 들어서서 단란한 식사
를 할수 있도록 말입니다. … 아이, 못미더워서가 아

71

2

「바다를 푸르게 하라」는 여성 과학자를 주인물로 등장시켜 '바다 생태계의 보존'이라는 문제를 담아낸 작품이다. 작품의 첫면 머리말로 배치된 "경제와 과학기술을 비약적으로 발전시켜 나라의 국력을 백방으로 다지자!"라는 구호는 과학자의 임무가 무엇인지를 잘 보여준다. '과학의 비약적 발전과 그로 인한 국력 배양'은 국가적 표어이지만, 작품은 과학기술의 발전에 매진하는 과학자들의 긍정적인 면모만 다루지 않는다. 가정생활을 희생하면서까지 수행해야 하는 실험실의 애환, 국가 이익과 생태계 파괴가 병존하는 현실에 대한 개인의 고민이 작품의 주요 테마이다.

작품의 중심 화자는 현지답사조 책임부원 '박신철'을 수행하는 '윤해송'이다. 그녀는 어릴 적부터 고향 바다를 지켜보며 성장해 온 존재이다. '윤해송'은 바닷가의 아름다운 정경을 벗삼아 아버지와 함께 대화를 나누었던 20년 전의 추억을 떠올리며 고민에 빠진다. 그녀의 고민은 바다 자원의 합리적 사용보다는 자원 남용과 고갈로 인한 생태계의 파괴를 목전에 두고 있기 때문이다.

작품의 주된 소재는 해초를 활용한 시약 생산 문제이다. 시약 개발은 외화 획득과 관련해서나 자원 활용에서 없어서는 안 될 긴급한 과제이다. 이 사업은 국가의 부를 제고하는 국가적 시책에 부응하는 일이다. 하지만 시약 생산은 불가피하게 바다 자원의 고갈을 초래하고 생태계 교란을 불러올 것이 불보듯 뻔하다. 자원 활용과 바다 생태계 보존이라는 문제를 놓고 이야기는 시종일관 긴장된 모습을 보여준다.

'윤해송'은 '련포 앞바다'에 침광시약 시험분 공장을 건설하는 움직임에 "바다 주변 바다풀을 연간 수백수천 톤씩 거두어들여야" 하는 남획 문제를 지적하며 시약 생산에 반대한다. 그녀는 "바다풀 그 자체와 그 풀에 모여사는 미생물들은 물고기들의 먹이로 리용될뿐 아니라 은 신처로도 되고 특히는 알쓸이터"이므로, "바다풀이 없어지면 물고기들은 자기 서식터를 잃게 되고 결국 바다생물계의 생태학적 사슬고리는 파괴"되고 만다는 점을 역설한다.

시약 공장 건설을 위해 현지답사차 내려온 책임부원 '박신철'은 '윤해송'의 생각을 충분히 이해하지만, 시약 생산이 "국가적 의의를 가지는 사업"이라는 점을 내세워 사업을 밀어붙이려 한다. 그는 시약 개발이 "희유금속의 선광 실수률을 높임으로써 나라에 막대한 리득"이 된다는 논리를 들어 '윤해송'의 주장을 받아들이지 않는다. 외화 획득의 필요성이 제기되는 시기에, "시약 생산에 쓸 해조류의 량은 현재 바다에 잠재해 있는 량에 비해 (…) 그리 많은 것은 아니"므로, 시약 공장 건설이 오히려 "바다 자원의 합리적인 리용"이라는 것이 박신철의 입장이다.

박신철 등이 이미 사업 비준을 받은 점을 감안할 때 바다 생태계의 보존을 외치는 윤해송의 목소리는 반향이 커지 않다.

윤해송은 자연보호연맹에 호소하는 외에는 딱히 다른 방도가 없는 상황에 낙담한다. 답답한 마음에 바다를 찾은 그녀는 해변에서 아이로부터 조가비를 한 줌 얻은 지적인 여자를 만난다. 해송은 그녀에게 답답한 심사를 털어놓는다. 해송은 몇십 년 후면 해안 기슭의 바다풀이 사라지면 물고기들은 사라풀도 갈매기도 없는 바다가 무슨 바다겠어요"라고 반문하며 바다를 사랑하는 자신의 속내를 털어놓는다.

윤해송의 이야기를 경청한 이는 침광시약을 개발한 당사자인 채연경이다. 채연경은 윤해송이 이곳 해안 마을 출신이며 몇년 전까지도 이곳에 살았다는 것, 이 바다에서 "조가비도 줏고 양식공 언니들과 함께 미역을 따면서 해지는 수평선을 바라보며 노래도 불렀"으며, "마을 사람들은 바다를 무척 사랑"한다는 것, "'고난의 행군' 때 엄청난 시련을 겪으면서도 바다를 가꾸었"다는 사연을 전해듣는다. "나도 알아요. 그 공장이 필요한 공장이고 또 해조류의 량도 조절할 수는 있다는 걸⋯ 하지만 50년, 100년후의 바다를 생각하는 것이 과연 어리석고 천진한 일일가요?" 하며 반문하는 윤해송을 호기심 가득한 눈길로 접한 채연경은 자신이 연구한 침광시약의 폐해를 가늠하며 고민에 빠진다. 자연 보존과 국가 이익이라는 선택지를 놓고 고심하는 채연경의 모습은 낯설기만 하다.

바다를 사랑하는 해송을 시약 개발 당사자인 채연경과 대면시킨 것은 황폐해지는 자연과 국익 사이에 분명한 척도를 마련하는 문제가 더는 회피하거나 방관할 수 없음을 뜻한다. 자연의 황폐화가 국가의 이익에 부합될 수 없다는 인식은, 긴 안목에서 보면 '자원의 합리적 활용'

이라는 남획과 구별되는 것이면서 '지속 가능한 발전'이라는 생태학적 관점과 연결된다는 점에서 주목된다. 마을사람들이 혹독한 경제난을 겪으면서도 바다를 가꾸는 노력을 포기하지 않았다는 해송의 발언도 같은 맥락이다. 이 상황은 북한사회가 처한 자연 생태계의 보존과 개발을 놓고 경합하는 현주소를 잘 말해준다.

해송의 답답한 내면은 바다를 '자원의 합리적 활용'과 '이익의 창출'이라는 현실의 필요성에 비해 바다의 보존 필요성을 역설하는 사회적 인식 수준이 크게 미약하다는 점을 우회적으로 일러준다. 작품은 생태계 보호라는 문제가 현실의 절박함 때문에 우선 순위로 고려되지 못하는 북한사회의 딜레마를 잘 포착하고 있는 셈이다. 현실적으로 요청되는 국익도 중요하지만, 후대에 물려주어야 할 풍요롭고 아름다운 바다 자원이라는 해송의 발언은 그래서 빛난다.

국익 창출과 자연 보존을 병행하는 일이 얼마나 성가시고 까다로운 일인지는 모두가 수긍한다. 그러나 해법이 이상화되면 현실의 맥락에서 크게 벗어난다. 작품에서 제기한 생태계 보호 문제는 북한의 황폐해진 연근해를 쉽사리 연상시켜 준다. 윤해송의 실망과 답답한 심정이 이 같은 상황을 대변해 주기 때문이다.

국가의 차원인 국익을 강변하는 책임부원 박신철의 발언 강도는 공장 건설을 실행하는 절차의 마무리 단계에 와 있음을 고려할 때 실행될 가능성이 높다. 그에 반해 윤해송의 문제 제기는 순전히 개인적 차원이고 또한 심정적이다. 또한 그녀가 제기하는 바다 생태계의 보존 문제는 지금의 북한사회가 요청하는 국익과는 정면으로 배치된다.

이런 까닭에 여성 과학자 채연경의 결의는 흥미롭다. 채연경은 해송의 바다를 사랑하는 마음과 먼 훗날을 생각하는 생태관에 공감한다. 채연경은 해송에게 자신이 침광시약을 연구했다는 사실을 고백한 뒤 해송에게 바다 생태계를 파괴하는 큰일을 저지를 수도 있었음을 인정하고 고마워한다. 침광시약 개발을 포기하겠다는 연경의 태도에는 자연에 대한 과학자의 열정과 양심이 함께 발견된다.

하지만, 연경은 시약개발의 철회보다도 자신의 연구를 가능하도록 해준 가족들의 헌신이 수포로 돌아가는 것을 안타깝게 생각한다. 국익과 직결된 사안과 경제적 효과만큼이나 가족에 대한 미안함을 피력하는 것은 매우 흥미로운 현상이다. "난 나 하나의 고생쯤은 아무렇지도 않아. 그러나 애 아버지와 웅이가… 날 기다리고 있어. 내가 다시 시작해야 한다는 소식을 듣고 실망해할 모습을 생각하면 정말 마음이 아프구나." 여성과학자의 일상은 가족의 희생과 헌신으로 가능했다는 자각은 국가를 우선시하는 당위성과는 크게 어긋나 있다.

작품은 과학적 성과보다도 가정의 일상과 행복을 희생시켜 가며 밤낮 없이 연구해온 과학자의 일상 대신 가족애와 바다 사랑을 부각시키며 새로운 시약 개발 연구에 나선다. 연경의 결의는 바다 사랑과 공장 건설을 반대하는 해송의 마음에 부응하는 면모가 담겨 있다. 연경에게 중요한 것은 '아들과 남편에게 보여줄 아름답고 풍요로운 바다의 보존이 더 중요한 문제'이기 때문이다. 그녀의 결의는 해송의 진심에 공명하며 바다 자원을 고갈시키지 않고 후대에 물려주어야 한다는 당위성을 전제로 삼는 것이다.

채연경은 열정적인 여성과학자이기도 하지만 그 역시 한 사람의 아내이고 한 아이의 어머니이다. 채연경이 해송의 아름다운 생각을 수용하며 새롭게 연구자로서의 열정을 재정비하는 대목은 참으로 인상적이다. 작품의 마무리는 채연경이 아들 웅이에게 보여줄 건강하고 풍요로운 바다를 떠올리며 새로운 시약 개발에 나서는 것으로 끝난다. 과학자의 면모가 국익과 바다 자원 보존이라는 모순형용의 선택지 앞에서 생태계 보존을 가족애와 동일한 가치로 간주하며 자연 애호가로 거듭나는 장면은 이상적이다.

3

「바다를 푸르게 하라」의 묘미는 여성과학자의 연구가 외화 획득과 국익이라는 막대한 성과를 거두는 노골적인 성공담이 아니라는 데 있다. 아름다운 바다의 미래를 역설하는 주장에 감화받아 오랜 기간 연구 개발한 침광시약의 생산을 포기하는 모습은 오늘의 북한사회가 직면한 생태계에 대한 인식이 이제 출발선상에 있음을 보여준다.

작품의 가치는 여성 과학자의 새로운 결의와 가족에 대한 애환을 바탕에 깔고 자연의 무분별한 개발과 맞서서 생태계 보존이라는 문제를 초점화한 데 있다. 바다 자원의 남획이 우려되는, 해조류를 원료로 한 침광시약 생산을 포기하고 이를 대체할 새로운 시약 개발을 준비한다는 이야기 설정은 작가의 상상에 가깝다. 현실에서는 당연히 시약 공장 건설이 진행될 공산이 크다.

시약공장 건설로 인해 멀지 않아 바다 생태계가 피폐해질 것이라는 문제 제기에는 오늘의 북한사회가 바다를 미래의 자원으로 상정하며 고심하는 인식의 변화가 엿보인다. 이는 '한반도의 남쪽을 관통하는 대운하 건설'을 놓고 논란 중인 우리 사회에도 그대로 통용될 만한 문제의식이다. 윤해송의 문제 제기는 바다라는 자연 생태계에 대한 애정을 바탕으로 '자원의 합리적 활용을 통한 지속가능한 발전'이 무엇인가를 묻는 데 있다. 생태계 보존을 위한 그녀의 고심과 행동은 후대에 물려줄 자연을 어떻게 지켜내고 가꾸어야 할 것인지를 구체적으로 모색하는 것이기도 하다.

작품에서 채연경의 행로는 피폐한 북한의 생태계를 보존하려는 과학자들의 고민을 잘 보여준다. 자신의 마음을 추스리는 연경의 모습에서는 과학자로서의 양심을 포기할 수 없는 덕목으로 내세운다. 작가의 고심은 파괴된 자연이 먼 훗날에나 평화로움과 풍요로움을 회복할 것이라는 점에 있다. 이같은 판단은 작금의 현실에서는 자원의 남획으로 인한 생태계 파괴가 국익을 제고하고 외화 획득으로 이어진다는 현실적인 논리이자 실정력을 가지고 있다는 전제에서 출발한다. 작품은 자연 생태계에 대한 북한사회의 관심은 생태계 보존과 국가 발

전을 어떻게 병행해 나갈 것인가를 고민하기 시작했다는 점을 징후적
으로 보여준다.

네 편의 북한소설 읽기(3)

참된 교육의 이상: 김혜영의 「답」

1

어느 사회에서나 사람들의 세상살이만큼 중요한 과제의 하나가 교육일 것이다. 교육은 미래세대에게 인간다움을 가르치고 사회적 동질성을 공유하며 사회의 이념과 관습, 제도를 훈련시키는 체계적이고 전문적인 과정이다. 이 점은 북한사회도 마찬가지이다.

북한에서 교육은 "나라의 흥망과 민족의 장래 운명을 결정하는 중요한 사업"(『교육법』, 1999.7.14. 제1조)으로 규정된다. 김일성 주석의 사망(1994) 이후, 북한의 교육법은 탈냉전의 시류에 따라 법령 단일화를 통한 체계화를 지향하고 있다.

북한의 교육 연한은 1975년 '우리식 사회주의'에 입각하여, 유치원 높은반 1년, 소학교 4년, 중학교 6년에 이르는 11년의 교육과정을 무상 의무교육 기간으로 설정했다. 고등교육의 경우, 일반 고등교육과 성인교육이 병행되는 것이 북한 교육의 특징이다. 북한에는 3개의 종합대학과 다수의 단과대학, 고등전문학교가 있다. 단과대학에서는 각

분야의 전문 기사를 양성하고, 고등전문학교는 현장 기사를 양성한다. 또한 공장이나 농장에 부설되어 학업과 노동을 병행하는 공장대학, 농장대학, 어장대학, 대학 부설 통신대학 등이 사회 현장에서 직업교육의 필요성에 맞게 운영되고 있다.

북한에서 교육은 개인을 위해서가 아니라 사회집단과 국가, 당과 수령을 위해 헌신하는 '공산주의적 인간 양성'에 목적을 두고 있다. 1950년대에 형성된 주체사상은 1970년대에 이르러 '정치원리'로 채택되었다. 주체사상은 「노동당 규약」(1970)과 「사회주의 헌법」(1972)에 명문화되었고 현장교육에도 그대로 적용된다.

「사회주의 교육에 관한 테제」(1977)는 북한의 교육이 혁명화, 노동계급화, 공산주의화를 지향하며 '당과 사회주의 혁명에 충실한 혁명인재'를 양성하는 데 목적을 두고 있음을 명백히 한다. 이러한 교육테제에 따라 북한의 교육은 "사람들을 당과 혁명, 조국과 인민을 위하여 몸 바쳐 투쟁하는 혁명인재로 키움으로써 혁명의 대를 이어가게 하는 혁명사업"으로 정의된다. 특히, 김정일 위원장 체제에서는 교육테제에 명시된 목적에 따라 강성대국과 기술강국을 지향하며 과학인재 양성을 중시하는 변화를 보여주고 있다.

2

　김혜영의 「답」(『조선문학』 2007. 4)은 북한의 교육 현장에서 참된 교육을 위해 헌신하는 교사들의 일상을 다룬 작품이다.

　"남다른 이상과 포부"를 가진 23살 처녀교원 '노경미'와 그녀의 대학 동창이자 동료 교사인 '원옥희'가 등장한다. '노경미'는 최우등으로 교원대학을 졸업하고 나서 군소재지 학교를 마다하고 궁벽한 고향의 소학교에 자원하여 교육의 이상과 포부를 실현하려는 열정의 소유자이다. '원옥희' 또한 '노경미'와 뜻을 함께 하는 동료 교사이다.

　작품에서 두 처녀교원은 과학영재를 어떻게 발굴하고 교육시킬 것인가를 놓고 서로 갈등한다. 두 사람은 교육적 이상을 실현하려는 교육 현장에서 서로 다른 관점 때문에 충돌한다. 이들이 학생지도에 임하는 생각과 태도는 국가의 과학발전에 기여하는 인재들을 양성해야 한다는 사회적 요구에 닿아 있다. 하지만, 두 처녀교원의 갈등에는 계량주의에 매몰된 성적 지상주의를 비판하고 피교육자인 학생을 부모의 마음으로 사랑함으로써 인간 개개인의 특성에 맞게 지도해야 한다는 메시지가 담겨 있다.

　이야기는 소학교 처녀교원 '노경미'의 시선을 중심으로 전개된다. 그녀는 교원대학을 최우등으로 졸업하고 높은 이상과 열정으로 학생들을 지도하는 인물이다. '노경미'는 교장으로부터 김영성 학생의 어머니가 요청한 대로 동료 교사인 '원옥희'의 학급으로 옮기겠다는 통

위대한 수령님 탄생 95돐
전국문학축전작품
단편소설

답

김혜영

1. 불협화음

로경미는 2년전에 교원대학을 졸업하고 모교에 배치된 23살의 처녀교원이다. 경쾌하게 추어올린 머리에 이목구비가 여무지게 들어박힌 동그란 얼굴이며 다부지고도 탄력있는 몸매… 모든것이 귀엽싱스럽고 발랄한 인상을 주면서 생기와 열정을 끌임없이 발산시키는 처녀다. 그의 쟁쟁하고 청높은 목소리와 언제나 달리다싶이 하는 빠른 걸음새는 모든 일에서 두각을 나타내게 했다.

이것은 그가 지닌 남다른 리상과 포부의 발현이라고 해야 할것이다. 대학을 최우등으로 졸업한 그가 군소재지 소학교를 마다하고 궁벽한 고향으로 자진하여온데는 그나름의 포부가 있었던것이다.

그런데 오늘 저녁 뜻밖의 타격이 아심만하던 이 애젊은 처녀의 외기를 꺾어놓았다.

방금전 로경미는 퇴근준비를 하면 참에 교장의 부름을 받았었다.

《경미선생, 그 학급의 김영성학생을 육희선생네 학급으로 옮겨야겠소.》

《예?! 왜 말입니까?》

경미는 깜짝 놀라 저도 모르게 되물었다. 당치 않은 요구를 받은것처럼 가슴이 마구 뛸렸다.

《영성학생의 집은 원래 선생네 지구가 아니라 않소?》

《그렇지만…》

경미는 숨이 탁 막히는듯 하여 더 말을 이울수 없었다. 영성이네가 육희네 학급지구로 이사한것은 1학년때의 일이다. 옮기려면 벌써 그때 옮겼어야 하지 않는가? 그때는 경미가 울기라고 권고했어도 영성이 어머니가 오히려 펄쩍 뛰며 반대했었다. 이것

은 실상 담임교원에 대한 믿음과 신뢰의 표시였었다.

그런데 1년이 지난 오늘에 와서 갑작스레 학급이 동문제가 제기되다니? 이것은 누구에게나 단순한 지역관계로 리해될 문제가 아니었다. 명백히 담임교원에 대한 실망과 배척의 감정이었다.

교원에게 있어 아이상의 수치와 오욕이 어데 있으랴.

하지만 이것이 정말 영성이 어머니의 제기에 의한것일가? 아니면 새 학년도를 맞으며 교무부에서 취한 단순한 학급정리에 불과한것일가?

경미는 묻고싶었으나 퍼뜩 머오르는 예감이 그의 용기를 눌러버렸다.

그렇다. 학부형과의 토의없이 교장이 무작정 결론할수는 없는 일이다. 그리고… 중요한건 영성이 어머니가 충분히 그런 제기를 할수가 있다는것이다.

하지만 경미는 충동적인 자격지심으로 하여 이 조치를 받아들일수가 없었다. 이런 경우 학부형의 제기만이 절대권을 가지는것은 아닌것이다.

《교장선생님, 전 영성학생을 보낼수 없습니다. 더구나 육희선생도 동의하지 않을겁니다. 이건 교권과 관련되는 문제고 또…》

《육희선생은 이미 영성이를 받겠다고 동의했소.》

《예?!…》

경미는 소스라치듯 놀라 치커뜬 두눈을 바르르 떨었다. 《동의했다》는 그 말이 마치도 《배신했다》는 말처럼 붕명되어 뇌리를 때렸다.

그는 고개를 돌리고 피나도록 입술을 깨물었다.
…

황혼이 짙어가는 구내길에 구두소리가 외로이 울렸다. 천천히 그러나 규칙적으로 울리던 그 소리가 문득 멈춰섰다.

경미의 앞에 한 처녀가 서있었다. 같은 학년을 담

보를 받고 당혹해 한다.

영성이가 1학년 때, 옥희 선생의 학급으로 옮기도록 권고했으나 그 때는 영성이 학생의 어머니가 극력 반대했다. 담임인 경미 자신에게 믿음과 신뢰를 보내주었던 영성이 어머니의 마음은 왜 바뀌었을까? 이 물음은 학생의 재능과 관련된 교사의 지도방식과 맞물리면서 이야기를 이끌어가는 힘이 된다.

'노경미'는 영성이의 학급 이동 문제를 수치와 모욕에 가까운 교사 불신임으로 여긴다. 하지만 영성이의 학급 이동은 학부모의 요청과 동료 교사 '원옥희'의 동의를 받은 사안이었다. 어디에서부터 문제가 잘못되었던 것일까.

경미는 지난 1년간 참으로 열성을 다해 학생들을 지도했다고 자평한다. "타고난 총명한 두뇌에 향학열까지 결합되어 무엇이든 한번 배워주기 무섭게 받아들이고 부단히 앞서나가고 싶어 하는 그 기특한 아이들"을 위해 '노경미'는 우수한 인재들에게 마음을 다해 교육사업을 벌여왔다고 자부한다. 게다가, '노경미'는 "학급의 전반적인 실력, 평균 성적만을 중시하고 적당한 수준으로 두루뭉술하게 교육"하는 것을 지양하고, "나라의 과학기술에 이바지할 뛰어난 인내 후비"를 키워내는 것이 "정보산업의 시대", "지식전, 두뇌전의 시대"에 걸맞은 교육자의 소임이라고 생각하고 진력해 왔다.

'노경미'는 학급 아이들에게 교수와 과외지도를 하는 한편, 이해력이 뛰어난 몇몇 아이들을 개별 지도해 왔다. 그러던 차에 영성이 어머니는 '노경미'를 초대하여 생일상을 푸짐하게 차려주며 아들 영성이를 4학년에 있을 '소학 부문 최우등학생과 경연'을 준비하는 과정에 참여시켜 달라고 부탁한 것이었다. 이 자리에서 영성이 어머니는 탁아소에서부터 엉뚱하고 남달리 머리가 좋다는 소리를 들어온 영성이의 우수한 자질을 자랑했다. 하지만 '노경미'는 국어시간에 받아쓰기도 절반밖에 못 쓴 채 답안을 제출하고, 수학문제를 제시하면 맨 나중에 답을 하거나 선생의 질문에 답하지 않은 채 눈만 껌뻑거리며 앉아 있는 영성이를 떠올리며 영성이 어머니의 부탁을 자녀에 대한 잘못된 환상이라고 판단한다. '노경미'는 영성이 어머니의 부탁을 공정성의 원칙에서 벗어난 것으로 판단하여 영성이 어머니의 부탁을 받아들이지 않는다.

여기에서 동료 교사 '원옥희'와의 관점이 확연하게 갈라진다. '원옥희'는 '노경미'에게 "영성이 엄마 말을 들으니 그 애가 정말 범상히 볼 아이가 아닌 것 같애. 잘하면 뛰어난 수재로 키울 수 있지 않을가?"(60면) 하고 반문한다. 반면, '노경미'는 '원옥희'에게 '교육자의 양심'을 걸고 자식문제에 대한 부모의 높아진 관심이 사회풍조가 되고 있는 현실에서 인정과 편견에 사로잡혀서는 안된다는 원칙론을 내세운다. 노경미는 그런 인정주의와 편견이 '진짜 수재'를 놓치고 '인공 수재'를 양산하게 되면 '사회적 죄악'이 된다고 비판한다. '노경미'는 "강짜로 주입시켜서 일시적으로 성적을 높이구 그런 식으로 상급학교에 입학시켜 공부를 시킨다 해두 기껏해야 간판이나 쥐였지 실지로 나라의 과학기술발전에 이바지 할 수 있니?"(60면)라고 반문한다. 그러나 '원옥희'는 영성이의 집과 이웃한 곳에 살면서 소문을 익히 들었던 까닭에 영성이의 재능에 흥미를 보인다.

노경미와 원옥희의 대화에서 짐작 가능한 현실은 교육 현장에 만연한 정실주의의 폐단과 그로 인해 반복되는 인재 발굴의 실패상이다. 이는 우리 사회에서도 떠들썩한 '치맛바람'과 그다지 다르지 않다. 노경미는 교육자의 양심으로 학부모의 청탁과 같은 교육 현장에 만연한 폐단을 진단하는 셈이다. 그녀는 교육자의 인정주의와 편견 때문에 진짜 수재는 찾지 못한 채 성적 지상주의에 길들여진 '인공수재'만을 양산하는 현실을 향해 직격탄을 날리고 있다. 반면, 원옥희는 영성이의 재능에 관심을 가지며 그에 걸맞은 학습지도 방법을 찾아나서는 인물이다.

영성이 어머니의 청탁과는 별개로, 노경미는 지난 1년 동안 영성이의 지능 계발을 위해 노력과 시간을 아끼지 않았다. 그러나 영성이는 이해력이나 문제 푸는 속도에서도 굼뜨기 짝이 없었다. 집중력과 학습에 대한 열의 또한 신통치 않았던 것이다. 결국 노경미는 영성이에게서 산만한 모습만 발견한 채 실망하고 만다. 그런 끝에 영성이 어머니는 학급 이동을 요청했던 것이다.

노경미의 시선으로 전개되는 이야기의 흐름에서 영성이에 대한 교사의 회의는 양가적 의미를 갖는다. 하나는 노경미가 그토록 비판해온 성적지상주의에 정작 경미 자신이 매몰된 모습을 보여주고 있기 때문이다. 노경미에게는 북한사회의 교육이 지닌 성과 지향주의에 대한 비판도 담겨 있지만 수요자인 학생을 인간적으로 배려하지 않는 비교육적 태도가 드러난다. '노경미'의 회의(懷疑)에는 교육 현장에 만연한 정실주의의 폐단과 비교육적 처사, 재능없는 학생에 대한 학부모의 과도한 관심, 성적 지상주의라는 현실이 뒤섞여 있는 셈이다.

영성이에 대한 노경미의 회의감은 헌신적이고 학생 중심의 지도방법을 찾아내려는 동료 교사 원옥희의 헌신적이고 인간적인 면모에 대한 발견으로 전환된다. 곧, 비교육적 처사로 얼룩진 교육 현장에서, 참된 교육의 이상을 실현하는 모습은 원옥희에게서 나타난 것이다. 노경미는 자기 학급 학생들에게 최우등생 경연대회를 지도하는 한편, 영성이를 떠맡은 원옥희를 유심히 관찰한다. 경미는 밤늦도록 영성이와 마주앉아 지도에 어려움을 겪는 옥희를 바라보면서 학생 본인에게는 부담을 주고 교사는 아까운 시간을 허비한다고 지레짐작한다. 경미의 이러한 관점은 평범한 학생에게 요구하는 과중한 학습의 부담, 과잉경쟁에 내몰린 교육 현실이 북한사회에도 실재함을 보여준다.

그러나 원옥희는 남들보다 속도가 느리기는 해도 엉뚱한 생각을 하는 영성이의 특성을 다른 방식으로 이해하고는 그에게 맞는 교수법을 찾아내려 애쓰는 남다른 교사상을 보여준다. 그녀는 탁아소에까지 찾아가 영성이의 학령전 교육을 담당한 교원들을 만나 영성이의 재능을 찾아내기 위해 탐문하는 등 성의를 다한다. 마침내 보육원 교원으로부터 영성이의 엉뚱함과 숨겨진 재능의 소유자임을 간파한다. 원옥희는 영성이가 야외학습에서 잠깐 보았던 뜨락또르를 정밀하게 그려낸 세밀화가 바퀴에서부터 온갖 기관을 정확하게 그려낸 것을 목격하고는 그의 재능을 알아차린다. 영성이의 재능을 차츰 깨달아가며 비범한 능력을 이끌어내기 위한 옥희의 헌신적인 지도는 소학부문 최우등생 경연장에서 꽃을 피운다. 경연장에서는 지금껏 보지 못한 유형의 기하 문제가 출제되어 모든 참가자들이 문제를 풀지 못했으나 영성이는 문제를 창의적으로 풀어내며 1등을 차지한 것이다. 이로써 서로 다른 시각을 가졌던 경미와 옥희의 교육지도 또한 승패가 명확해진다.

경미가 발견하지 못한 영성이의 재능은 옥희의 입을 빌려 드러난다. 옥희는 영성이의 재능이 "알고 보니 그 앤 배워주는 것을 기계적으로 받아무는 것이 아니라 이렇게 저렇게 뒤집어 반대로 생각해보기를 좋아하구 또 어떤 문제든 자기 식대로 계산해서 답이 나오는 것을 재미있어 하"고 "그런 버릇이 있어서 어쩌다 쉬운 문젤 내두 거기에 무슨 오묘한 이치가 숨어 있지 않나 해서 한참씩이나 '깊은 사색'에 잠기군 했던" 것임을 밝힌다. 옥희는 영성이의 재능이 "한 마디로 말해서 단순 사고보다 복잡사고를 좋아하는 아이"(66면)라는 것이다.

영성이의 능력을 발견하는 옥희의 결론은 그에게 숨겨진 독자적인 사고력이다. 이는 교육의 과정주의에 신뢰를 보내는 전인적 교육관의 핵심에 해당한다. 비록 사회주의 교육의 이상에 근거해 있으나 어느 사회이든 인재란 그 사회를 이끄는 재목을 지칭하는 것과 크게 다르지 않다. 단순한 대입을 통해 구성되는 기계적 지식이 아니라 자기 스스로 지식을 구성해 내는 창의적인 사고가 아마도 여기에서 말하는 '복잡사고'일 것이다. 이러한 사고는 사물의 이치를 배운 지식을 반복적으로 구성하는 것이 아니라 사물과 현상으로부터 원리를 스스로 사유하고 발견하는 입체적인 사유를 가리킨다.

경미는 자신과 옥희를 비교하며 교육 현장에 만연한 타성과 정실주의, 성적 지상주의에 눈멀었던 자신을 치열하게 반성한다. 자신에게는 "부모된 심정, 부모다운 사랑"이 없었다고 스스로를 질타하는 경미는 '순결하고 뜨거운 그 사랑'만이 학생의 숨은 재능을 찾아낼 수 있다고 말하면서 " 나는 오직 인정에 지지 않는 원칙과 공정성만이 교육자의 양심이라고 생각했지만 결국 아니었"으며, "그건 양심이 아니라 눈앞의 성적만을 보고 손쉽게 실적을 내보려는 야심"(65면)에 지나지 않았다고 고백한다.

경미의 반성은 교단생활 4년을 결산하는 것만으로 그치지 않는다. 그녀의 반성은 교육자의 이상을 다시 환기한다는 점에서 인간교양을 지향하는 북한의 소설 문법에 충실하다. 경미의 성찰에서는 학생들의 '숨은 재능'을 발굴하기 위한 노력이 야심으로 변질되지 않으려면 어떤 자질을 구비해야 하는지를 재확인시켜 준다. 학생에게 교사는 부모의 마음으로 행해지는 사랑과 관심이 필요하다는 해묵은 진실을 강조하는 셈이다.

분명하게 드러난 학습지도의 결과를 놓고 경합하는 처녀교원의 서로 다른 지도방식은 오늘의 북한사회에서 교육의 이상을 성취하는 참된 교육과 참된 교육자상에 대한 높은 요구를 반영한다. 경미는 '옥희'라는 거울을 통해서 "시험지가 아닌 아이들의 일상생활과 부모들의 말 한 마디에서도 숨은 재능을 찾아내기 위해 애쓰던 그 사려깊은 마음"을 거울처럼 성찰한다. 노경미는 "사고방식의 특성과 그에 맞는 교수법을 찾아내기 위해 탁아소와 유치원까지 찾아다니고 무더위 속에 수십 리를 뛰어다니던" 원옥희를 통해 교육자의 이상을 다시 발견한다. 원옥희야말로 "자식을 위해 어머니만이 바칠 수 있는 그런 사랑이고 헌신"(65면)으로 영성이의 재능을 이끌어낸 진정한 교사상이다.

3

한 편의 소설을 통해 사회 성원들의 삶의 구체상을 살필 수 있다면 「답」은 오늘의 북한사회에서 교육 현장에 만연한 현실적인 문제들을 다루며 '참된 교육의 이상'을 잘 보여주는 사례로 읽을 만하다. 성적 제일의 계량주의적인 교육 실태, 학부모의 치맛바람, 재능보다는 성적 우수 학생에 대한 교사들의 편중된 관심, 사랑과 열정이 결여된 교사들의 지도방식 등이 이 소설을 낳은 원천이다.

이야기의 흐름은 교육 현장에 만연한 온갖 부조리한 현실을 뒤집는 방식을 취하지 않는다. 아동의 재능을 발견하는 과정에서 부모의 관찰과 교사의 헌신적인 노력은 결코 둘이 아니라는 메시지를 통해 학교

현장의 교육은 낙관적인 결론으로 매듭된다. 학생의 재능을 발견하고 자 애쓰는 교사의 열정이 이야기 중심에 배치되고, 새로운 교수법을 마련하고자 애쓰는 교사의 모습이 부각되는 데에는 교육 현장에 만연한 온갖 부정적인 세태를 극복하고 참된 교육의 이상을 구현하려는 사회적 바람이 반영되어 있다.

작품의 화자는 근거없는 자긍심과 성적 지상주의에 매몰된 교사를 등장시켜 현장교육 속에 퇴색된 참다운 교육의 의미를 성찰하게 만든다. 화자는 굼뜬 학생에게 적절한 교수법을 찾아 애쓰는 교사의 가치를 발견하면서 참된 교육이 과연 어떤 모습이어야 하는지를 성찰하게 만든다.

하지만 현장교육의 현실은 녹록하지 않다. 정실주의를 극복하려는 안간힘을 쓰는 경미의 시점이 설득력 있게 다가오는 것도 그 때문이다. 학생의 재능을 발견해 내려는 교사의 노력이 동료 교사의 오해를 벗어나 새로운 의미를 확보해 나간다는 이야기의 이중적 궤적은 사회적 편견과 오해를 헤쳐가며 인간적인 교육이라는 이상을 실현해야 한다는 북한사회의 소망을 잘 보여준다.

이 값진 성찰의 경로에서는 재확인되는 가치는 그리 새로운 것이 아니다. 자식을 사랑하는 부모의 마음으로 학생을 지도하는 것, 아동들에게 감추어진 재능을 꽃피게 만드는 것이 교사의 권리이자 의무이기 때문이다. 여기에는 교사의 타성적인 지도방식이나 자기중심적인 태도가 학생과 학부모에게 많은 상처를 준다는 점과, 주변 교사들의 질시와 편견에 시달리는 곤고한 현실이 가로놓여 있다는 사실을 환기시켜준다. 아름다운 교사는 오해와 질시 속에서도 묵묵히 학생의 재능을 찾아내고 그에 걸맞은 지도법을 터득해 가는 모습이다. 교사의 아름다운 지도는 어느 사회에서나 요구되는 인간에 대한 시선과 참된 교육의 이상이 무엇인지를 곱씹게 만든다.

네 편의 북한소설 읽기(4)

통일을 바라는 북녘사람들의 마음: 리종렬의 「산제비」

1

소설은 한 사회의 속성과 구조와 관심사를 이해하는 데 아주 요긴한 텍스트이다. 소설이라는 텍스트로부터 통계치나 분명한 정책의 세부와 의도를 충실하게 확인할 수는 없다. 하지만, 소설 텍스트는 다양한 인간 군상들의 생각과 사회적 관심사, 지향이나 일상의 구체상을 반영하는 작중현실을 통해 정서의 생생한 육체를 확인하도록 해준다.

1989년 6월, 남한의 한 여대생이 평양에서 개최된 세계청년학생축전에 참가하기 위해 독일을 거쳐 입북했다. 그녀는 북한에서 통일의 열기를 지피는 뇌관과도 같은 역할을 수행했다. 티셔츠에 수수한 청바지 차림을 한 이 앳된 여자대학생이 평양 거리에 등장했을 때 평양 시민들은 열광했다. 그녀의 입북은 남북협상을 위해 38선을 넘은 김구 선생의 행렬 이후 근 50여 년 만에 일어난 사건이었다.

남한에서는 그녀가 돌발 행동은 하지나 않을까 우려했으나 그런 일은 일어나지 않았다. 북한에서의 일정을 모두 소화하고 평양을 가두행진한 뒤 그녀는 판문점으로 귀환하겠노라고 선언했다. 가톨릭신자였던 그녀를 위해 천주교 교단에서는 신부를 판문점으로 파견했다. 공안당국에서는 두 사람을 실정법 위반으로 현장에서 체포, 구금하였다. 통일의 열기를 지핀 그녀의 패기나 가톨릭신자의 위험한 상황을 방치하지 않겠다는 신부님의 의지는 감동적인 기억으로 남아 있다.

북한에서 임수경은 '통일의 꽃'으로 불릴 만큼 대중들의 환호를 불러일으켰다. '임수경 신드롬'은 북한사회에 남한사람들의 삶에 대한 관심을 촉발시켰다. 북한에서는 임수경이 입었던 수수한 티셔츠와 청바지가 유행했다(그 전까지 청바지는 미국 자본주의문화를 상징하는 금지 품목 중 하나였다). 게다가 가톨릭신자였던 임수경이 방북한 이후 '종교는 인민의 아편'이라고 규정한 북한 사회의 통념도 바꾸어졌다. 이듬해에 열린 남북실무자회담을 취재하러 서울에 온 북한 기자들은 호들갑스러울 만큼 그녀의 집을 방문 취재했다. 방문 기자단의 열기는 임수경 신드롬의 연장이었다.

한 청년이 감행한 통일을 향한 열정과 행보가 거둔 결실은 과연 무엇이었을까. 그 결실은 무엇보다 북한사회를 동질감을 갖는 겨레로 대면하게 된 일이 아닐까 싶다. 청년들의 용기와 열정, 자기헌신을 통해 얻은 열매는 저 북녘의 땅, '적국의 수도'에서 우리 사회가 오랫동안 만들어낸 금기의 불온성을 걷어내고 통일의 열기를 지폈다는 데 있다. 용기는 두려움을 넘어 타자를 새롭게 이해하는 인식을 열어젖힌다.

그런 점에서 임수경의 방북은 실정법을 넘어서는 무모함에도 불구하고 과감한 행보였고, 남북한이 모두 통일에 대한 열망과 이상을 새롭게 환기시킨 대담한 실행이었다.

2

리종렬의 「산제비」(『통일예술』, 1990 창간호: 림종상 외, 『쇠찌르레기』, 살림터, 1993)는 비록 소품이지만 임수경의 평양 입성을 소재로 삼은 작품이다. 작품에는 임수경의 방북을 계기로 북한사회가 지니고 있었던 민족 동질감과 통일의지가 곡진하게 담겨 있다.

작품은 박세영(1902-1989) 시인의 미망인 '김숙화'의 시점으로 전개된다. 작품은 칠십을 훨씬 넘긴 노구를 이끌고 평양에 입성한 임수경을 만나러 집을 나선 김숙화가 건강을 염려한 며느리의 제지로 귀가하는 장면에서 시작한다. 집으로 발길을 돌리며 못내 서운해하는 그녀는 생전에 통일을 염원했던 남편을 떠올린다.

시인 박세영은 누구인가. 그는 경기도 고양군 빈농 가정 태생으로 배재학당을 수학하고 중국 혜령의 영문전문학교에서 공부한 뒤 1924년 귀국하여 사회주의 예술운동에 가담한 시인이다. 그는 '염군사' 동인, '카프' 맹원으로 활동하며 해방 전까지는 주로 시와 아동문학 분야에서 활동하였다. 해방 전 개인시집으로는 대표작 「산제비」(1936)를 수록한 시집 『산제비』(중앙인서관, 1938)가 유일하지만, 카프 맹원들과 함께 펴낸 『카프시인집』(집단사, 1931), 권환, 박아지, 박석정, 이흡, 조벽암 등과 함께 펴낸 해방기념시집인 『횃불』(우리문학사, 1946)을 펴냈다. 1946년 월북한 그는 북한에서 왕성하게 활동하였다. 1947년 시집 『애국가』를 간행했고, 장편서사시, 장편과학 환상소설, 동요, 동시 등 다양한 장르에 걸쳐 1,800여 편의 작품을 창작하며 북한 문단의 원로가 되었다.

박세영은 남북이 분단되면서 짧은 근대문학의 역사가 남과 북으로 분립한 것을 몸소 체험한 비극의 당사자였다. 당대의 문학인들은 일제의 식민지배 아래서도 좌우가 대동단결하여 민족의 감수성을 진작시켜 왔다. 해방을 맞이하면서 문학인들은 근대문학의 전통과 기억을 뒤로 한 채 서로 다른 이념과 체제를 선택하며 서로 다른 행로를 가야만 했다.

방북한 남한 여대생과 원로시인을 연계시킨 작품의 의도는 '서울대표'가 지핀 북한사회의 통일 의지를 보여주는 데 있다. 시인의 아내 '김숙화'는 '서울대표로 온 처녀'가 "고령의 무게 있는 저명인사"라고 느낀다. 그녀는 임수경을 "김구 선생이나 여운형 선생과 비슷한 용모"라고 여기기 때문이다. 김숙화는 가녀린 임수경을 통일 의지를 김구와 여운형의 통일의지에 견준 셈이다.

'김숙화'는 노구를 끌고 임수경이 묵고 있는 고려호텔을 방문하려한다. 그 이유는 순전히 카프 시절의 '박세영'이라는 청년시인의 존재

도 알지 모른다는 생각 때문이다. 그녀는 남편이 생전에 간절히 염원했던 통일의지를 떠올리며 '남쪽처녀'와 만나려 한다. 이 친밀함의 감정은 열광하는 평양시민들과는 다소 차이난다. 그녀가 임수경에 대한 친밀감을 표시하며 만나려는 까닭은 한 세월을 시인 곁에서 목격한 통일에 대한 열망을 증언할 당사자이기 때문이다.

작품은 체제와 이념을 후경화하며 분단의 현실을 아파하는 문학인들의 오랜 소망이 통일이었음을 부각시키고 있다. 늙은 미망인이 시인 남편을 회상하며 드러내려는 것은 '통일에 대한 강렬한 의지'이다. 미망인의 회상에서 드러나는 것은 분단의 아픔을 감내해온 분단 이전 세대의 애틋한 마음이다.

김숙화는 생전의 그대로인 남편의 서재에 들어가 시인과 상상 속 대화를 나눈다. 그녀는 '창 곁의 안락의자'에 앉아 구슬픈 눈매로 손때 묻은 책과 책상 위 필통과 잉크병이 마치 정지된 것처럼 그대로 놓인 서재를 둘러보고는 울음 섞인 목소리로 다음과 같이 말한다. "여보, 여보, 어째 오늘을 보지 못하고 갔어요. 평양에 서울처녀가 왔어요. 당신 그처럼 바라던 통일이…… 통일의 문이 빠끔히 열린 것 같아요. 아 당신이 계신다면……. 여보! 여보!"

'김숙화'의 '구슬픈 눈매'와 '소리 없는 울음'은 남편을 향한 그리움 때문이 아니다. 그녀는 통일을 열망했던 시인 박세영에게 임수경의 평양 입성 소식을 전하고 있다. 설 명절마다 모여든 문인들로 가득했던 시인의 서재는 북한 문단의 내로라할 만한 시인 작가들이 북적대던 처소이다. 이들은 박세영처럼 월북하였거나 북한이 고향인 경우이다. 박세영과 배재고보 동창인 소설가 송영(1903-1977), 카프 출신의 소설가 엄흥섭(1906-?), 구인회 멤버이자 「천변풍경」, 동학혁명을 소재로 장편대작 『계명산천 밝았느냐』를 쓴 작가 박태원(1909-1987), 함북 경성 출신으로 「오랑캐꽃」과 「두만강」의 시인 리용악(1914-1971), 한때 전위시인으로 활약하다가 통일을 주제로 시를 많이 써온 박산운(1921-) 등이 바로 그들이다.

설날에 서재에 모인 이들은 웃고 떠들고 노래 부르는 것으로 그치지 않는다. 늦은밤 성에 낀 창문 유리로 어둠이 내리면 모두 명상에 잠겨 서울과 남녘 여러 지방의 옛 문우들을 추억한다. 남녘의 문우들은 지금 어떻게 설을 쇠는지 무슨 술을 마시는지, 남녘에서도 우리를 추억해 주는 친구들이 있는지, 술에 취해서 을지로나 명동 어디쯤에 쓰러진 친구는 없을지를 놓고 담소를 나눈다. 그러면서 이들은 이제 남북의 문학이 작품의 소재나 주제, 쓰는 방법에서도 갈수록 달라져 더욱 이질화되고 있다고 한탄한다. 한때, 박산운은 술을 쭉 들고 상을 내리치며 '한숨만 짓지 말고 모두 건재해서 통일을 위해 싸우자, 통일이 되면 통일문학을 건설하자'고 기염을 토한다. '김숙화'는 박산운의 결기에 모인 이들이 눈물 짓던 모습을 회상한다. 설날 풍경과 통일에 대한 의지만큼은 남쪽 문인들이나 북녘 문인들이나 별반 다르지 않다는 점을 절감하게 만든다.

김숙화의 회상에서 드러난 시인 박세영의 통일 의지 또한 그에 못잖다. 박세영은 남한땅에 사변이 있을 때마다 밤잠을 이루지 못한다. 그는 "원고지 우에 펜을 달리는가 하면 얼굴빛은 거멓게 질리고 입술이 까칠하게 말라들어 끙끙 갑자르며 붓방아만 찧었"고, 며칠을 고심하다가 행장을 차려입고 집을 나선다. 그는 개성으로, 개풍과 장풍 지방으로 달려가 "남녘땅을 지척에서 바라보며 시상을 잡으려고 애" 쓴다.

박세영은 서울 하늘이 바라보이는 송악산에 여러 번 오르며 통일시를 써나갔다. 이렇게 쓰여진 박세영의 통일시는 "개성의 '시인의 밤'과 분계선 연선 농민들 앞에서 읊어 만 사람의 가슴에 통일념원이 식지 않고 설설 끓어번지게 했다." 박세영의 통일의지를 잊지 않으려는 김숙화의 마지막 소망은 임수경을 만나 '통일을 향한 시인의 열망'을 전하는 데 있다.

김숙화가 늙고 병든 시인 남편을 간호하던 시절을 떠올리는 대목은 인상적이다. 그는 아내의 '백설 같은 귀밑머리'를 바라보며, "칠흑 같던 머리가 이 지경이 됐으니. 고생이, 맘고생이, 마감에는 간호원 노릇까지??"하며 위로하자 허물어지듯 그이의 가슴에 얼굴을 묻고 흐느껴

울었던 일을 떠올린다.

그러자 시인은 김숙화에게 "울지 마, 울지 말아요. 애들이 듣겠소. 시인은 죽지 않아. 사람들 가슴에 심어 준 시정 속에 영생한다지 않아. 박세영도 재주는 적지만 시인은 시인이였으니까. 영생은 못 해도??"하며 위로 한다. 병석에서 시인은 죽은 뒤 환생한다면 '산제비'가 되고 싶다고 말한다. "그러면 훨훨 날아다니며 서울에도 가 여기 소식이랑 전하고. 사람들을 통일에로 부르고."라며, 순정한 통일의 염원을 피력하고 있는 셈이다.

박세영은 출세작 「산제비」처럼 환생하여 '산제비'가 되고자 하는 바람을 토로하며 다음과 같이 노래했다. "너희야말로 자유의 화신 같구나/ 너희 몸을 붙들 자 누구냐/ 너의 몸에 알은 체 할 자 누구냐/ 너희야말로 하늘이 네 것이요/ 대지가 네것 같구나"(「산제비」) 시인은 자유로운 날갯짓으로 남북을 넘나드는 제비를 바라보며 외쳤던 것은 '산제비'의 자유로움을 바라보며 가로막힌 철조망을 넘어 남북통일을 꿈꾸었기 때문이다. 작품 제명이 '산제비'라는 것은 박세영의 시편에서 차용했다는 점도 분명해진다.

시인의 통일 염원을 마음 속 깊이 간직해 온 '김숙화'는 평양을 방문한 임수경에게서 통일의 염원이 실현될 가능성을 본다. 그녀는 임수경의 출현을 "먼저 간 남편과 그의 문우들이 꿈에도 잊지 못한 소원, 숨지면서도 절규한 통일, 통일의 날이 눈앞에 다가"온 것이라고 믿는다. 그녀는 '임수경'을 자신의 손녀와도 같이 대견해하며 텔레비전 화면을 지켜보고 '임수경'의 막힘없는 연설과 수수한 청바지 차림에 연신 감탄한다.

김숙화의 찬탄에서 보듯, 북한 사람들은 남한 여대생의 출현에서 많은 문화적 충격을 벋은 셈이다. 임수경이 평양을 떠나던 날, '김숙화' 노인은 며느리와 함께 군중 행렬 속에서 무개차를 탄 임수경의 손을 잡는다. 며느리는 곁에서 '이 할머니가 시인 박세영의 아내'라고 소리쳐 외친다. 임수경은 "할머님! 할머님! 안녕히 계세요!"하며 화답하고, '김숙화' 노인은 임수경에게서 '혈육의 정'을 느낀다.

작품은 박세영 시인의 연로한 아내와 평양을 방문한 남한 여대생 임수경과의 짧은 만남을 조명하며 세대를 넘어선 통일의지를 다룬다. 남녀 독자들은 소설에서 발견하는 열기에 휩싸인 평양시민들의 환호성과 넘쳐흐르는 통일에 대한 열망이 낯설지 모른다. 하지만 소설은 단신 입북한 여자 대학생이 분단의 기나긴 세월을 가로질러 평양을 방문했다는 그 사실만으로도 통일리 체제나 이념을 넘어선 당위의 문제임을 보여주고자 한다. 북녘사람들이 염원하는 통일에 대한 의지는 정치 선전과 교양의 차원에서 발화된 것이나 그렇다고 해서 이들이 꿈꾸는 통일에 대한 진심까지 부정할 필요는 없어 보인다. '분단 이전 세대'의 기억을 바탕으로 60년을 넘긴 분단이 지속되어서는 안 된다는 명제에 입각해 있기 때문이다.

'분단 이후에 태어난 세대'는 분단의 비극적 역사를 체감하거나 점차 기억하기 힘든 현실로 진입하고 있다. 분단의 비극이 잊혀져가는 현실은 우려할 만한 수준이다. 그러한 징조는 인용된 소설 속 구절에서처럼, 표기법의 차이가 심화되고 있는 점에서도 잘 확인된다.

오랜 기간 삶과 문화를 함께해 온 민족의 역사가 '과거'라는 미명하에 송두리째 간과되거나 부정되는 것은 미래를 위해 결코 바람직하지 않다. 「산제비」는 북한소설로서는 특이하게도 정치적 선전구호를 드러내지 않는 대신 북녘사람들의 통일의지를 담아내기 위해 남한 출신 시인과 연로한 미망인의 관점을 내세운 작품이다. 인물 설정의 유연함은 북한사회가 바라는 통일의 대의가 우리와 무관하지 않을 뿐만 아니라 소통의 가능성이 존재한다는 사실을 보여준다.

3

통일을 열망하는 북녘사람들의 생각은 작품의 문면에 드러난 의미만으로는 모두 파악하기는 어렵다. 하지만 일상인의 시선과 감각이 국가의 범주를 벗어나 시민의 관점에서 정서적 기반을 확보할 때 우리가 상상하는 것 이상으로 역사적인 계기를 마련할 수 있다.

해방 이후, 이념의 분쟁과 대립을 거쳐 사회적 분단과 정치적 분단으로 치달아간 역사적 현실을 떠올려볼 때, 통일 논의는 남북한이 공히 국가기구가 전담해서 발언해 왔다. 통일에 대한 언급조차 몇 해 전까지만 해도 정치적 의사를 표현하기 어려운 금기였다. 일반 시민들은 법의 실정력 때문에 통일에 대한 언급 자체를 조심할 수밖에 없었던 게 엄연한 현실이었다.

북한은 1946년부터 남한을 해방하는 '민주기지'임을 자처하며 '국토완정'을 천명했고, 남한도 그에 맞서 공공연히 '북진통일'을 주장했다. 남북한은 6.25전쟁을 거치면서 남북의 체제를 더욱 적대시했다. 북한이 선점한 평화담론과 통일 논의는 체제 우위의 정치적 선전도구로 변질, 격하되었다. 오랜 기간 동안 남북한은 호혜의 원리와는 참으로 무관하게 극한적인 군사외교적 대결 국면을 이어왔다.

「산제비」는 임수경의 평양 방문을 계기로 정치적 맥락을 환기하는 대신, 한 시인의 감정을 바탕으로 삼아 분단 이전의 오염되지 않은 '공동체의 기억'을 떠올리는 서술방식을 취하고 있어서 흥미로운 작품이다. 그런 만큼 작품에서 부각시킨 통일의 감정은 유연하게 음미해 볼 필요가 있다. 통일 문제에 대한 유연한 서술 태도는 오늘의 북한사회를 살아가는 이들이 남과 북의 통일을 어떻게 이해하고 실행할 것인가에 대한 작지만 의미 있는 단서를 제공해 준다.

작품에서는 시인 박세영의 일화를 소개하면서 통일을 열망하는 북한 시민들의 감정을 드러내고 있다. 이 감정은 특히 해방 이전의 문우들과 고향, 서울에 대한 기억과 염려하는 정서의 주조음(主調音)에 해당한다. 남녘사람들에 대한 그리움과 통일에의 열망을 부각시킨 것은 민족의 일체감을 강조함으로써 적대와 분열로 점철된 분단의 대결 상황을 넘어서려는 '북한식의 유연한 발화'라고 해도 과히 틀리지 않는다. 또한 '개인의 회상'을 빌려 통일의지를 드러내는 모습이 체제나 이념의 차원을 비껴나 있어서 주목된다. 이것이야말로 체제 대결의 국면에서 갈등해 온 방식을 벗어나 정서적인 공유의 지점을 만들어내는 문학적 상상의 놀라운 힘이다. 작품은 통일의 의지를 시인의 간절한 바람으로 맥락을 바꾸어놓음으로써 다양한 감정의 울림을 발휘한다.

통일은 심정적 열망으로만 결코 성취되지 않는다. 문학은 가까운 미래에는 실현하기 어려운 소망을 분단 이전에 공유했던 기억을 불러들여 분단을 대체하는 평화를 꿈꾼다. 이러한 상상이야말로 문학의 특권이다. 작품에서는 북한사회가 열망하는 통일의지와 세세한 감정의 결을 구체화시킨 시인 박세영의 일화를 사례로 삼는다.

지금은 금강산 관광이 중지되고 남북이 현안을 앞에 놓고 이어가야 할 대화의 장조차 다시 막혀버린 상태이다. 그러한 지금, 우리가 다시 한번 되새겨보고 꿈꾸어야 할 것은 평화와 통일을 환기하는 문학의 가치이다.

텍스트의
풍경

2부
칼럼·기타

평화를 향한 문학의 꿈

제2회 서울국제문학포럼 단상

1. 문학포럼이라는 축제의 장

오늘의 한국사회에서 문학은 주도적으로 문화의 담론을 생산하는 중심에 서 있지 않다. 한국문학의 초라해진 행색은 세계화의 광풍이나 자본의 위력 앞에 유형무형의 재화들을 상품으로 만들어내는 세계에서는 당연한 현상일 수밖에 없다. 그런 까닭에, 지난 5월 서울 한복판에서 벌어진 문학 축제는 오랜만에 문학의 가치와 존재방식을 다시 생각해볼 귀중한 시간이었다.

2005년 5월 24일에서 26일까지 사흘 동안, 한국문화예술진흥원과 대산문화재단이 공동으로 주최한 제2회 서울국제문학포럼은 성황리에 끝났다. 5년 만에 다시 열린 이 풍성한 축제의 장은 참석하는 문인들의 면면이나 명망있는 학자들의 면면을 감안하면 일생동안 쉽게 접하기 어려운 경험이라 판단되어 축제에 걸었던 기대가 적지 않았다. 축제는 그 어떤 나라에서도 쉽게 흉내 내기 어려운 큰 규모였던지라, 초청된 문인이나 학자들은 시종 부러움을 표했다는 후문도 들려왔다.

허나, 이방의 작가들이 토로한 부러움에 우쭐대기보다는 포럼을 통해 위축된 우리 문학의 현실을 진작시킬 내적 계기를 찾는 것이 온당해 보인다.

동아시아발 핵 문제로 인해 북미간에 조성된 신냉전 분위기에서, 서울은 국제사회가 염려하는 냉전지대의 최전선에 있는 거대도시이다. 바로 이곳에서 세계의 문학인들이 한데모여 정치적 수사와 기만으로 타락한 평화의 개념을 전복시켜 '평화를 위한 글쓰기'를 주제로 머리를 맞댄다는 것은 가슴 설레는 일이다. '세계화'의 광포한 동시성, 9.11테러 이후 전개되는 미국의 제국주의화, 민족 분쟁, 가난과 기아, 세계 도처에서 발생하는 테러 등, 인류 모두가 머리를 맞대고 함께 숙고해야 할 많은 난제들이 가로놓여 있다.

이 같은 전지구적 현실은 이제 우리의 삶과 결코 무관할 수 없다는 명백한 사실 하나를 일러준다. 이번 포럼에서 얻은 가장 귀한 결실 중의 하나는 이 착잡한 공동체적 현실이 인류의 평화로운 공존과 맞물려 있다는 안목의 획득이었다. 또한 다시금 문학 고유의 가치가 무엇인지, 문학이 인류의 참된 평화를 위해서 과연 무엇을 할 수 있는지 무엇을 해야 하는지를 성찰하도록 만들었다는 점도 부인하지 못한다. 이번 포럼은 인류 공동체의 평화를 위해 문학이 어떤 가치를 갖는지에 대한 상호 교류와 상호 이해의 장을 제공해준 셈이다.

2. 평화, 인류 보편의 가치

이번 포럼에서 세계 각국에서 초청된 인사들은 혜경궁 홍씨의『한중록』을 이야기하고, 김지하의『오적』에 크게 고무되었으며, 김민기의 「아침이슬」을 감동으로 받아들인다고 고백했다. 우리가 알지 못하는 사이에 세계 곳곳에서 한국문학 독자와 한국문화를 애호하는 이들이 생겨나고 있다.

한국문학의 세계로 뻗어나가는 힘은 매혹적인 어떤 근원이 있어서가 아니다. 한국문학의 저력은 혹독한 근현대사의 현실에서 스스로 구축한 문화 역량과, 이에 매혹된 세계 독자들의 정당한 화답이라고 보아야 옳다. 이는 한국사회가, 한국문학이, 전쟁의 참화와 난경을 딛고 인류의 평화를 거론할 자격을 획득했으며 그 자격도 충분하다는 점을 말해준다. 일본의 저명한 역사학자 와다 하루키는『동북아시아 공동의 집』(이원덕 역, 일조각, 2004)에서 자국중심주의에서 벗어나지 못한 중국이나 식민제국의 경험을 가진 일본보다도, 한국이 동아시아의 평화를 이끌 유일한 주체라고 보았다.

'평화'가 절실한 이유는 무엇이고 영구 평화를 꿈꾸어야 하는 까닭은 무엇인가. 이러한 질문은 우리의 현실에만 국한되지 않는다. 정의와 자유의 이름으로 자행되는 전쟁과 폭력, 가난과 불평등이 오늘의 인류사회 전반에 가하는 위해의 심대한 영향력 때문이다.

평화를 향한 문학의 지향이 가진 가치는 일본계 미국 비평가인 미요시 마사오에 의해 제시되고 있다. 그는 세계화와 그것이 초래한 가난과 기후 변화만이 아니라 식품생산, 인권, 패션과 유행, 전쟁, 예술, 전염병처럼 동시화와 상호 관련성이 증대되는 오늘날, 전지구적인 불안요소와 인류의 삶의 질을 저해하고 위협하는 온갖 사회 현상에 대한 우주적인 사유를 제창한다. 그가 말하는 '우주적 사유'란 오늘의 한국 문학에서 현저하게 퇴조해버린 조망력의 일단으로, 통합학문적이고 초국가적인 성격을 가진 인문학적 상상력이다. 우주적 사유를 통해서 미요시 마사오는 환경 위기의 전지구적 연쇄로부터 희망의 단서를 구한다. 환경 위기는 "전체로서의 지구, 전체로서의 지구 주민이 우리 모두에게 유일하게 생존 가능한 상상체"가 출현할 것이라고 그는 예견한다. 환경 악화 때문에 "지구를 지구상의 모든 존재에 귀속된 하나의 공동성으로 이해하고 경험할 것이 요구되는" 현실에서 출현할 새로운 공동체에 관해 전지구적이거나 보편적인, 또는 포괄적인 지식과 이해를 요청한다. 문학의 필요성도 바로 이 지점에서 생겨난다. '우주적 사유'의 문학이란 모든 개인으로부터 시작하여 전지구적인, 달리 표현하면 '지구생리학'의 조건 속에서 공동체적 사유로 인류 보편의 가치를 확보하는 담론에 가깝다.

한국발 평화문학의 모색은 고은에 의해 그 얼개가 마련되었다. 자신부터가 전쟁의 폐허 위에서 시인의 삶을 시작했다는 고백과 함께, 고은은 정치의 시대와 경제의 시대를 거쳐 문화의 시대를 견인하기 위해, 인간의 침략성을 변화시켜 평화를 실재의 세계로 이끌어내는 사상과 정서를 종합하는 평화문학, 영웅의 무용담이 아니라 민중의 집단적 이상을 담은 평화의 정령을 불러내는 문학을 제창하였다. 그의 발언은 세계 각 지역에 터를 잡고 살아가는 작가들의 평화를 위한 '연대와 제휴'를 통해 전쟁과 국가폭력을 넘어 타자와 타자의 타자인 자신을 아우르며 대안적 주제를 발굴하는 길로 나아가야 한다는 점을 시대적 명제로 내건다.

고은이 제기하는 명제에 부응하는 유효한 사례로는 '동아시아 공동어의 구축'을 제안한 최원식, '국가간 민족간에 발생하는 모든 착취적 기생관계에 대한 증오와 공분', '모두의 발전과 창의성에 바탕을 둔 세계화'를 제창한 응구기 와 시옹고, '여성의 침묵'을 이끌어내는 구술생애사의 관점을 제안한 사회학자이자 작가인 조은의 주장이 경청할 만했다. 작가 황석영은 동도서기(東道西器)를 전복시켜 서도동기(西道東技)로 뒤바뀐 현실을 감안하여 동아시아 공동체 구축이 세계 전반에 평화공동체의 실현으로 진전되어야 한다고 주장했다. 그에 따르면, 문학이 평화공동체를 구축하는 길은 작가들이 "자신의 모국어로 자기들 삶의 경험을 이야기하면서도 인류라고 하는 보편성에 도달"하려는 "평화의 글쓰기"에서 시작된다.

'평화'란 동요의 가사처럼 "꽃피는 산골"의 한가로운 세계가 아니다. 평화란 전쟁의 폐허와 가난, 기아와 죽음의 냄새가 배어 있는 그 열악한 환경에서 동경하고 상상해온 인간의 인간다움을 지켜내려는 문화 실천의 산물에 가깝다. 돌이켜 보면, 한국사회의 행로는 휴전 이후 한국인을 막다른 골목에 밀어넣었던 한계상황 속의 국제정치와 국내정치가 강요한 무서운 인내와 자기파괴의 아슬아슬한 평화를 이어왔다. 시인 김승희는 우리의 불안한 평화를 '마이크로웨이브파 안에서 옥수수 팝콘처럼 튀어오르는 순간' 같다고 표현했다. 시적 이미지로만 포착되는 우리 사회의 전율스러운 평화는 냉소와 역설을 넘어 평화공동체를 준비하는 글쓰기로 바뀌어야 함을 시사한다.

평화 부재의 현실에서 평화를 발신하는 일은 헝가리 출신의 종군작가였던 티보 머레이의 발제에서도 확인된다. 티보 머레이는 1951년 평양 폭격이 맹렬했던 시기와 1953년 7월 휴전협정이 맺어지는 역사적인 순간까지 두 번에 걸쳐 북한을 방문했다. 그는 50여 년의 세월로 퇴락해버린 자신의 기억에서 꺼낸 평화 부재의 현실을 거론했다. 그는 월북한 영문학자이자 시인 설정식이 전쟁의 와중에 창작한 시편「우정의 서사시」와 그의 시집을 헝가리에서 간행한 기억을 떠올렸다. 그는 설정식의 정치적 숙청을 통해 분단과 전쟁의 폐허 속에 부재했던 평화와 정치적 비극을 언급하였다.

제주 4.3사건의 가공할 폭력을 국가의 이름으로 포장하고 은폐했던 공공기억을 균열내는 기억투쟁의 장으로 문학을 명제화시킨 작가 현기영, 유년의 시기에 자욱하게 침잠한 트라우마와 수많은 여성들의 침묵을 거론한 작가 오정희와 사회학자이자 작가인 조은, 독재의 시절에 언어의 균열과 허위에 대한 공분과 정치적 미학적 실험을 언급한 시인 황지우, 가팔랐던 근대화의 경로를 성찰한 작가 최윤과 작가 김연수 등의 발제가 이어졌다. 이들의 발제는 평화와는 거리가 멀었던 근현대의 한국사회가 전쟁과 국가폭력에 연루되어 있음을 보여주었다.

3. 평화적 글쓰기와 작가의 역할

평화적 글쓰기와 그에 따른 작가의 역할을 강조하는 까닭은, 문학이 글쓰기의 의무로만 그치지 않고 한 사회와 권역 내부에 역동적으로 관여하는 문화 실천과 정서적 파급효과 때문이다.

독일 출신 작가 토마스 브루시히는 이 점에 관해 동구 해체와 소비에트 연방 해체를 예로 들고 있다. 지역 전문가들은 동구 해체와 소비에트 연방 해체가 폭력과 분쟁 없이 이루어질 수 있었던 것은 기적에 가깝다고 지적한다. 기적을 이룬 것은 '일체의 무력반대'라는 구호가 유럽사회 전반에서 광범위한 공감대를 구축했기 때문이었다. 지식인들과 권력자들은 협상을 통해 폭력은 절대 없어야 한다는 최소한의 공감대를 확보했다. 데모대는 신중한 행동으로 국가 권력자들을 자극하지 않았고 자신들 역시 비폭력의 행동강령을 준수함으로써 혁명의 평화로운 전개가 가능했다. 여기서 역할을 한 것은 사려깊은 작가들과 지식인들이었다.

우리 앞에 전개되는 새로운 불확실성에 대해 작가들이 추구해야 할 몫은 '모든 폭력'에 대한 거부, 내적 자유와 외적 자유를 쟁취하기 위해

치루어야만 하는 '고통이 주는 즐거움'(볼프 비어만), '자아와 타아의 일여(一如)'(고은)이다. 시인 김광규는 이를 좀더 미시적으로 표현해서 그림으로도 음악, 영화와 연극으로 대체할 수 없는 오직 문학작품으로써만 읽어낼 수 있는 지점에 문학의 필연적인 존재 이유가 있다고 말했다. 작가란 삶의 그늘과 상처, 패배와 고통 쪽에 자리를 마련한 숙명의 존재이며(오정희), 가난과 기아처럼 인류 모두에게 가하는 허위와 폭력성에 맞서는 존재(공선옥)이고, 현실에서 어떤 희망을 읽어내는 존재(김연수)로서, 인간 존엄을 지켜내기 위해 '평화의 글쓰기'를 수행하는 존재이다.

영구평화란 과연 가능한가? 그러나 영구평화란 지상에 존재하는 답안이 아니다. 우리는 이 개념이 칸트의 계몽적 의지가 인류 사회에 빈발하는 전쟁과 모든 폭력들에 맞서기 위해 창안한 것임을 잘 알고 있다. 이런 점을 염두에 두면, '영구 평화'를 쟁취하기 위한 노력이 작가들에게만 부여된 것이 아니라 개인으로부터 점화되어 사회와 집단, 민족과 국가에 이르는 영토화를 지향해야 한다는 점을 깨닫게 된다.

전제의 명백함, 실천의 분명함 때문에 칸트의 영구평화론은 어쩌면 도달할 수 없는 아포리아일지 모른다. 로버트 하스는 칸트의 영구평화론에다 어떤 전쟁국도 민간인에게 영향을 주는 무기체계나 전략을 사용하지 말 것, 전쟁에 대한 생태학적 결과에 대한 책임을 지울 것을 첨언한다. 추가된 조항이야말로 평화를 위한 글쓰기를 수행하는 작가에게 필요한 상상력이다. 그 상상력은 인간의 자유를 침해하는 그 어떤 행위도 거부하며, 지구생태학의 관점에서 지속가능한 인류의 문명적 삶을 상상하고 실천을 자임하는 데서 출발한다.

인류 보편의 가치 지향을 보여주는 문학의 아름다운 전통은 칠레 태생의 작가 루이스 세풀베다의 발제에서 확인된다. 세풀베다에 따르면, 칠레의 마푸체 인디오 문화에서는 무사의 대장을 선출할 때 완력이나 민첩성 대신 말하는 능력으로 서로를 경쟁시켰다. 무사 대장 후보들이 몇 시간, 몇날 며칠에 걸쳐 시적이고, 균형감각을 갖춘 연설을 하며 '대지의 자손'인 부족의 지도자를 선출하는 전통을 가지고 있었다. 플라톤이 철학자의 공화국을 꿈꾸었던 것처럼, 이 인디오 문화는 구술문화 전통과 문학을 통해서 공동체를 관장할 수 있는 지도자에 대한 안목과 지혜를 검증하는 놀랍도록 인간적이고 심미적인 시스템을 갖추고 있다 (나는 이 문화전통이 동아시아에서도 과거제나 '신언서판 身言書判'을 통해 세자를 책봉하는 제도와 상통한다고 느꼈다). 세풀베다는 조상의 위대한 인문학적 전통을 이어받아 빵과 평화, 노동과 정의와 자유를 외치는 것을 자신의 문학적 원류, 인류 보편의 가치라고 언급했다. 인문학적 전통과 결속된 작가의 사유와 글쓰기는 인류가 쟁취한 아름다운 모습 중 하나이다.

지금의 한국문학은 인류보편의 가치에 대한 통찰을 감행하는 거시적 조망력과 진정성이 심각하게 결핍되어 있다. 그런 까닭에 마거릿 드래블의 지적은 경청해볼 가치가 충분하다. 그녀는 문학의 적이 국가에 의한 탄압과 검열만이 아니라 독립적인 문학을 위협하는 대중소비주의의 침략이라 단언한다. 대중소비주의는 검열 없이도 대양을 침범하는 조류(藻類)처럼 번식하며 예술을 잠식한다. 상업주의의 키치화는 평화의 긴급함을 눈앞에 보이는 모든 차이를 말살하는 동일화로 지우면서 예술을 관광상품으로 전락시킨다. 한국문학의 엇비슷한 토속성, 부르주아적 웰빙 취향, 영화나 채팅에 가까운 특성도 동일화의 사례일지 모른다.

포럼을 통해, 세계와 한국의 문학지성들은 심미적 자율성의 신화를 벗어나 인간의 생존과 직결된 문제들을 지구생태학의 관점에서 성찰하고 사유하기 시작했음을 확인할 수 있었다. 평화라는 주제는 일견 진부하고 모호해 보일지 모른다. 현실과 자본의 폭력성, 전쟁과 지역분쟁을 넘어 인류 보편의 가치를 생산하기 위해 머리를 맞대는 데 필요한 구체적인 사유의 거점이 바로 평화라는 테마이다. 이 테마는 식민지의 기억, 전쟁과 분단과 독재, 개발독재와 근대화 등에 이르는 오랜 억압과 폭력에 맞서온 우리 사회의 오랜 경험을 반추하며 세계 문학과 접속하는 통로를 제공해준다.

(2007)

탈냉전시대의 문학과 문화

1. 광복 60년과 한국사회의 변화

오늘의 한국사회가 겪고 있는 크고 작은 변화들은 자주 혼란으로 표현되곤 한다. 하지만 그러한 표현이나 반응은 온당해 보이지 않는다. 냉전질서의 해체와 함께 침묵당한 것들과 억눌린 것들이 제자리를 잡는 당연한 현상이기 때문이다. 이 변화는 그간 유보되고 지연되었던 사회적 의제들에 대한 합의를 도출하기 위한 '의미 있는 혼돈'이라고 해야 마땅하다.

광복 이후의 정치적 문화적 현실은, 시민적 주체의 형성이라는 관점에서 보면, 부정적인 것들로 충만한 현실에서 긍정적인 가치들을 쟁취해 나가는 과정이었다. 세계의 냉전질서를 받아들이면서 민족 내부에서는 좌우이데올로기의 분열과 혹심한 갈등이 일어나고, 천신만고 끝에 남한만의 단독정부가 출범한다.

이 같은 '결여된 국가'로서의 출발은 그 역사적 의의에도 불구하고 많은 문제들을 안고 있었다. 국가의 첫 행보는 식민지 시대의 유제(遺制)들을 효과적으로 단절하지 못한 채 산적한 과제들을 식민지 시대의 경험으로 해결하려 했고, 이 과정에서 많은 시행착오와 희생을 양산했다. 한국사회가 남루함을 딛고 지금과 같이 세계가 선망하는 국가로 발돋움하기까지에는 참으로 많은 시련과 엄청난 희생이 뒤따랐다.

광복 60년이라는 연륜은 수많은 곡절과 파란, 수난과 고통으로 점철된 것이었다는 말이 결코 과장이 아닌 셈이다. 식민지배로부터의 해방, 신탁통치 논란과 군정시대, 대구 10.1항쟁과 제주 4.3, 대한민국 정부 수립과 여순사건, 6·25전쟁과 휴전, 남북분단체제의 고착화, 4.19혁명과 자유당 정권의 붕괴, 5·16쿠데타와 군사정권의 등장, 개발독재, 월남 파병과 한일수교, 7·4남북공동성명, 유신체제의 등장과 몰락, 1980년 서울의 봄, 광주 민주항쟁과 군사독재정권의 출현, 6월 국민항쟁과 호헌철폐, 민간정권의 탄생, IMF사태 등등……. 현대사의 궤적 안에는 어느 한 사건도 쉽게 지나쳐버리기 어려울 만큼 희생과 수많은 곡절이 스며들어 있다. 그러나 이 어두운 굴곡에서 눈길을 돌려보면, 세계 10위권에 육박하는 무역대국으로 성장한 사실도 있다.

성장신화에 대한 세계인들의 선망 어린 눈길에도 불구하고, 정작 우리에게 필요한 것은 경제적 활력에 걸맞은 문화적 심성이 아닐까 싶다. 문화가 남루한 나라가 세계에 존경받는 일이란 있을 수 없겠기 때문이다. 김구 선생은 이미 『백범일지』에서 이 문제를 통찰한 바 있다. 그는 무엇보다도 우리가 세운 나라가 문화의 강국이기를 원했다. 소국이긴 해도 문화 강국으로서 세계 시민들에게 존경받는 아름다운 나라가 되기를 꿈꾸었던 것이다.

과거사 진상규명법의 발효와 함께, 그간 희생과 침묵을 강요당했던 온갖 사회계층들의 고통스러운 기억들이 분출하는 지금, 우리 사회가 직면한 근본적인 변화는 과거에 대한 올바른 이해와 상처 치유의 노력을 필요로 한다느 점을 보여준다. 식민지 시대의 배상책임을 국가가 자임하고 나선 것은 탈냉전시대에 걸맞은 우리 사회의 진전과 성숙함을 동시에 보여주는 징조다.

반드시 극복되어야 할 장벽도 있다. 반공의 이름으로 강요되었던 무수한 국가폭력과 개인에 대한 침탈의 상처가 그것이다. 도처에서 고개를 내미는 역사의 혼령과 희생자 가족들의 간절한 신원(伸寃)은 유보되어온 역사의 부채들을 곱씹게 만든다. '현재화된 과거'는 냉전시대의 봉인이 풀리면서 해결되지 않은 역사를 망령으로 등장시킨다. 망령의 출현은 은폐된 역사의 진상을 밝혀 이들을 제 자리에 온전하게 배치해야 하는 몫이 지금 우리에게 부과된 과제임을 일러준다.

2. 냉전시대의 부정적 유산들

광복 60년의 경로는 '냉전의 시대'라는 말로 명제화된다. 이 말이 합당한 것은 6.25전쟁의 여파가, 분단체제의 장기지속이 초래한 냉전적 사고가, 전쟁과 분단체제가 만들어낸 모든 굴레가, 우리 사회 전반을 옭죄어 왔기 때문이다. 냉전시대의 유산과 대면한다는 것은 '시민이라는 주체의 위태롭고 아무도 승리를 장담할 수 없는 서사시적 명제'인 셈이다.

반공만이 국가의 절대적인 가치이자 정치의 이데올로기적인 기반이던 때가 있었다. 80년대 후반까지도 반공의 폭력성과 모순을 감지할 수 없었던. 이것은 억압적 체제와 그에 따른 굴레가 인간을 주조하고 그러한 개인들이 살아가는 사회현실을 정상적인 것으로 여기도록 만든 데 그 원인이 있다. 반공의 논리란 적대적인 이념의 타자 없이 성립이 애초 불가능하다. 선이라는 개념이 악이라는 대타적 개념없이 성립할 수 없듯 냉전적 반공주의는 공산주의와 관련된 일체의 가치와 존재들을 진영화하며 타자화하고, 대타화된 것들 모두를 일소해야 할 적(敵)으로 상정한다. 반공의 냉전 논리는 국제 냉전구도가 한반도에 관철되면서 타자화된 모든 존재들을 증오하고 폭력으로 제압하는 집단무의식으로 자리잡았다.

해방 이후의 한반도는 극적이라고 할 만큼 동족간의 대립과 갈등을 극한적 대립상황으로 치달아간 게 엄연한 현실이었다. 해방을 전후로, 기독교 전통과 자본주의 성향이 강했던 북한 지역에 소련군이 진주함에 따라 사회주의가 이식 대체되었고, 농업 중심의 사회주의적 성향이 강했던 남한 지역에 미군이 진주하며 반공적인 미국식 민주주의가 이식되었다. 냉전의 씨앗이 강파른 적대성으로 자양분 삼아 무성하게 자라난 것도 서로 다른 사회적 토양에다 이질적인 정치이데올로기를 적용시킨 결과였다.

북한사회는 산업국유화 조치, 식민 유제와의 단절, 노동자·농민의 무산계급이 주인 되는 사회개혁을 내걸었고, 이를 수락하지 않는 계층이나 집단은 반동주의자로 내몰았다. 북한사회의 성마른 사회개혁과 타협할 수 없었던 이들은 월남하여 북한사회를 원망과 증오의 대상으로 고정시켰다. 그 결과, 월남한 이들은 남한사회의 정치 헤게모니 투쟁에서 반공주의를 확산 고무하는 전위이자 주체가 되었다. 이들의 북한 사회개혁에 대한 부정적 체험은 6.25전쟁 이후 더욱 강고해져 반공의 공공기억으로 자리잡았다.

80년대 이전까지만 해도 해방 이후의 역사는 '좌익의 발호와 빨치산들의 약탈'이 '6.25전쟁의 불길한 전조'였다고 듣고 배웠다. 해방기 역사에 대한 우리의 무지함은 우편향적 역사가 좌익의 역사를 공백으로 처리한 역사 왜곡의 결과였다. 세계구도의 냉전체제가 한반도에 관철된 결과 좌우이데올로기 대립이 분출했고, 이어서 남북의 체제분립으로 이어진 뒤 전쟁이 일어났다. 이러한 복잡다단한 경로가 우리의 인식체계 안으로 들어온 것은 그리 오래 되지 않았다. '반공주의'라는 '마음의 검열관'은 전쟁 발발의 경로나 우익세력이 자행한 집단폭력과 학살, 북한에 대한 단순한 호기심을 불온한 것으로 철저히 함구하게 만들었다. "나는 공산당이 싫어요"라는 이승복의 절규는 괴물 형상의 빨갱이를 즉각 떠올리고 그 생생한 공포는 공산주의와 현대사에 관한 어떤 의문도 차단해버렸다. '반공' 또는 '반공주의'라는 말 안에는 역어인 'anti-communism'이라는 역어로는 담아내기 힘든 초과, 잉여의 부분이 있다. 이 말의 연원은 여순사건이 발발하는 1948년 10월 어귀로 소급된다. 현대사의 냉전적 시각을 전복시켜 문제적 차원으로 만든 조정래의 『태백산맥』이 여순사건을 불러낸 것은 우연이 아니다.

해방 직후의 우리 사회는 지주와 자본가들의 비협조, 방관으로 농지개혁의 당위성은 크게 훼손되었다. 그로 인해 식민 유제를 타파하려던 사회적 합의는 친일파의 득세로 좌절을 겪으며 혼돈 속으로 빠져든다. 건국의 출발점에서 삐걱거리던 국가의 행보는, 한 역사학자에 따르면, 여순지역에서 '반란'이 일어나자 해당 지역을 재빨리 봉쇄한 뒤 조직적이고 체계적인 대응으로 좌익분자들을 축출하며 '민족의 대변자'라는 국가 이미지를 만들어내는 계기로 삼았다.[1] 이 과정에서 대한민국은 좌파와 진보, 중간파와 중도우파, 우파 등으로 분열된 성원들을 사상공동체로 묶어 국민을 만들어냈다. 여순사건을 거치면서 대한민국은 양민과 폭도로 거칠게 구획한 뒤, 다시 사상의 검열과정을 거쳐 인준된 존재들만으로 '반공 냉전의 국민'을 만들어냈고, 6.25전쟁의 발발과 함께 전시체제를 구축하며 더욱 강고한 반공 규율사회를

---

[1]   임종명, 「여순 '반란' 재현을 통한 대한민국의 형상화」, 『역사비평』 64, 2003, 304-334면.

만들어 나갔다. 우리가 한점의 의심도 없이 자명한 것으로 받아들이는 대한민국의 정체성, 국민이라는 통념도 실은 친일과 순응, 반일과 저항의 폭넓은 사상적 스펙트럼을 폭력적으로 이항대립화하고 여과시켜 추출한 상상의 순수개념에 가깝다.

반공주의는 지배이데올로기로서 폭력의 정치학을 양산해온 국시이자 이데올로기적 기반이었고, 끝없이 '전쟁의 정치적 효과'를 지속시켜 사회성원의 내면에 공포와 불안의 기제를 마음 속 깊이 기입해 놓았다. 이 말은 반공주의가 냉전체제, 전시체제, 분단체제를 기반으로 삼고 전쟁을 6.25라는 시점에만 고정시켜 공포와 불안을 유통시켰으며 그에 따라 개인의 자유와 권리 신장을 유보했고 개발독재의 전사들로 훈육시켜 경제화된 개인의 창출을 정당화했다는 말과 다르지 않다. 냉전시대의 문화적 유산이란 그런 측면에서, 순응적인 국민 기계를 강요해온 일체의 부정적이고 억압적인 규율체계이다. 그 안에서 근대화의 동력을 제공한 산업전사의 탄생도 가능했다. 이데올로기의 규율체계를 벗어나 시민적 주체로서의 성찰이 가능해진 것은 80년대 중반부터 펼쳐진 '민주화의 도정' 이후이다.

냉전시대의 논리 안에서는 반공의 자명한 전제를 회의하거나 반성적으로 성찰하는 것조차 금기시한다. 그 금기의 메커니즘은 체제에 대한 심각한 도전행위로 여기게 만드는 공포를 존재 내면에 기입한다. 반공 냉전의 시대에는 사회 개혁에 대한 정당한 발언이나 문제제기조차도 절대악으로 규정하였고 '빨갱이' 또는 북한의 공산주의를 따르는 에피고넨으로 매도, 탄압했다.

1950년대 사회상층부에 만연한 향락과 방종을 비판적으로 보았던 정비석의 「자유부인」이 '중공군 몇십만'에 해당하는 사회적 해악을 초래한다고 비난받았던 것은 엄연한 사실이다. 그런 사회적 조건에서 남정현의 소설 「분지」가 북한의 기관지에 게재되었다는 이유만으로 필화

(筆禍)를 겪은 것은 놀라운 일이 아니다. 문학의 발언이 용공으로 매도되는 현실은 냉전 논리가 가진 비타협성과 배제의 논리, 폭력성을 가늠하기에 충분하다.

'사상의 자유'란 '그 사회가 반대하는 사상까지도 용인하는 자유'를 가리킨다. 지난 시절의 한국사회는 그처럼 타자의 사상을 받아들일 만큼 성숙하지 못했던 것이다. 반공 권력에 대한 공포는 검열의 두려움 속에서 본질에 대한 회의와 반성과 비판적 노력 자체를 감행할 수 없게 만든다. 남정현의 「분지」 필화(1965) 이후, 60년대 한국문학이 보여준 무력감과 위축된 모습은 김승옥의 「서울 1964년 겨울」에서처럼 가냘픈 생명의 확인으로, 혹은 「무진기행」에서 안개 자욱한 일상에서 죽음과 부패의 냄새를 피우는 처연한 삶, 아니면 경제화된 개

인의 황량한 내면성, 비판과 성찰이 차단된 내면의 답답함과 죄의식을 낳았다.

성수대교 붕괴 참사(1994)나 삼풍백화점 붕괴(1995)는 우리의 성장신화가 얼마나 일상의 안전과는 무관한 삶에 취해 있었는가를 보여주는 존재의 그늘과도 같다. 이 일련의 참사는 다소의 비약을 무릅쓰고 말한다면 압축성장의 그늘에서 독초처럼 자라난, 그래서 우리 사회가 얼마나 허망한 구호와 자본주의적 욕망에 길들여진 스펙터클에 다름 아니었음을 보여주는 단적인 사례이다. 개인이나 사회집단이 이끌렸던 성장의 단맛은 권력의 포르노그래피처럼 그 누구에게도 비판과 성찰의 기회를 부여하지 않는 조급증을 가지고 있다. 비판과 성찰을 철저히 차단하고 억압하는 면모는 냉전의 논리에 길들여진 사회의 어두운 단면을 보여준다. 냉전의 시대는 타당한 문제제기나 비판적 성찰을 감행하는 개인과 문화의 숙성 과정마저 경제성장을 지체시키는 부정적인 요소로 지목되었다.

"통일없는 빵이 가져오는 것은 아마도 도덕적 타락뿐일 것"(「유토피아의 꿈」)이라는 최인훈의 지적은 냉전시대에 대한 본질을 통찰한 발언이다. 이 발언은 과거와 당대현실에 대한 전모를 비판적으로 성찰하는 노력 없는 경제성장은 물질의 향유로 이어질 수밖에 없음을 잘 포착하고 있다. 국가와 사회의 부정적 면모에 대한 비판과 통찰이 사회 불만세력의 준동으로 곡해되거나 '붉은 괴물'과 연계되어 있다고 번역하는 사회는 도덕과 윤리의 타락이 예정되어 있다.

3. 탈냉전의 관점과 한국문학의 행로

탈냉전의 관점에서 보면, 반공주의의 규율체계가 만들어낸 문학의 풍경 하나가 희미하게 나타난다. 오랫동안 유포되어온 '순수와 미적 자율성'이라는 신화이다. 문단의 좌우논쟁은 숨가쁘게 전개되었던 해방 정국 속의 정치적 헤게모니 투쟁과 닮아 있다. 좌파문인들이 대거 월북하면서 남한 사회에서 문학이라는 성채는 새롭게 등장한 세력들이 무혈 점령했다.

이렇게 탄생한 순수문학의 논리는 박영희의 저 유명한 사상전향의 선언, "얻은 것은 이데올로기요 잃은 것은 예술"이라는 명제를 떠올리기에 족하다. 순수문학 진영은 일체의 이데올로기, 일체의 사회현실의 맥락을 소거한 뒤, 그 맥락을 대체하는 가치로 미적 자율성을 내걸었다.

그러나 순수문학이라는 기치는 냉전적 사고에 따라 현실의 맥락을 가진 일체의 사상과 정치성을 배제하며 구축한 문학의 절대신화화, 정치화된 문학의 또다른 욕망에 가깝다. 순수와 미적 자율성의 신화란 반공의 이데올로기적 기반 없이는 배태되기 어려운, 시대의 산물이었다. 반공 규율사회 안에서 문학의 순수란 앞서 거론한 바와 같이 부정과 비판이 부재하던 고대의 시공간이나 전통을 불러내는 것도 이런 연유에서이다.

다른 한편으로, 한국문학은 냉전의 규율체계와 응전해 왔다는 점을 부정해서는 안된다. 그 징후는 바로 현실 참여를 둘러싸고 벌인 논쟁에서도 잘 확인된다. 그러나 문학참여론자들조차 자신들의 현실참여 주장이 빨갱이의 그것과는 다른, 정당한 사회적 발언의 행보임을 강조할 수밖에 없는 처지였다.

이런 제약을 돌파하는 계기는 유신독재가 시작되는 70년대에 이르러서 문학 분야에서 마련되었다. 한국문학은 가장 어두운 시기에 그 어둠의 정체를 파악하고 새벽을 준비했던 것이다. 한국문학은 반공주의가 권력과 정권안보로 이용되는 메커니즘임을 각성하면서 냉전논리에 맞서 저항담론을 생산했다. 그 주역은 이른바 40년을 전후로 태어나 6.25전쟁의 기간을 유소년기로 보낸 작가들이었다.[2]

이들은 성장기에 경험한 전쟁의 생채기와 가난의 혹독함을 딛고 '아버지의 시대'에 자행되었던 이데올로기의 폭력성과 광기에 찬 현실을 해명하는 것을 필생의 문학적 테제로 삼았다. 홍성원의 『남과 북』(1971~1975 연재, 1978)은 남한사회에 치우친 한계에도 불구하고 6.25전쟁의 국내외적 시각을 총체적으로 담아냈다. 황석영의 중편 「한씨연대기」는 분단 이산과 반공 규율사회가 평범하고 양심적인 의사의

---

2   40년대를 전후로 태어나 유소년기에 전쟁을 경험한 세대로서 분단과 전쟁의 상처를 집요하게 추구한 작가로는 유재용(1936), 홍성원(1937), 이청준(1939), 한승원(1939), 김주영(1939), 김용성(1940), 전상국(1940), 문순태(1941), 이문구(1941), 현기영(1941), 김원일(1942), 박태순(1942), 이동하(1942), 윤흥길(1942), 황석영(1943), 조정래(1943), 윤정모(1946), 김성동(1947), 오정희(1947), 이문열(1948) 등이 있다.

생을 얼마나 폭력적으로 파탄시
켰는지를 서사화했다. 가문 몰락
의 처연한 정조를 바탕으로 인간
애 넘치던 공동체의 구성원들을
유장한 문체로 회고한 이문구의
연작소설 『관촌수필』, 아버지의
수수께끼 같은 부재와 죽음, 절대
가난 속에 방치되었던 유년의 곤
고함을 소년의 눈으로 담아낸 김
원일의 「어둠의 혼」, 분단의 갈등

을 속신의 세계로 화해시킨 윤흥길의 「장마」, 전쟁의 상처와 모성애
의 참뜻을 되새긴 전상국의 「아베의 가족」, 억압의 현실에서 겪는 공
포증을 포착한 이청준의 「소문의 벽」 등이 그 사례들이다.

　21세기의 한국 작가들은 역사적 부채에서 해방되어 내면과 욕망을
거론하며 자유로움을 만끽하고 있다. 역사의 부채에서 풀려나 내면과
욕망에 침잠하는 문학의 현상은 그다지 지혜로운 모습은 아니다. 적
어도 내게는 냉전의 오랜 습속으로부터 풀려난 뒤 겪는 누적된 피로의
병리증상으로만 여겨질 뿐이다.

　냉전의 시대를 냉철하고 객관적으로 바라보아야 하는 시대적 필연
성에 화답해야 하는 일이 절실한 현실에서 이 자폐적이고 이기적인 욕
망으로 가득한 문학의 풍경은 80년대의 후유증을 반복하며 독자들을

혼란스럽게 만든다. 그 식상함은 대중문화의 현란한 시뮬라크르와 속도감에 몸을 맡긴 사회적 현실에서 기인하는 바가 크다. 국가사회주의의 몰락과 전망 상실의 여백을 빠르게 채워나가는 것은 게임보다 반복적이고 쇄말적인 전망 부재의 현실에서 오는 피로감이다. 냉전체제의 해체와 함께 분출되기 시작한, 식민지의 기억과 냉전시대의 치유되지 않은 상처들을 감안하면, 한국문학의 도덕성 상실에 따른 후유증이란 실로 시대착오적이다. '현재화된 과거'를 찬찬히 통찰하는 뭇은 문학에 남겨진 시대적 사명임에도 불구하고, 그 성찰이 감행되어야 할 시점에서 토로하는 내면의 욕망은 그 어떤 설득력도 구비하지 못했기 때문이다. 시장을 장악한 소설의 주류가 연애와 짝짓기에 몰입하는 영화와 드라마, 연예인 토크쇼와 크게 다를 바 없는 것은 자본의 논리에 휘둘리고 시장논리에 굴복한 한국사회의 천민성 탓일까. 전쟁이 아직도 끝나지 않았다는 것을 망각한 사실을 두고 보면 사태는 자명하다. '전쟁의 정치적 효과'가 여전히 동북아시아를 지배하는 현실에서 이를 외면한 채 욕망의 향유에 매몰된 한국문학의 면모는 시장논리를 극복하려는 치열함의 부재에 더 큰 원인이 있어 보인다.

냉전의 시대에 한국문학이 자임해온 것은 냉전이데올로기의 부당성을 고발하고 그 극복을 위한 힘겨운 도정이었다. 이 도정이 40년대를 전후로 탄생한 작가들에 의해 지탱되고 있는 점은 여러 모로 신뢰할 만한 요소가 있다. 80년대 후반부터 맹렬하게 타올랐던 냉전시대의 유산에 대한 통찰은 홍성원, 김원일, 조정래 등에 의해 지속되고 있다. 홍성원은 이미 『남과 북』 개정판을 통해서 6.25전쟁의 남한 중심의 서사구도를 남북의 균형있는 시각으로 바로잡았다.

또한 김원일은 『불의 제전』을 완결하고 나서 거창 양민학살사건을 다룬 『겨울골짜기』를 전면적으로 개정했고, 이어서 인혁당 사건을 다룬 장편소설 『푸른 혼』을 상재했다. 조정래는 『태백산맥』 이후 『아리랑』과 『한강』 등으로 된 근현대사에 관한 장대한 민족 서사를 부조해 놓았다. 황석영 또한 영어(囹圄)의 몸을 벗어나 『오래된 정원』, 『손님』 『심청』 등, 근현대사 3부작으로 한국 근현대사의 깊은 상처를 담아내었다. 중견작가들이 보인 근현대사에 관한 소설 창작이 분투에 가깝다면 젊은 작가들의 경향은 대조적이다. 중견작가들의 웅장한 서사들은 일상으로 퇴각한 후일담문학에서 번성하는 개인의 소외와 욕망을 남루하게 만들어 버린다.

다른 한켠에서는 탈냉전적 탈국가주의적인 의미 있는 흐름 하나가 감지되기도 한다. 침묵하는 여성의 목소리를 담아낸 조은의 『침묵으로 지은 집』(2003), 일포드 호에 몸을 싣고 멕시코로 이주한 1035명의 삶을 재현해낸 김영하의 『검은 꽃』(2003), 베트남에서 원죄로 가득 찬 과거를 참회하며 화해하는 과정을 다룬 방현석의 『랍스터를 먹는 시간』(2003), 인혁당 사건의 전말과 함께 원혼들의 목소리로 담아낸 김원일의 『푸른 혼』(2005) 등은 20세기초부터 베트남전 체험에 이르는, 근현대사를 소재로 한 이질적인 텍스트이다.

이들 텍스트는 역사의 망령과, 여성들의 기억, 디아스포라의 생애,

베트남인 등, 발화된 적 없는 하위주체들의 삶을 담아내었다는 공통점을 가지고 있다. 냉전시대의 은폐된 기억들을 호명했다는 점에서 이들 텍스트는 주목해볼 가치가 충분하다. 문학 텍스트의 공간과 사유가 20세기 초반까지 소급되고, 망각된 역사를 포함하여 중남미와 베트남으로 확장된 넓이를 감안하면, 냉전의 시대가 강요해온 피해자의 위치를 벗어나 가해자, 타자로서 과거를 되짚어가는 일은 이제 시작되었다.

해방 60년을 맞는 우리 사회에서 냉전시대의 부정적인 유산은 이미 우리 눈앞에서 대적할 만한 필요가 없어 보인다. 그러나 맹목적인 증오로 분출되는 반공의 공허한 목소리는 이제 냉전이데올로기의 규정력이 사라진 뒤에도 정체성의 일부로서 우리 내면에 남아 언제든지 다시 등장할 수 있다. 미일동맹이 강화된 새로운 냉전질서 안에서 일본의 망언이 독도문제로까지 비화되는 현실을 보면, 식민지 유산조차 극복되지 못한 현실에서 냉전시대의 유산을 극복한다는 것은 여전히 미답의 영역임을 깨닫게 해준다. 그런 맥락에서, 지금 우리의 문학에는 자폐적 욕망과 유아적 퇴행에 벗어나 역사와 사회의 타자들에 대한 응시와 이해, 통찰력을 발휘할 치열함이 절실하다.

(2005)

해방 60년을 돌아본다

1

올해는 해방 60주년을 맞는 뜻깊은 해이다. 매년 8월 15일이 다가오면 신문과 방송에서는 일제의 만행에 대한 문건이 발굴되고 학살의 증언이 쉴새없이 고개를 내민다. 이들 보도기사는 일제의 수탈과 거기에 저항해온 빛나는 민족의 정체성을 재규정하려는 의욕을 담고 있다. 시야를 좀더 넓혀 보면, 보도기사들은 식민지의 기억을 불러냄으로써 우리 앞에 민족과 국가를 재현하고자 하는 의례의 과정이라 할 수 있다. 국가 의례는 국가 영웅을 우리의 뇌리에 각인시키고 지나간 시대에 대한 기념비를 새로 세우는 작업이기도 하다. 기념하기를 통해 '대한민국'이라는 국가의 새로운 공공 기억을 다시 구성하는 것이다.

그러나 여기에는 국가를 빛낸, 자기를 던져 민족을 구하고자 한 이들과 적의 편에 가담하여 민족을 더럽힌 이들로 구성되는 이항대립적인 구도가 어렴풋하게 포착된다. 안중근, 김구, 김좌진, 윤봉길, 그 외에도 새로 발굴된 수많은 국가 영웅들이 민족의 이름으로 기억의 기념

비에 부가된다. 올해에는 특히 사회주의자들도 건국훈장을 받으면서 민족의 기념비는 좌우 이데올로기를 넘어 민족의 외연을 넓힌 특징을 보여준다. 미국 여류작가 님 웨일스의 『아리랑』에 등장하는 김산(본명은 장지락, 1905-1938), 조선노동당의 책임비서 김철수(1893-1986) 등 사회주의 계열 독립운동가들도 포함되었다는 소식이다. 국가보훈처는 3일 지난 3.1절에 이어 이달 8.15 광복절을 계기로 사회주의 계열 독립운동가 47명을 포함해 일제 강점기 3.1운동과 항일운동 등을 전개한 총 214명의 순국선열과 애국지사에 대해 건국훈장 등 서훈을 추서했다(김산에게 추서된 훈장은 건국훈장 애국장이다).

역사란 '성찰된 시간'이다. "현재와 과거와의 대화"라는 해묵은 명제, 왕조와 민족의 역사라는 개념을 넘어서, 근래의 역사학적 명제는 이름없는 수많은 사람들의 자취를 더듬어가는 "인간화의 과정"을 추구하고 있다. 8.15해방에 대한 역사도 예외가 아니다. 역사를 인간의 온기 가득한 이야기로 구성하는 작업은 문학이 밟아온 이야기의 행로이기도 하다.

8.15해방은 '일제의 사슬에서 풀려남'이란 뜻이다. 이 말은 '빛을 다시찾음'이란 광복의 뜻보다 좀더 직접적이고 적극적이다. 정부의 공식적인 명칭은 '광복'이라는 말이다. 우리에게 해방은 감격적인 역사의 현실임에도 불구하고, 분단의 시작을 알리는 역사적 시간대이고, 6.25전쟁의 참화로 이어진 비극을 내장하고 있다는 점에서 비극적인 역사의 경험까지도 포괄한다.

해방 60년을 맞는 현실에서조차 일제의 수탈과 억압으로부터 자유롭지 못한 것이 우리 사회의 엄연한 실정이다. 우리 사회가 식민지로부터 풀려나 세계 11위권의 무역대국으로 성장한 것은 세계적으로는 드문 성취에 해당한다. '광복60년 기념사업추진위원회'에서 마련한 성대한 잔치는 날마다 텔레비전과 신문지상에 오르내린다. 국가의 외형과 내실은 그때와 비교할 수 없을 만큼 비약적인 발전을 거듭했음을 유감없이 보여준다.

'통계로 본 광복 60년'은 이를 잘 말해주고도 남는다. 2004년 7월 1일 현재 남한의 총인구는 4,819만 명으로 1960년 2,501만이었던 데 비해 1.9배 증가했고 무역 규모는 1960년 5억 달러에서 2003년 424배인 1,788억 달러로 증가했다. 통계 수치에서 보듯이 대한민국이라는 국가의 규모는 해방의 높은 기대와 암울한 전망으로 가득했던 현실을 격세지감, 상전벽해(桑田碧海)의 현실로 바꾸어놓았음을 실증하고도 남는다.

하지만 해방의 현재성, 곧 분단과 전쟁의 상처가 여전히 지속되고 있는 것도 사실이다. 남북이 서로 만나 해방 60년을 기념하는 축제가 서울 한복판에서 마련된 것은 참으로 반가운 일이 아닐 수 없다. 그러나 해방의 감격을 되뇌는 것, 해방 이후의 발전상만 기념하는 것만으로는 아무래도 부족해 보인다.

2

우리 소설에 담긴 해방의 풍경은 어떠할까. 1945년부터 1948년까지를 문학사에서는 '해방공간'이라고 부른다. 이 말은 남북한 체제가 등장하기 전 문제적인 시기로 취급해서 명명한 것이다. 이 시기는 세계 냉전구도가 남북한 사회에 관철되었을 뿐만 아니라 분단의 비극적인 씨앗이 뿌려지고 그 위기가 증폭되어가는 때였다. 신탁통치를 둘러싸고 벌어진 계파 간의 정치적 알력은 사회 전반에 걸쳐 좌우 이데올로기 진영간 충돌을 야기했다. 이데올로기로 분할되어 정치적 우위를 점유하려는 정치적 대립은 열악한 사회적 기반을 쌓을 여력조차 빼앗아버렸다. 그런 점에서 오늘날에도 되풀이되는 보수, 진보 진영의 갈등과 분열은 그 연원을 더듬어 올라가 보면 해방공간에 이른다.

해방에 대한 역사의 감회를 격정적으로 토로한 작품들은 실로 적지 않다. 이태준의 「해방전후」가 은거와 낚시로 잠행하며 일제의 강압을 감내하다가 건국의 역사적 과업에 뛰어드는 격정적인 내면을 그려냈다면, 지하련의 「도정」은 지식인 남편의 일제 말기에 착잡한 심사와 고뇌, 해방 이후의 정치 참여를 결행하는 모습을 담담하게 서술한 경우이다. 게다가 채만식은 「민족의 죄인」에서 자신의 친일부역에 대한 윤리의 잣대 마련에 대한 적잖은 곤혹스러움을 차분하게
반성하는 모습을 담아냈다. 반면, 김동인은 자신의 친일을 변명한 「반역자」, 「망국인기」로 자신의 문명(文名)을 스스로 먹칠했고, 이광수 역시 「나의 고백」을 통해 자신의 친일부역을 "민족을 위해서"라고 강변했다.

또한, 염상섭은 장춘에서 경성에 이르는 도정에서 해방 직후 북한 사회에서 보고 듣고 겪은 일화를 바탕으로 해방 삼부작 「해방」, 「삼팔선」, 「재회」를 집필했다. 이들 연작 삼부작에서 염상섭은 '해방'과 함께 밀려든 귀국 전재민들의 물결과 북한사회의 혼돈상을 관찰하며 식민 유제를 척결하려는 사회주의자들의 행태에서 탈식민적 광풍을 예리하게 포착한다. 이념의 난무, 정치적 혼돈이 우려스럽지만 그는 그것이 과도적인 현실이라고 느긋하게 바라본다. 해방기에는 징용갔던 이들이나 만주에서 살아가던 민족 구성원들이 귀국하는 세태를 반영하는 '귀국전재민'이란 말이 유행한다. 김만선의 「압록강」, 김동리의 「혈거부족」, 채만식의 유작 「소년은 자란다」, 허준의 「잔등」에서 귀국전재민들의 삶이 잘 드러난다.

남한사회에서는 비등하던 해방의 감격은 불과 한달도 되지 않아 급속하게 식어버린다. 전격적으로 단행된 국토 양단과 미소군정 실시 때문이다. 해방의 감격은 이제 근대국가의 설립에 대한 민족의 부푼 꿈 대신 초조와 두려움으로 바뀌어버린다. 당시의 신문에는 해방의 감격보다는 둘로 갈린 국토에 대한 안타까움과 조바심이 여과없이 드러나기 시작한다.

1946년 3월에 이르면 북한에서 전격적으로 단행된 산업국유화 조치와 토지개혁은 남한사회에 두 개의 체제로 굳어지지 않을까 하는 우려를 낳기에 족한 현실로 대두한다. 남한의 우려와는 달리, 당시 재북작가였던 이기영은 「개벽」을 통해서 해방 직후 북한사회의 토지개혁을 사회주의 개혁의 서막, '천지개벽'에 버금가는 역사적 분기점으로 표현한다. 아마도 「개벽」은 북한의 문단이 체제문학의 성격을 구비해나가는 도상에서 선명한 이념의 색깔을 보여준 최초의 사례가 아닐까 싶다.

3

남북한이 서로 다른 체제를 설립하는 행보 속에서 현실의 암울암과 대비되는 인간다움을 피력한 작품으로는 「잔등」이 단연 돋보인다. 허준(1910-?)은 평북 용천 출생의 작가이다. 그는 본래 시인으로 등단하였으나 1936년 「탁류」를 발표하며 소설로 전향했다. 해방 후 그는 조선문학가동맹에 가담하여 서울시지부 부위원장, 문학대중화운동위원회 위원으로 활동했고 1948년 월북하였다. 「야한기」(1938), 「습작실에서」(1941) 같은 작품들은 일제 파시즘이 창궐했던 시기에 억압을 감내해야 했던 지식인의 불안하고 참담한 내면을 밀도 있게 묘파한 수작이다.

「잔등」은 해방 이후 귀국 행로에 나선 화가인 1인칭 서술자를 등장시켜 장춘에서 회령을 거쳐 청진에 이르는 행로를 담은 그의 대표작이다. 화가의 눈을 빌려 보여주는 해방 직후 귀환의 행로는 만연체로 풀려나오며 머무는 시선마다 정밀하게 시대 풍경을 서술해 나간다. 무엇보다도 이 작품은 해방 직후의 감격벽이나

감정의 분출과는 전혀 다른 질감을 가지고 있다.

장춘을 떠나 귀국길에 오른 화자가 회상하는 주된 내용은 식민지의

기억에서 체험한 민족의 곤고함이다. 화자는 자신의 삼촌이 만주땅 광활한 곳에서 근면과 절약으로 추위와 빈한함을 면한 지금의 안정된 삶이 해방과 함께 의지가지 없는 고향으로 돌아가는 것을 어렵게 만든다는 점을 언급한다. 삼촌이 귀국을 차일피일 미루는 모습을 떠올리는 것은 해방과 함께 맞이한 혼돈의 미래 때문이다. 화자가 하루아침에 망국민이 되어 유리걸식하는 패거리로 전락해버린 일본인들의 행색을 유심히 관찰하는 것도 그런 연유에서이다. 화자는 귀국의 행로에서 창 하나로 고기잡이하는 소년의 집중에 찬탄해 마지않는다. 그것은 시대의 격랑과 무관하게 자신에게 주어진 일상에 진력하는 아름다운 상징과도 같다.

「잔등」에는 모든 세태의 관찰을 압도할 만한 장면 하나가 등장한다. 그것은 국밥집 노파의 인간애다. 청진역 앞 거리에서 국밥을 파는 노파는 자신의 아들 이야기를 화자에게 털어놓는다. 일본 경찰의 모진 고문과 투옥으로 아들 잃은 사연을 담담하게 토로하던 노파는 늦은 밤까지 초라한 행색으로 오가는 일본인들에게 아낌없이 국밥을 퍼준다. 노파가 베푸는 선행의 계기는 아들과 함께 조선독립을 주장하다 감옥에 갇힌 어느 일본인 청년을 보고 나서부터이다.

졸지에 패전국이 되어버린 사람들에 대한 국밥집 노파의 연민은 국가와 이념을 넘어 일상에서 작동하는 선의와 인간애이다. 장차 세울 새나라와 어떤 정파와 이념이 될 것인가라는 문제들을 초라하게 만들어버리는 것은 노파의 인간다운 몸짓에서 우러나오는 가치와 위엄 때문이다. 이름없는 국밥집 노파의 인간애는 혼돈의 해방기 현실을 비추는 등불과도 같다. 그러나 이 등불은 어두운 현실을 비추어지지만 현실 정치의 높은 파괴에 비해 너무나 연약한 불빛이다.

4

해방된 지 5년만에 벌어진 이 땅의 비극은 남북한 통틀어 300만을 상회하는 수많은 이들의 죽음을 불러들였고 남과 북 어느곳도 폐허를 만들어버렸다. 전쟁은 북한정권이 '조국해방전쟁'이라는 명분으로 일으킨 것이었다. 1953년 7월 휴전으로 마무리되고 3.8선은 휴전선으로 대체되었을 뿐, 남북의 군사적 대치국면은 지속되고 있다. 이 전쟁은 '잊혀진 전쟁'이지만 '계속되는 전쟁 상태'로 '전쟁의 정치적 효과'를 이어가고 있다. 해방 이후 민족의 단일국가 체제는 미완의 형국으로 남긴 채로.

해방 이후 이 같은 정치적 격변은 문학에도 많은 영향을 미쳤다. 문학인들은 좌우이데올로기의 대립과 반목을 거치며 남북 체제의 선택을 강요당했다. 그 결과 북한체제의 요구에 순응할 수 없었던 재북작가들은 월남행을 택했다.

월남한 소설가로는 김광식, 김성한, 박연희, 선우휘, 송병수, 안수길, 오상원, 이범선, 이호철, 장용학, 전광용, 정비석, 최인훈, 최태응,

황순원 등이 있고, 시인으로는 구상, 김규동, 김동명, 박남수, 양명문, 극작가로는 오영진, 비평가로는 이철범 등이 있다. 월북한 소설가로는 김남천, 김만선, 김소엽, 김영석, 김학철, 박노갑, 박승극, 박찬모, 박태원, 안회남, 엄흥섭, 이동규, 이태준, 지하련, 현덕, 홍구, 홍명희 등이 있다. 월북시인으로는 김광현, 김상훈, 박세영, 박아지, 오장환, 이용악, 이병철, 임학수, 임화, 조영출, 조운, 극작가로는 김태진, 박영호, 송영, 신고송, 이서향, 비평가로는 안막, 윤규섭, 임화, 한효 등이 있다. 북에 남은 문인으로는 김조규, 민병균, 박팔양, 백석, 안용만, 이찬(이상 시인), 김사량, 유항림, 이기영, 이북명, 천세봉, 최명익, 한설야, 황건(이상 소설가), 남궁만(극작가), 비평가로는 안함광, 엄호석, 한식 등이 있다.

전쟁은 근대문학을 개척한 숱한 문인들을 죽음으로 내몰았다. 근대소설을 개척한 이광수, 근대시의 토대를 마련한 정지용과 김동환, 모더니즘의 이론가이자 시인이었던 김기림 등 중견문인들은 피랍당했고 김동인과 김영랑은 전쟁의 와중에 외로이 죽어갔다. 북한에서도 전쟁 바로 다음날 종군단 일원으로 나섰던 김사량은 원주 인근에서 심장병으로 죽었고, 이동규는 미군기의 폭격에 희생되었다. 문인들의 피랍과 월북, 죽음은 한국 근대문학의 손실로 이어졌다.

해방 이후 한국의 문학은 이 같은 곤경에도 문화의 토대를 쌓는 과업을 묵묵히 수행해 왔다. 앞서 언급한 허준의 「잔등」에서처럼, 한국문학은 날카로운 관찰과 깊은 통찰 속에 인간다움을 진작하며 인간 본연의 삶을 되새기는 노력을 이어갔다.

5

　문학이 사회에 제시하는 상상력과 실천은 국가의 공공 기억과 같이 거창한 일은 아니다. 그 실천은 공공의 기억에서는 발언될 수 없는 사적인 개인의 영역을 활성화한다. 문학의 실천은 역사의 공공 영역에서는 발언될 수 없고 잊혀진 수많은 원혼들을 초치하여 하나의 이야기로 구성해내는 일이다. 이 기억 소생술은 공공기억의 매끄러운 정치의 영역에서는 지나쳐버릴 사소한 것들에 지나지 않는다. 그럼에도 불구하고 문학의 실천이 중요한 함의를 갖는 것은, 그 실천이 역사에서는 자리잡지 못한 이름없는 삶을 통해 인간이 지녀야 할 삶의 아름다운 무게와 질을 다시한번 따지며 살아남은 자들을 숙연하게 만들고, 후손들에게 더 나은 삶이 무엇인지를 권고하기 때문이다.

　최인훈은 『화두』에서 총칼을 녹여 보습을 만드는 시기가 도래하기를 염원했다. 황석영은 『손님』에서 서양에서 도래한 이데올로기 때문에 일어난 동족학살의 광기와 엄청난 비극을 전경화하며 역사의 원혼들을 천도했다. 작가들이 가진 역사 통찰과 상상력은 이데올로기가 증폭시킨 야수적인 광기와 살육을 비판하고 분단과 전쟁의 흐름을 평화와 상생으로 바꾸려는 성찰을 가능하게 만든다. 문학은 지금 여기,

탈이념의 현실에서 해방 정국의 좌우대립과 반목이 얼마나 허망했던가를 절감하게 만든다.

이즈음, 작가들의 남북한 방문, 평화축전 같은 문화교류가 펼쳐지고 있다. 이념의 대립과 갈등, 피의 보복과 엄청난 희생을 치른 전쟁의 비극적 역사는 엄청난 시행착오이자 잊어서는 안될 과거의 생채기이다. 무엇이 그토록 동족을 적과 동지로 나누고 비방하며 살상을 가했는지, 그 광기의 정체를 심문하는 공론화나 국가적 의례는 아직까지도 시행된 바가 없다.

반면, 그 시대를 살았던 이들은 구술사의 힘을 빌려 자신들의 간고한 체험을 기술하고 있다. 이영희의 『역정』(1987)과 『대화』(2005), 유종호의 『나의 해방 전후』(2004), KBS 광복 60주년 특별프로젝트로 마련된 『8.15의 기억-해방 공간의 풍경, 40인의 역사체험』(한길사, 2005) 등이 근래에 접한 저작물이다. 이들 저작에는 문학이 복원해야 할 기억의 풍부함이 개인의 체험에 담겨 있다. 여기에서 해방은 감격과 혼돈, 혼란과 격랑으로 뒤엉킨 우리 현대사의 또다른 핵심임을 증빙하고 있다. 특히, 『8.15의 기억』에서 한 우익인사는 해방정국을 "요즘 상식으로는 이해가 안 되겠지만, 그때는 그렇게 하지 않으면 안 되는 시대"라고 정의하며 "내가 죽느냐 사느냐 하는 문제도 있지만 대한민국이 자유 민주주의 국가로서 유지가 되느냐 안 되느냐의 문제"(44면)가 현실이었다고 단언한다. 이 같은 단언은 '대한민국'의 역사가 식민지에서 벗어나자마자 민족의 행로를 스스로 선택하지 못한 채 세계냉전 체제 안으로 휩쓸려들었던 시대의 혼돈과 대면하도록 만든다. 혼돈의 현실을 이해할 수 없다고 되뇌는 것은 당대를 살지 못한 나의 아둔함일지 모른다. 분명한 것은 해방공간에서는 어떤 낙관도 허용되지 않았고 새나라 건설이라는 시대적 당위와는 어긋난 채 폭력으로 치달아간 암흑과 혼돈의 현실이었다는 사실이다.

이데올로기의 각축과 반목은 시대를 넘어 지금도 되풀이되고 있다. 대립과 갈등의 역사를 어떻게 넘어설 것인가. 해방 갑년을 맞은 오늘, 남과 북이 소모적인 적대성을 벗어던지고 상생을 모색하는 반전이 가시화된 것은 반가운 일이다. 상생의 분위기는 '분단의 시대'를 열었던 지난 해방의 시기를 벗어나 '평화의 시대'로 전환시키는 것이 대세이고 당위라는 사실을 자각한 데서 생겨난 국면이 분명하므로.

(2005)

'스포츠'라는 텍스트

1. 베이징올림픽 단상

문학을 전공하는 내가 스포츠에 관심을 가지면서 이를 하나의 텍스트로 읽어가기 시작한 것은 3년 전부터이다. 스포츠에 대한 관심은 내가 근무하는 직장과도 관련이 깊다. 국내 엘리트 스포츠의 산실에서 학생들을 가르치다 보니, 그들의 삶 전체이기도 한 스포츠가 읽고 분석해야 할 대상이 된 것은 당연하다.

베이징올림픽이 개막된 지도 열흘을 넘기고 있다. 더운 여름 저녁, 그날도 어김없이 마감날짜를 넘긴 원고 때문에 연구실 모니터 앞에 있었다. 내 무능력을 탓하며 늦은 밤 원고를 마무리한 뒤에야 퇴근하여 입장식을 볼 수 있었다.

화면의 말미에 입장하는 대한민국은 무엇 때문인지는 몰라도 선수들을 잠깐 비추고 말더니 발걸음만 비추는 카메라의 실수(?)가 있었다. 다음날 아침 신문을 집어드니, 중화중심주의를 우려할 만큼 세계인의 눈과 귀를 압도한 화려무비한 개막식에 대한 소식과 세계의 반응이 확연하게 둘로 나누어져 있었다.

중국 문화의 장구한 문화적 힘을 실감했다는 세계 언론의 찬탄과 함께, 오만한 중화중심주의에 대한 우려도 적지 않았다. 장머이우 감독이 주관했다는 개막식 행사를 전후로, 국내의 방송사가 엠바고를 어기며 사전보도를 한 탓에 중국 언론의 질타를 받았고, 급기야 중국 내 반한 감정에 기름을 부었다. 이를 기억한다면 중화중심주의에 대한 우려는 결코 기우가 아니다.

올림픽 경기를 시청하며 목격하게 되는 스포츠의 명암은 인생사에 비견된다. 경기의 맥락 하나하나는 표면에 등장한 '점(點)'과 같은 사건일뿐, 그 사건을 이어가며 승패를 완결하는 데 필요한 수많은 '면(面)'들이 교차되거나 하나둘 축적된다.

박태환이라는 걸출한 수영선수의 사례만 보아도 그러하다. 어린 선수의 재능과 가능성을 일찍 발견한 부모의 지원, 지도자들의 헌신적인 노력과 지도, 동양인의 신체적 조건을 과학적이고 체계적인 훈련이 있었고, 거기에다 본인의 열정이 합쳐져 값진 성과가 나타났다. 그뿐인가, 대한민국의 자랑스러운 양궁도 그러하다. 여자 단체전이 올림픽 6연패, 남자 단체전이 올림픽 4연패라는 성과를 거둔 것은 치열한 경쟁을 거쳐 최고의 경기력을 가진 선수를 선발하는 협회의 경쟁시스템 덕분이다. 시스템을 구축하기까지 협회의 합의, 지도자들의 열정과 노력, 기술의 개발과 향상만 있었던 게 아니다. 평정심을 잃지 않고 훈련에 훈련을 거듭한 선수들의 피땀이 한데 어울러진 결실이다. 네 번이나 수술을 했고 오랜 슬럼프에서 굴하지 않고 훈련을 거듭하여 마침내 메달의 꿈을 이룬 역도의 사재혁 선수만 해도 그러하다. 그는 꿈을 포기하지 않고 마침내 꿈을 이룬 자로서 '영웅'이라는 찬사를 받기에 충분하다.

언론은 늘 극적인 우승자들에게 찬사를 보내지만, 정작 비인기 종목의 선수들은 자신들의 땀방울과 노력을 믿고 응원해준 국민과 지도자, 가족의 배려에 감사한다. 이들은 자신의 비인기 종목이 올림픽을 통해 활성화되기를 간절히 소망한다. 펜싱의 남현희 선수는 이탈리아의 강적과 맞서서 쟁취한 은메달에 감사했다. 남자핸드볼 선수들은 최강 독일을 맞아 분전했으나 역전패했다. 이들이 흘린 땀방울에서 거짓 없는 분투와 승리를 위한 값진 노력을 읽어내고 그에 합당한 표현을 고르기가 어렵다.

뜻한 바 성과를 거두지 못한 선수들은 다시 4년이라는 긴 시간을 기다려야 한다. 다시 땀흘러야 하는 단련의 시간을 보내야 하거나 꽉찬 나이 때문에 올림픽의 영광을 뒤로 하고 은퇴하여 새로운 삶을 선택해야 하기도 한다. 발목이 꺾이면서도 바벨을 손에서 놓지 않았던 역도의 이배영 선수가 떠오른다. 그가 말했던 "꿈은 이루지 못했지만 다른 길이 열릴 것"이라는 발언에서, 못내 이룬 꿈을 후배들에게서 실현하겠다는 아름다운 의지를 본다.

스포츠는 몸과 몸이 부딪치며 일구어내는 생생한 육체성을 보여주는 삶의 현장이다. 올림픽은 세계의 강자들과 겨루어 나라의 이름을 빛내고 국민들에게 하나됨의 기쁨을 만끽하게 해주는 거대한 스포츠

제전이다. 패배의 눈물을 삼키며 돌아서는 쓸쓸한 발걸음을 보면서 우리는 무엇을 생각하는가. 패배자의 눈물은 나보다 강한 자가 무수히 많다는 것, 이전의 승리는 기억 속에서나 영원할 뿐이라는 것, 주어진 목표를 다시 세우며 마음을 추스려야 한다는 신체언어이다.

승리와 패배로 엇갈리는 스포츠의 운명에서 우리가 읽어내야 할 것은 승리도 패배도 넘어선 고결한 인간 정신이다. 그 정신은 승리의 길을 걸어오게 해준 수많은 인연을 떠올리며 선수 자신에게 무언의 지원을 아끼지 않는 자들이 보내는 성원과 격려로 확장된다. 이 흥겨운 소통이 한데 어울려져 올림픽을 축제로 만든다.

2. 스포츠 스타를 애도하며

스포츠 스타는 10대와 20대에 세상의 모든 스포트라이트를 집중적으로 받는다. 그러나 그들의 영광이 죽을 때까지 빛을 잃지 않는 경우는 드물다.

장효조와 최동원, 이 두 사람은 80년대 야구를 풍미했던 이 불세출의 스포츠 스타들이다. 이들이 일 주일 사이로 세상을 떠났다. 한 사람은 은퇴 이후 인정받지 못한 지도자의 위상 때문에 생전에 자살을 생각한 적이 있다는 고백을 한 적이 있다. 또 한 사람은 병마와 싸우면서도 마지막 병상에서도 야구공을 손에서 놓지 않았다. 두 사람은 모두 출중한 천재성을 20대에 공인받은 드문 선수였다. 하지만 지도자의 길은 자신들의 연고지 구단에서 펼치지 못했다. 두 선수는 자신의 소속구단에서 방출된 쓰라린 과거를 가지고 있다. 최동원 선수는 죽은 뒤에야 명예감독으로 자신의 소속구단 돌아갈 예정이라고 한다. 그를 추모하는 경기도 열릴 예정이라 한다. 이는 세상을 떠난 이에게 뒤늦은 위로라는 점에서 아쉽다.

기억이 맞는다면 두 스타는 선수노조를 결성하려 했고, 이후 방출된 두 사람은 연고지 구단의 철저한 외면 속에 타 구단을 전전하는 외롭고 힘든 현실을 헤쳐나가야 했다. 그런 시절을 보내면서 마음과 몸이 지쳐갔고 마침내 투병의 의지를 불태우다 50대 초반이라는 이른 나이에 생을 마감했다. 전설이 된 이 두 사람의 스포츠 스타를 애도하는 것은 생의 모든 과정을 자기 영역에 헌신하며 마지막까지 인간으로서의 자존을 지켰기 때문이다.

스포츠 스타들의 때이른 죽음을 접하고 난 뒤 스포츠 인재들의 현실을 돌아보면 탄식이 절로 나온다. 칼 딤은 전후 독일사회에서 경제 재건 정책에 체육 진흥정책을 보태서 지금의 독일 체육의 튼튼한 토대를 마련했다. 오늘의 우리 사회에서 스포츠 인재를 길러내는 일의 궁극적인 목표가 국민건강과 질 높은 삶을 영위하기 위하는 데 있다면, 인재(人才)를 귀하게 다루며 그들에게 합당한 교육시키고, 그들의 공과를 예우하는 사회 풍토가 먼저 조성될 필요가 있다. 생전에 두 스포츠 스타가 자신들의 청춘을 바친 고향의 연고 구단에서 활동했더라면 하는 아쉬움이 크다.

'불세출의 스타'란 비범한 재능으로 대중의 마음을 사로잡은 이들을 가리킨다. 70년대와 80년대의 대중들이라면 두 선수가 경기 중에 펼친 명장면은 지금도 널리 회자될 만큼 기억이 생생하다. 그러하다면 그들에 대한 사회적 대접은 개인의 명성에 걸맞아야 마땅하다. 하지만 두 스타는 유감스럽게도 그런 사회적 혜택과 예우를 받지 못했다. 구단의 운영방침과 팬문화의 부조화 속에 장명부는 은퇴후 쓸쓸히 잊혀져갔다.

　한국체육대학교에서도 많은 스타들이 배출되었다. 이들에 대한 배려와 값진 경험을 스포츠 현장에서 활용하며 그에 걸맞은 예우가 필요한 시점이다. 두 스타의 때이른 죽음을 접하면서 과연 체육계의 사회적 관습에서 비롯된 것은 아닌가 하는 아쉬움을 떨치기 어렵다.

　뒤늦게나마 한국체육대학교 대학원에 스포츠코칭 과정이 설치되었다고 한다. 우수 선수 출신의 지도자 양성과정이 마련된 것은 크게 환영할 일이다. 20대 초반에 세계 정상에 올라 국민들에게 희망과 용기를 주려고 지금도 땀 흘리는 재학생과 동문 스포츠인재를 생각할 때 여간 다행이 아니다. 이들이 현역 시절에 스포트라이트를 받았던 만큼, 은퇴 이후에도 이들에게 지도자의 삶으로 이끌어가는 학제가 마련된 것은 참으로 축하할 일이다. 한국체육대학교가 이들의 경험을 활용하면서 사회적 혜택을 부여하는 인재 양성 시스템을 구축하여 스포츠인재들의 안정적인 삶을 보장하는 길을 마련되었으면 하는 바람이다.

3. 김성근 감독 해임 유감

최근 명망 높은 프로야구 감독 한 사람이 전격 해임되면서 충격을 주고 있다. 해임을 둘러싼 논란도 찬반으로 나누어져 격론이 여전히 진행중이다. 구단을 향한 팬들의 격렬한 항의는 감독의 명성과 어울리는 신드롬과도 같다. 한국시리즈를 세 번이나 거머쥔 감독의 능력과 명성은 야구를 과학과 접목시켜 이기는 야구의 지평을 연 살아 있는 전설로 거론된다. 구단에서는 시즌 도중에 분란을 일으키고 언론에 자신의 서운한 심경을 공표했고 '이기는 야구'만을 추구하는 감독의 지도방식이 구단의 색깔에 맞지 않았다고 언급했다. 재계약을 앞둔 시점에서 감독 스스로 계약하지 않겠다는 선언을 공표하게 만든 경과나 구단과의 불화를 우리가 속속들이 알 수는 없다. 하지만 이 사건에서 구단은 야구에 대한 인식 자체를 바꾸어놓은 감독의 능력을 오독하고 전문인으로서의 공과에 대한 마땅한 예우에 소홀하지 않았는가 하는 아쉬움이 크다. 그 아쉬움은 선수 조련과 경기력 향상에서만큼은 검증된 감독도 그러할진대, 선수들의 대우는 적절할까라는 의문으로 옮아간다.

선수들의 복지가 경기의 승패에만 좌우되는 현실이 바로 그러하다. 스포츠를 문화의 측면에서 접근하지 않으면 제2, 제3의 희생자가 나오지 말란 법이 없다. 스포츠 인재들의 취업이 비정규직이 80%를 넘어선다는 연구결과도 있다. 선수의 신분 불안은 경기력 저하로 이어지고 경기 자체를 즐기지 못하게 만든다. 이렇게 되면 국가와 국민에게 헌신한 그들의 희생과 노고는 빛을 잃을 수밖에 없다.

최근 해체를 결정한 한 지방단체의 핸드볼팀이 그나마 연말까지 명맥을 유지한다고 전하고 있다. 이 한시적인 결정은 다행이긴 하지만 개탄스러운 일이다. 시의 열악한 재정과 대중화되지 못한 경기 종목이라고 해서 이들의 공과와 노고를 헌신짝처럼 차버리는 냉엄한 현실을 보여주기 때문이다. 스포츠를 문화 인프라로 여기지 않는 근시안적인 행정은 언제까지 계속되어야 하는가.

한국체육대학교는 인기 스포츠종목이 아닌 비인기종목의 선수와 지도자 육성을 통해 우리 사회에 기여하고 있다. 이는 대중스포츠 문화의 열악한 조건을 고려할 때 또하나의 도전이자 신화가 아닐까. 고양시에서 열린 전국체전 행사에 참가한 한국체육대학교 재학생과 동문 선수들의 활약상에 찬사를 보낸다. 런던 하계올림픽을 일 년 앞두고 있고, 평창 동계올림픽을 7년 앞둔 시점에서 재학생과 동문 선수들이 흘리는 땀방울에서 그들의 용기와 도전은 가상하기 짝이 없다. 이들의 흘리는 땀방울이 어느 때보다 아름답게 느껴진다. 부디 스포츠 인재들이 현역에서 마음껏 기량을 발휘하는 조건이 개선되기를 기원하며, 이들이 은퇴한 뒤 지도자의 길을 갈 때에는 그에 걸맞은 사회적 예우를 갖춘 성숙한 사회가 되기를 기대한다.

4. 인문학자의 스포츠관

난 국문학자이지만, 재직하는 직장이 '스포츠특성화대학'인 덕택에 엘리트스포츠 문화와 함께 호흡하는 기회를 마음껏 누린다.

며칠 전 끝난 러시아의 소치 동계올림픽에 출전했던 재학생 선수들의 귀국 환영식이 있었다. 그날 저녁, 나는 생활관 식당에 운집한 재학생들 틈바구니에 서 있었다. 국위를 선양하고 돌아온 재학생 선수들은 충분히 자랑스러웠고 당당해 보였다. 선수들의 면면을 보니 갓 입학한 열아홉 앳된 신입생에서부터 스물두셋의 3,4학년 청년들이었다. 재학생 선수들은 예전처럼 메달을 따지 못했다며 고개 숙이지 않았다. 발랄하게 웃는 선수들에게서 올림픽 자체를 즐기며 자신만의 역사를 써가는 모습을 발견하고 나서 참으로 흐뭇했다.

메달 색깔로만 바라보는 시각에서 벗어난 계기를 마련한 것이 이번 동계올림픽이었다고 해도 과언이 아니다. 선수들은 경기를 즐기면서 최선을 다했고, 국민들은 그 모습에 박수를 보냈다. 이런 모습은 분명 사 년 뒤에 열릴 평창 동계올림픽에서 세계인들을 감동시킬 유력한 문화자산이 될 것이다.

스포츠는 여러 모로 나의 전공분야인 문학 연구와 상통하는 점이 많다. 스포츠가 우리를 감동시키는 미적 실체는 무엇인가. 스포츠는 극한의 훈련을 통해 연마한 경기력을 경기장에서 펼치는 드라마틱한 텍스트이다. 이 텍스트는 영원한 승자도 없다는 자연의 냉엄한 철칙을 관철시키며 늘 새로운 전설을 창조한다. 또한 이 텍스트는 역경과 수난을 딛고 무명의 설움을 벗어던지는 인생 역전의 생생한 드라마를 탄생시키고, 온갖 편견과 패배주의, 열세를 극복하며 일구는 역동적인 몸짓과 투지를 화면 가득 담아낸다. 스포츠는 야만과 폭력, 온갖 술수와 편견에 맞서 승리하는 감동의 구조를 지니고 있다는 점에서, 문학과 예술에서 말하는 미와 그리 멀지 않다. 스포츠는 문화이다.

소치올림픽에서 인상적이었던 점 하나는 선수들의 투혼이 반드시 메달 획득에만 향하지 않고 경기 그 자체를 즐기려는 태도였다. 이는 스포츠내셔널리즘에 기반을 둔 한국스포츠가 선수 개인의 성취된 삶을 지향하는 문화적 변곡점을 맞이했다는 뜻이기도 하다. 하지만 한국 스포츠계에서는 그러한 현실의 변화를 받아들이지 못하는 경우도 있다.

K리그에 복귀한 왕년의 노감독이 경기장에서 선수의 경기력을 질타하며 많은 관중들 앞에서 폭력을 행사했다고 전한다. 상세한 경위야 알 수 없지만 경기장에서 선수들을 질타한 사태는, 예전 같으면 지도자의 왕성한 혈기로 묵인되었겠으나 오늘날에는 전혀 용인되지 않을 만행이다. 한국 스포츠의 관행은 더욱 성숙해진 문화수준으로 빠르게 바뀌는 추세이다. '스포츠의 관행'이 추문으로 돌출하는 이면에는 운동을 즐기며 자기성취에 이르려는 선수들과 팬들의 높아진 인권의식도 한몫을 한다. 더 좋은 여건에서 운동에 전념하겠다는 러시아 귀화선수의 해명은, 마음 놓고 운동에 전념할 수 없는 미래의 스포츠

인재들의 서글픈 현실과 그들을 옭죄어온 잘못된 관행을 보여준다. 오늘의 스포츠 인재들은 스포츠를 삶의 목표이자 자기성취의 수단으로 삼는다. 팬들의 시각도 그만큼 성숙하다.

세계신기록을 거듭해서 갱신하며 금메달을 목에 건 이상화 선수에게서 본 것은 네덜란드 지도자의 효율성 높은 훈련시스템이었다. 선수 개개인에게 적절한 맞춤식 지도와 체계적인 관리방식, 높은 동기부여와 경기를 즐기는 태도가 필요하다.

향후 예견되는 스포츠의 문화적 상황 하나가 있다. 앞으로 한동안 지도자와 선수들의 갈등은 더욱 자주 일어날 것이다. 분명한 것은 그러한 갈등에도 불구하고, 점차 전문성을 높이 인정받는 지도력, 활발한 소통이 중심이 되는 지도력이 존중받으리라는 사실이다.

대학생활 이모저모

1. 세상이라는 학교

'세상이 학교'라는 것은 가톨릭과 불교의 세계관에서 비롯된 생각의 가지이다. 절대적 존재와 동력의 근원을 전제하면, 세상은 더 나은 곳으로 나아가는 배움의 장소, 발판이 되는 시공간으로 바뀐다. 단테의 『신곡』에서 연옥은 지옥과 천국의 중간지대로서 심판받지 아니한 세계이다. 불교에서 현세는 과거를 거쳐 아직 오지 않은 세계로 나아가기 위한 배움의 터전이다. 이 세계는, 내가 속한 대학이라는 곳은, 완전한 것을 배우는 처소가 아니다. 이곳은 더 나은 삶을 위한 고민과 성찰이 넘쳐나야 할 곳이며, 그런 삶을 살아가야 할 인재를 기르는 귀한 장소이다.

'배우는 곳'이라는 말에 담긴 묘미는 나의 잘잘못을 스스로 헤아리고 더 나은 삶, 더 아름다운 삶으로 나아가는 해방구와도 같은 곳이라는 의미에 있다. 생애 전체에서 이 해방구는 더 아은 삶을 위해 전심전력을 다할 수 있다. 이런 친근함이야말로 젊은 시절 생애 전체를 건 이유였고 늦은 밤까지 연구실의 정적을 채워온 아우라였다.

지난 주, 2000년에 정년하신 학교의 대선배 교수를 뵈었다. 얼굴도 못뵌 대선배 교수께서 팔순의 노구를 이끌고 나를 만나고자 하신 까닭은, 오로지 같은 과목을 가르치는 후배 교수에 대한 관심 때문이었다. 그간 간행한 몇 권의 수필집을 배낭에 담아주신 후의와, 그분을 통해 접한 지난 날 학교의 정겨운 추억을 들을 수 있었다.

사람의 생은 한 세대로만 끝나는 게 아닌 듯싶다. 경험에서 얻은 체험과 삶의 영향이 더 좋은 파장으로 다른 이들에게 전해지고, 그 여파가 세상을 바꿀 수 있다는 것을 새삼 느끼게 된다. 겹고 트는 삶의 여울진 부분까지 이해하는 폭을 가지려면 적어도 그 이전 세대들에 대한 이해와 관심이 필요하다는 점을 절실히 느꼈다. 물론, 삼십 년을 넘어선 장년의 우리 학교가 노경에 깃든 원로교수님들의 추억거리로만 남아 있을 만큼, 대학이 한가로운 상황은 결코 아니다. 잊혀진 많은 이들의 관심과 사랑과 노고가 만들어낸 소산으로 이만한 환경이 일구어졌다는 사실을 되새겨, 초심으로 돌아가 배움의 결기를 회복할 때임은 분명하다.

배운다는 것은 위험한 일이다. 배움은 어제까지의 판단 기준을 허물고 새로운 기준을 세워 더 나은 삶을 요구하기 때문이다. 불교의 가르침은 현세에서 더 나은 삶을 거쳐 깨달음의 경지를 진일보하도록 만든다. 종교가 가르치는 보편적인 가르침의 궁극에는 더이상 높은 경지가 없는 깨달음, '무상정등정각(無上正等正覺)'의 세계가 전제되어 있다. 이 궁극의 깨달음은 일반인들이 이를 수 있는 지점이라기보다는 아직 오지 않은 목표에 해당한다. 배움은 거창하고 아득한 것에서부터 시작되는 게 아니다. 내 마음을 들여다보고 내 마음의 변화를 꾀하는 데서부터 시작된다. 세상을 바꾸는 게 아니라 내 마음을 바꾸는 데서부터 세상과의 관계 맺기가 시작되기 때문이다.

오늘 우리 앞에 펼쳐진 위기는, 윤리 도덕의 나태함이 관행이라는 이름으로 지나쳐버린 수많은 임시방편의 부족한 현실이 마침내 곪아 터진 병폐의 다른 명칭이다. 위기 앞에 오만을 내려놓고 관행이라는 병폐를 되풀이하지 않으려면, 원칙을 세우고 호흡을 가다듬어 기본에 충실하며 난관의 태풍 속을 한발 한발 걸어가는 수밖에 없다. 이렇게 가다 보면, 위기는 저만치 물러나 있으리라 본다. 나태와 관행을 성찰하는 방편은 어제까지의 판단 기준을 전면적으로 쇄신하라는 배움의 결과를 실행에 옮기는 노력에서 온다. 배움이란 늘 실패와 좌절 같은 위기를 통해 얻는 값진 체험이 아니던가. 그런 점에서 배움의 촉수를 더욱 예리하게 가다듬어야 할 일이다.

2. 아르바이트와 스펙 쌓기

여름 방학을 끝낸 캠퍼스가 학교로 돌아온 학생들의 모습들로 활기차다. 취업을 앞둔 졸업반 학생들의 심사는 더욱 조급해지리라는 걸 생각하면 착잡하다.

한국체육대학교 재학생들은 체육 특성화대학이라는 특성상 취업

전망이 그리 밝지만은 않다. 최근 취업의 동향 또한 40대 이후의 취업률은 상향되었으나 청년 취업은 여전히 답보상태라고 한다. 6천만에 육박하는 인구에서 900만 가량이 비정규직이다. 이런 상황에서 새롭게 시작한 대학생활은 어떻게 꾸려나가야 할 것인지 진지하게 생각해 볼 필요가 있다.

대학 관계자들과 담소하다 보면 대학생활의 가장 큰 적은 '아르바이트'라는 게 일치된 견해이다. 한국체육대학교는 상대적으로 저렴한 등록금 덕택에 반값 등록금 논쟁에서는 다소 비껴나 있다. 하지만, 한국체육대학교 재학생들도 '아르바이트' 열풍에서는 그다지 자유롭지 않다. 아르바이트는 학교생활과 학내 행사를 공동화하는 부정적인 원인으로 지목된다. 이는 학교당국의 입장으로나 학생의 입장에서 공감되지만 사고의 전환 없이는 딱히 해결할 방법이 없다.

초중등학교가 사교육 열풍에 시달리며 공교육의 공동화를 초래하는 것처럼 대학 공교육의 공동화를 보여주는 엄연한 현실이 아르바이트로 인해 생겨나는 현실이 되고 있다. 아르바이트는 학교 바깥으로 자신의 노동력을 값싸게 제공하면서 대학생활의 활력을 떨어뜨린다. 취업과 더 나은 삶을 위해서라도 대학 시절에 쌓아야 할 경험의 우선순위는 기초체력에 해당하는 교양지식과 나만의 전문지식을 마련하는 데 있다. 이 점에는 이의가 있을 수 없다.

또한 학생들은 자격증의 시대에 걸맞게, 대기업에 취업하는 것을 목표로 삼아 스펙 쌓기에 진력한다. 그 노력 또한 눈물겹다. 하지만 학생들의 분위기로 보아 대학 안에서 마땅히 누려야 할 많은 혜택들을 뒤로 하고 많은 비용의 지출을 감수하며 자격증 따기에 몰두한다. 대학생들의 스펙 쌓기 열풍과는 달리, 정작 기업은 인문학적 교양을 갖춘 창의적인 인재를 원한다. 이 불일치는 어디에서 생겨난 것이고 무엇을 의미하는가.

미국의 한 통계에서는 자신의 업무 분야에서 가장 소중했던 대학교육의 분야로 경영학과 글쓰기, 예술 분야, 통계학을 꼽았다. 인간관계나 업무능력에서 요구되는 것은 대인관계와 효율적인 조직 관리이고, 다음이 보고서 작성에 필요한 자기 표현능력이며, 마지막이 예술적 감수성 함양과 통계 수치에 대한 밝은 판단력이라는 게 요지이다.

교육역량 강화사업으로 그 어느 때보다도 유익한 강좌가 개설되고 있다. 학생들의 무료 인성강좌나 취업강좌도 활성화되고 있다. 대학생활은 우리 사회에서 그 어느 때보다도 자유가 보장된 시기이다. 대학에서만 배울 수 있고, 대학에서만 누릴 수 있는 것은 진리에 대한 열정과 자기 삶을 설계하고 모색하는 자유이다. 요는, 이 자유를 마음껏 누리는 것이야말로 대학 생활에서 단련된 창의력이 아르바이트나 스펙 쌓기보다 훨씬 중요하다. 대학 생활에 부여된 자유가 자기 인생에 투자하는 적기임을 다시 한 번 주지할 필요가 있다.

3. 책을 읽는다는 것

오늘의 대학생들에게 책 읽기는 스마트폰 문화에 밀려 퇴색되는 문화의 잔영처럼 여겨진다. 한 권의 책에 스민 저자의 문화적 공력과 접속 못하는 대학생 문화적 결핍이 점점 심화되는 느낌이다.

책의 문화사는 저자 한 사람의 공력이 얼마나 고귀한 것인지를 일러준다. 도쿄대 교양학과 교수인 저술가 다치바나 다카시(立花隆)는 한 권의 책을 쓰기 위해 그 책의 면수에 해당하는 수만큼 관련서적과 논문을 읽는다고 한다. 200쪽의 책이라면 적어도 200권의 책을 읽는다는 뜻이다.

책을 쓰기 위한 저자의 순례는 그토록 눈물겹다. 그 순례는 자청해서 하는 일이니 만큼 고통의 축제이기는 하다. 저자는 평소 자신이 가진 관심사를 벼리고 별려, 관련서적과 자료들을 모아 읽고 또 읽는다. 마침내 읽기의 내공이 어느 정도 축적되면, 자신이 얻은 지식들을 분류, 배열, 위계화한다. 그런 다음 그는 대상으로 삼는 독자들에게 걸맞은 표현과 문체를 선택하여 집필에 들어간다. 집필과정도 그리 용이하지 않다. 『홍길동전』으로 유명한 허균은 엉덩이가 짓무르도록 독서에 힘쓴 일을 자신의 문집 한켠에 적어두었다. 『토지』를 집필한 박경리 선생은 26년을 이어 썼고, 『장길산』을 쓴 황석영 작가는 10년을, 『태백산맥』의 작가 조정래는 자신의 키보다 높은 원고를 썼다. 작가들의 초인적인 글쓰기는 자신의 지병과 시대의 압력을 넘어서는 놀라운 면모를 보여준다. 그러나 이런 집필의 과정을 거쳐도 책으로 출간되기까지는 더 기다려야 한다. 예전 같으면 납활자로 된 지형에 기초한 활자 출판은 엄청난 비용을 들였다. 그런 까닭에 비싼 비용에 걸맞은 책값을 지불해야만 귀한 지식과 접촉할 수 있었다. 지식을 얻으려 손으로 베껴쓰는 수고도 마다하지 않았던 게 불과 몇십 년 전 풍경이다.

오늘의 저자들에게는 출판 환경은 바뀌었으나 자료의 수집과 읽기, 지식의 배열과 위계화, 집필의 고통만큼은 결코 줄어들지 않는다. 한 권의 책이 독자의 손에 주어지기까지 편집과 출판에 이르는 과정 또한 만만치가 않다. 그러니 우리가 집어든 책에서 그 안에 담긴 수많은 이들의 공력을 마땅히 감사해야 한다.

저자와 출판업 관련자, 배송업자에 이르기까지 내 손에 닿기까지 이어진 수많은 인연의 손길에 감사하는 마음이 필요하다. 그런 까닭에 불교의 관점에서 보면 책 쓰기는 자신이 깨달은 지혜를 뭇사람들에게 전파하는 보살의 귀한 행위로 비유된다. 글쓰기는 자신이 탐구해온 오랜 지혜를 제한된 시공간을 벗어나기 위해 기록으로 남겨 문화의 영역으로 편입시키는 일이기 때문이다.

하지만 우리는 책읽기의 문화가 권장되지 않는 시대를 살아가고 있다. 취업이다 경쟁력이다 하며 대학 본연의 임무를 망각하고 있는 건 아닐까. 실용의 시대에 실용은 눈에 띄지 않는 것을 배제하는 쓰임새만이 아니다. 실용은 무용함에 그 토대를 두고 있다. 책읽기에 소용되는 인내와 고통, 집중력은 감금 속에서 역설적으로 자유와 해방을 만끽하게 만들고 간접경험을 통해 세계와 소망을 꿈꾸게 만든다.

가을을 독서의 계절이라고 한 건 쌀쌀한 날씨와 등잔불을 당겨 옛사람의 지혜와 만나려는 선인들의 문화였다. 스마트폰이나 태블릿컴퓨터로 영화나 드라마를 쉽게 내려받아 시청하는 것이 지금의 현실이다. 이런 시대에도 책 읽기가 필요한 까닭은 저자의 오랜 공력과 만나는 은밀한 즐거움을 만끽하며 영혼의 깊이를 더하고 세계를 향한 안목을 넓혀주기 때문이다. 그런 점에서, 이번 달에 우리 대학 학술정보원에서 주최하는 독후감 백일장은 깊어가는 가을에 걸맞은 즐거운 축제가 아닐 수 없다.

4. 한해를 돌아보며

달력의 역사는 인류가 고안한 역법에 근거한다. 별들의 주기적이고 규칙적인 운행에서 시간의 흐름을 측정해온 고대의 역법은 지구의 자전과 공전 주기, 달의 지구 공전주기를 계산해온 오랜 관측법의 산물이다.

지구의 자전주기가 하루의 기준을 삼고 지구의 공전주기가 1년의 기준이 된다. 반면, 달의 공전주기는 1태음월의 기준을 이룬다. 지구를 기준으로 삼는가 아니면 달을 기준으로 삼는가, 아니면 둘 모두를 기준으로 삼는가에 따라 태양력, 태음력, 태음태양력으로 나누어진다. 달이 차고 이우는 삭망 주기에 따라 12삭망월을 1태음년으로 한 회회력, 태양이 황도를 운행하는 주기인 태양력의 1년 기준은 4계절 변화에 대체로 일치하나 달의 주기와는 어울리지 않는다.

서양의 태양력에는 고대 이집트력, 고대 로마력, 율리우스력과 그레고리력 등이 있다. 달력을 만들기 위한 최초의 역법은 이집트인들이 만든 것으로 알려져 있다. 로마인들이 서유럽에서 1,500년 이상 사용해온 율리우스력의 기원은 고대 이집트로 소급되는 셈이다. 동양에서 오랜 기간 사용해온 태음태양력은 태음력처럼 한 달 길이를 1삭망월로 하지만 달의 변화를 계절의 변화와 맞추기 위해 열두 달의 평년과 열세 달의 윤년을 두어 그 평균일이 1태양년의 일수와 같도록 만들었다.

오늘날 널리 사용하는 역법은 그레고리력이다. 달의 위상(位相)을 바탕으로 하는 종교적 축일과 태양의 운동에 따라 결정되는 계절적 활동과 관련된 날짜를 동일 체계로 기술하고 있어서 널리 일반화되었다. 이렇게 보면 우리의 시간 관념도 고대로부터 전승되어온 오랜 내력의 산물이다. 대낮 하늘을 가로질러 서편 하늘로 지는 해의 운행로인 황도(黃道)를 살피고, 밤하늘에 총총히 빛나는 별들의 움직임을 둘러보며 달의 차고 이움을 헤아리는 역학자의 삶은 사라진지 오래 되었다. 시간의 측정을 아날로그 시계의 시침과 분침으로만 서둘러 보거나 그도 귀찮아 디지털 시계의 숫자만으로 살피는 우리 일상은 고대인들의 관찰과 사유보다 더 편리해졌을지언정 더 낫다고는 말 못할 듯싶다.

돌아보면 2011년이 격변의 해였다는 것은 분명하다. 이웃한 일본 도호쿠 지방의 지진 대참사에서부터 리비아의 오랜 철권통치자였던 카다피 정권의 몰락 같은 변화도 그러했다. 그런 와중에도 두 번이나 탈락했던 동계올림픽 유치 노력이 세 번만에 성사된 것만도 경사이다. 하지만, 한미FTA 통과로 강대국과의 경쟁에 한치 앞도 가늠할 수 없는 경제교역 질서의 변화도 단단히 준비해야 할 때이다. 거기에다 지난 1일 개국한 보수성향의 거대언론이 진출한 TV방송도 우리 삶의 눈과 입을 사로잡는 또하나의 환영(幻影)으로 등장했다.

돌아보면 올 한해는 국내외적으로 세계인의 찬사를 받은 우리 스포츠 외교의 뚝심이 빛난 한해였고, 자연의 거대한 힘 앞에 인간의 세계가 속수무책이었던 재앙을 경험한 한해였으며, 우리의 모든 삶을 국제사회와 경쟁해야 하는 출발점에 선 한해였다.

이제 12월이다. 또 한해를 보낸다. 아직껏 마무리하지 못한 계획은 없는지 돌아보며 마음을 다잡아야 할 때이다. 기말고사가 한창이다. 시험을 치르고 다음 시험을 보러 강의동을 옮겨다니는 학생들의 북적거림은 저무는 한해의 마지막 열기를 더하는 교정의 풍경이다. 여기에는 낮아진 해의 황도를 살필 겨를은 없지만 소중한 하루하루, 한해의 시간은 흘러가고 있다는 느낌을 더해준다.

5. 겨울방학에 해야 할 숙제

산중거사들의 삶은 여름과 겨울, 안거(安居) 수행에 정진하는 일정 기간이 있다. 안거는 벽면가부좌로 자신이 부여잡은 화두로 선정에 깃들어 존재의 의미와 진리 탐색에 매진하는 치열한 내면 수행을 가리킨다. 자신을 스스로 유폐시킴으로써 정신의 해방을 거머쥐고 존재의 가치를 되묻는 방식이 바로 안거 수행이다. 안거가 끝나면 만행(卍行)이 이어진다. 만행은 정진 수행 뒤 모은 화두의 결실을 확인하기 위해 도처를 떠도는 유랑 수행이다. 안거가 용맹정진을 위한 자기 유폐의 결곡한 수행이라면, 만행은 세계를 돌아보며 직접 체험을 도모하는 자유로운 해방을 만끽하는 유랑의 수행인 셈이다. 대학에서는 학기 중 강의가 안거라면, 방학은 만행에 견줄 수 있다.

언제부턴가 대학은 진리 탐구와 자신의 지성을 배가하기 위한 수련의 처소가 아니라 취업을 준비하는 기관쯤으로 여겨지기 시작했다. 이 우려스럽고 개탄할 수밖에 없는 일들은 현실정치가 불러온 해악이기도 하지만 방만한 대학 운영에도 책임이 있어 보인다. 대학 본연의 임무는 사회의 미래를 책임지는 인재를 양성하는 데 있음이 분명하다. 워낙 청년세대의 취업 문제가 각박하다 보니 대학이 얼떨결에 청년 취업의 임무를 떠안게 된 것이긴 하지만, 학원에서 익힐 취업 강좌가 대학에서 공공연히 열리는 것은 대학 본연의 모습에 비추어 보면 서글픈 현실이 아닐 수 없다. 현실을 용인해야 한다는 점에서는 취업 강좌나 취업의 열의를 비판할 하등의 이유가 없다. 강좌를 통해 취업을 준비하는 게 4년의 기간을 목적 없이 보내는 것보다는 한결 알찬 결실을 기대할 수 있기 때문이다.

시험이 끝나면 곧바로 이어지는 긴 겨울방학은 배움의 의무로부터 면제된다. 이 기간을 얼마나 값지게 사용할 것인가는 모두 학생 개인의 몫이다. 하지만, 방학기간 동안 배움의 의무가 면제된다고 해서 배움의 길에서 이탈해도 된다는 것은 물론 아니다. 방학은 만행과도 같이 배움을 세계에서 확인하고 그 배움을 삶 속에 적용하며 확장하는 기간이기 때문이다.

먼저, 방학 기간 동안 '나는 어떤 삶을 향유할 것인지' 분명한 목표를 찾자. 취업을 위한 대학 생활에서 벗어나려면, 먼저 내 삶을 무엇으로 어떻게 채울 것인지를 결정해야 할 터이다. 외국어 공부보다 더 중요한 것은 내가 배운 외국어를 어떻게 사용할 것인지에 대한 스스로의 동기부여가 전제되어야 한다. 그런 목표 설정 후에 삶의 방향을 설정하고 세부 목표를 세워나가자. 또한, 방학 기간에는 대학생으로서 세계 변화에 걸맞은 자신만의 변화 척도를 만들어 실천해 보자. 여행이면 여행으로 변화될 나, 사회봉사면 사회봉사로 변화될 나, 독서라면 독서 이후 변화될 나 자신의 모습을 그리면서 최소의 목표를 달성해 보자.

문제는 방학 동안 목표만이 아니라 자신이 꿈꾸는 삶, 내가 향유할 삶의 즐거움이 무엇인지를 곰곰이 따져보라는 것이다. 그런 후에 세운 목표에 따라 자신의 설계대로 최소한의 목표를 달성하기 위해 노력해 보자는 뜻이다. 봄을 맞아 교정으로 돌아온 학우들에게 변화된 자신을 선보이며 다시 힘찬 한해를 시작하는 그날을 그리면서 말이다.

6. 새봄을 맞으며

사월이면 생각나는 시가 있다. T. S. 엘리어트의 「황무지」이다.

"4월은 가장 잔인한 달/ 죽은 땅에서 라일락을 키워내고/ 추억과 욕정을 뒤섞고/ 잠든 뿌리를 봄비로 깨운다."

널리 회자되는 이 유명한 구절에는 1차 세계대전 후 유럽 사회가 겪는 정신적 절망과 대비되는 자연의 질긴 생명력에 담긴 잔혹한 섭리가 경탄의 목소리로 포착된다. 시구는 「풀리는 한강 가에서」(서정주)의 화자가 말하는 어조와 여러 모로 유사하다. '잔인한 달'이라는 「황무지」의 표현은 "강물은 무엇하러 또 풀리는가"라는 탄식과 닮아 있다. 채 가시지 않은 슬픔 앞에 봄비로 일깨우는 자연의 생명력은 잔인하다고 할 만큼 죽은 자와 과거를 몰아내며 삶의 싱싱함을 눈앞에 풀어놓는다.

「황무지」를 떠올린 데에는 죽은 땅에서 뚫고 올라오는 연약한 새순과 싹들의 모습이 보여주는 장관 때문일 것이다. 낡은 것은 새것을 용인할 수 없는 마음이 가진 낡고 처연한 상태이다. 반면, 새로운 것들은 죽은 땅에서 생명을 피워올리는 강인함을 보여준다. 그 생

명력이야말로 죽은 땅을 무한한 가능성의 땅으로 바꾸어버리는 놀라운 힘이다. 계절의 변화는 막을 수 없다는 점에서 자연을 한층 자연답게 보여준다. 아직은 바람이 쌀쌀하지만 봄비가 거듭될수록 돋아나는 새잎들은 충만한 햇빛 속에 푸르름을 더해갈 것이다.

'바람의 아들' 이종범 선수가 전격 은퇴를 선언했다. 코칭스태프 회의에서 제기된 개막전 엔트리에서 자신을 제외시키는 논의를 듣자마자 결행된 그의 은퇴는 2009년 구단의 파격적인 대우를 뒤로 하고 선수 생활을 택한 지 3년만이다. 선수의 자존심은 경기장에서 그 명맥을 유지할 수 있다. 그것이 가능하지 않을 때 은퇴는 냉엄하고도 당연한 수순이다. 떠날 때에 떠날 결심을 단행하는 것, 진퇴의 순간을 알고 결단하는 것이 얼마나 힘든 결정인지 짐작하기 충분하다.

스포츠 세계에서도 달의 모습처럼 '차면 이우는' 영고성쇠(榮枯盛衰)의 원리가 지배한다. 영원한 승자는 없다. 정상에 오르자마자 그는, 자신을 포함한 모든 이들에게 극복의 대상이자 승리의 목표가 된다. 그러니 정상을 지키는 일은 단순히 자리 보존이라는 생각만으로는 크게 부족하다. '챔피언'이라는 자리는 승자의 감각만으로 유지되는 게 아니다. 패권을 장악한 순간 노출된 자신의 기술을 한 단계 업그레이드해야 하고 혜성처럼 등장할 버거운 상대를 이겨낼 준비된 마음과 노력이 병행되어야 한다.

이종범 선수에게서 접하는 현실 하나는 선수의 생활에 전력을 다하는 아름다운 모습 하나와, 선수로서의 생명이 쇠퇴의 징후를 보일 때 주저없이 은퇴를 결행하는 자연의 섭리에 어긋나지 않는 모습이다. 이 과단성은 성실한 자만이 행사할 수 있는 자신감의 표현이자 인간 승리의 면모가 아닐까 싶다.

한국체육대학교의 새내기들이 유념해 두어야 할 대목 하나가 있다. 특수목적대학인 한국체육대학교는 유형무형으로 스포츠 문화와 밀접한 관련을 맺는다. 스포츠를 통한 인간 드라마를 교육받는 이곳은 세계 스포츠의 주목을 받아왔다. 한류가 문화콘텐츠로 세계 각지에서 각광받는 현실은 스포츠를 통해서 이미 저력을 확인한 바 있다. 그런 까닭에 미래의 스포츠 인재들인 한국체육대학교의 재학생들은 엘리트 선수나 체육관련 일반학과의 학생이나 모두 스포츠 문화의 주역으로 살아갈 마음의 준비를 해야 한다.

거기에는 스포츠만이 아닌 존경받을 만한 인간의 품격을 갖추는 일도 마땅히 포함된다. 어려운 시대를 살아가는 청년 세대가 과거와 부정 속에서 배태되는 신생의 면모를 유감없이 발휘함으로써 낡은 가치를 쇄신하는 주역이 되겠다는 마음과 실행력도 필요하다. 거기에는 곧 다가올 국회의원 총선거 투표도 포함된다. 낡은 것들을 몰아내는 것은 쇄신의 결의에서 시작된다. 새내기들도 입학의 들뜬 마음을 뒤로 하고 대학생활에 충실하며 땅을 일구고 씨를 뿌리며 결실을 맺기 위해 노력할 때가 바로 4월이 아닌가 싶다.

7. 표절 시비와 스포츠

국회의원 총선거가 끝난 뒤 선출된 국회의원 후보자에 대한 자격 논란이 뜨겁다. 299명의 선량(選良)을 뽑는 자리가 이토록 자격이 문제된 적은 별로 없었던 듯싶다. 그만큼 우리 사회가 높은 도덕성을 요구하는 변화된 의식과, 연말에 있을 대통령 선거의 향방을 가늠하는 정당들의 이해관계 만큼이나 사회적 관심사가 높은 탓이다.

선거의 논란 중에서 올림픽 금메달리스트의 박사학위논문 표절 시비가 불거지고 있다. 이 사태는 불행하게도 스포츠맨의 순수성에 결정적인 흠집을 가하고, 한국 스포츠문화에 오래도록 수치가 될 우려를 낳는다. 논문 대필 의혹이나 표절 시비가 가진 문제의 심각성 때문이다. 이 낯 뜨거운 학문 절도의 행각은 오래전부터 학자 출신 관료들의 낙마에 결정적인 요인이었다는 점에서 새삼스러운 일은 아니다. 하지만 사태는 국회의원 선거의 당선 문제와 별개로 불똥이 옮아가고 있다. IOC에서는 이 선량에 대한 조사에 착수했다고 전해진다. 스포츠 외교가에서는 IOC선수위원을 염두에 둔 김연아 선수의 행보에도 적잖은 부정적 영향을 미칠 것이라는 전망이다.

한국스포츠가 표절행위로부터 자유로워지려면 뼈를 깎는 자기쇄신의 노력이 있어야 하는 것은 당연하다. 하지만 이와는 별개로, 학위논문을 마치 자신이 치장쯤으로 여기는 태도는 외모 지상주의와 다를 바가 없다. 승자만이 누리는 과실의 달콤함에 화려한 학위논문도 그 품목의 하나가 되었다는 게 사태의 진면목이다.

둘러 보면 우리 주위에도 외양을 중시하는 습속이 얼마든지 발견된다. 얼마 전 지인으로부터 들은 이야기다. 입학 때면 보게 되는 익숙한 풍경이 있다. 군청색 몸통과 흰색 팔 부분으로 이루어진 학교 유니폼 자켓이다. 많은 학생들의 소속학과와 학년 마크 구실을 하는 자켓을 볼 때마다 흐뭇했다. 하지만 지인의 지적 후엔 마음이 영 불편하다.

등판에 새겨진 영문 학교명은 언뜻 보면 'KOREA UNIVERSITY'로 보인다. 지인의 말인즉, 마치 고려대학교의 유니폼을 본 듯해서 불쾌하며, 한국체육대학교라는 자부심이 손상받는 대목이라는 것이다. 미국 아이비리그에서 만약 농구나 미식 축구장에 상대 대학 유니폼을 입고 간다고 생각해 보자. 그런 행위가 용납되겠는가.

자부심은 충만한 소속감에서 온다. 그러하다면, 이 옷의 정체는 무엇인가. 'KOREA'와 'UNIVERSITY' 사이에 자그맣게 새겨진 'National Sport'라는 단어는 우연하게 배치된 것이 아니다. 우리 대학의 자부심이 호랑이가 새겨진 대학의 명성에 가슴 졸이며 기댄 모습일지도 모른다는 지적에 낯이 뜨거워졌다. 이 지적은 뼈아픈 울림을 가지고 있다. 학교 점퍼 등판에 'KNSU'와 '국립 한국체육대학교'가 자랑스럽게 새겨지는 날이 오기를 소망한다.

진보적인 사회학자의 말을 빌리면, 90년대 중반 이후 한국사회는 기업사회로 진입했다고 한다. 기업사회란 말은 대기업 위주로 재편된 기업 생태계의 논리가 지배적인 사회 결정 구조를 가지고 있음을 가리킨다. 기업사회에서는 모든 사회논리가 경제적 이윤 추구와 밀접하게 연관되어 있어서 미래를 멀리 내다보기보다는 결과만 중시하는 폐단이 범람하기도 한다.

스포츠 인재를 육성하는 한국체육대학교가 경기 결과만 중시했다면 오늘과 같은 학교 위상은 없었을 것이다. 재능을 구비한 선수들의 발굴 육성도 모두 미래를 준비하는 취지에 동의하는 암묵적인 전제이자 인간 교육의 기반을 이룬다. 승자가 모든 영예와 부를 독식하는 경제화된 사회에서, 스포츠는 단순히 돈벌이 수단으로 전락할 위험이 상존한다.

앞서 말한 논문 표절이 도덕적 무감각으로 이어진 것도 기실 미래를 준비하는 공동체의 삶에서는 위기이기도 하지만 이를 잘 극복하면 발전의 토대가 될 수 있다. 스포츠가 하나의 문화이기 위해서는 승자만의 몫만 생각해서는 안된다. 패자에 대한 배려가 필요하다. 경제적 약자들을 배려하는 대기업 윤리가 필요

한 것처럼, 승자독식의 정글법칙을 제어하는 패자부활전이 있는 것은 스포츠 문화의 매력이다. 인간 승리의 드라마이자 감동과 순수를 간직하고 있기 때문에 스포츠는 누구에게나 향유의 대상이 된다. 그처럼, 우리 사회도 정치나 경제, 문화가 건전한 스포츠의 정신처럼 누릴 만하고 아낄 만한 가치를 만들어내는 아름다움을 갖추었으면 좋겠다.

런던 올림픽 대표 선발전이 끝나가고 있다. 올림픽에 참가하게 된 선수들이야 자신의 기량을 마음껏 발휘하기 위해 더욱 노력하겠지만, 탈락한 동료와 후배들에 대한 따스한 배려도 필요한 시점이다. 승리만이 스포츠의 최종적인 지향이 아니다. 탁월한 경기력 뒤에 담긴 순수한 집중과 엄격하고도 혹독한 자기 관리, 그리고 그 관리를 위해 보살펴주는 코치진, 동문들의 말없는 성원을 생각할 때, 승자만의 세계만 떠올려서는 안 된다. 그 승리가 값진 만큼 패배 또한 승리를 향해 전진하는 고통스러우나 값진 행보라는 사실도 기억해둘 필요가 있다.

8. 자연의 이치와 마음 먹기

'차면 이울고 이울면 채워지는 것'이 달을 통해 본 자연의 이치다. '생각한다'는 것은 달리 말해 섬세한 관찰을 통해 묻는 자신과 세계에 대한 물음이라 할 수 있다. "왜?"라는 말에서 촉발된 세계에 대한 의문은 현상의 요모조모를 뜯어가며 사물의 이치를 궁구하도록 만들고, 어떻게 사는 게 바람직한 삶인지를 되묻게 한다. 이런 물음을 갖지 않는다면 삶은 자동화될 뿐 고양되기는 어렵다.

얼마 전 축구 국가대표 선수를 지낸 유망한 젊은 선수 한 사람이 경기 부정으로 스포츠계에서 영구 퇴출된 뒤 부녀자 납치를 시도했다가 실패한 안타까운 사건이 있었다. 전도 유망(前途有望)한 선수가 마음 한 번 잘못 먹고 나락의 길로 급전직하(急轉直下) 하는 일은 국가와 사회, 가족 공동체 모두에게 크나큰 손실이다. 여기에는 스포츠계의 인적 물적 지원 인프라의 부재가 자리하고 있다는 게 일반적인 통념이다. 하지만 스포츠에 생의 모든 것을 걸고 살아가는 삶이 궤도에서 이탈하면서 빚어낸 끔찍한 전락이 아닐까 싶다.

사람의 일상은 80% 이상의 동작이 무의식적으로 이루어진다고 한다. 곰곰이 따져보면 그 무의식적인 동작의 연속이야말로 반복을 통해 얻어낸 신체의 자율적인 반응에서 연유함을 알게 된다. 요컨대 무의식적 동작이라고는 하나 거기에는 수많은 반복 학습으로 얻어진 자율신경계의 즉각적인 반응의 메커니즘이 자리 잡고 있다는 말이다.

삶의 모든 국면은 순간순간의 판단들로 이루어진다. 짧은 순간 내리는 인간의 판단에는 다양한 생의 경험이 만들어낸 기준의 총합이라는 원리가 숨어 있다. 곧 순간적인 실수조차 자신의 평소 생각과 가치관의 단련에서 빚어지는 원인을 갖는다는 뜻이다.

'모든 게 마음먹기에 달렸다'는 전래 속담은 본래 불교 경전의 '일체유심조(一切唯心造)'라는 말에 기원을 두고 있다. 평소 어떻게 마음을 먹느냐에 따라 세상을 보는 눈이 달라진다. 아침에 눈뜨는 것을 축복으로 여기는 자들은 오히려 일반인들이 아니라 주로 병자들이다. 아프다는 것은 건강함을 돌아보게 만든다. 매번 하는 식사이지만 투정을 부리는 건 아이들의 경우이다. 나이든 이들은 식사의 손길을 알고 감사한다. 축복과 감사, 하루하루의 삶을 어떻게 살아갈 것인가는 실로 마음먹기에 달려 있는 것이다.

어려움에 처했을 때 그 어려움을 잘 견디며 헤쳐나가면 자신의 삶에 보약 같은 어떤 축적을 일으키지만, 그 어려움 때문에 불의와 타협하고 나면 그 삶은 전반적으로 더욱 어려움에 처하는 경우가 많다. 앞서 언급한 전직 프로선수의 전락도 자신에게 닥친 어려움의 실체를 "왜"라는 질문으로 따져 묻고 잘못을 되풀이하지 않으려 했다면 새로운 진전이 있었을는지 모른다. 어려움을 이겨내는 힘도 따지고 보면 평소 순간적인 판단과 가치관을 어떻게 단련해 왔는가에 따른다. 누구에게나 허용되는 판단 기준은 자신에게만 너그러운 것일 수가 없다. 또한 그 기준이 남에게 엄격하기만 해서는 요건을 충족시킬 수 없다. 그 기준은 나에게 통용될 만큼의 이해심이 남에게도 적용 가능하고, 온순하며 포용력을 구비할 때에만 누구나 온당하다고 수긍하는 반응을 이끌어낼 것이다.

9. 학기를 마무리하며

학기가 이제 마무리에 접어들고 있다. 얼마 있으면 학기말 고사가 시작될 것이고 곧이어 방학이 될 것이다. 다시한번 나의 대학 생활에 "왜"라는 질문을 던져보자. '나는 대학에 무엇 하러 왔는가' '어떤 삶을 살 것인가' '입학 때 품었던 결의와 다짐이 어느 정도 성취되었는가' 등 등…… 자신을 향해 질문을 던져볼 때이다.

다음 달이면 런던 하계올림픽이 열린다. 4년마다 개최되는 올림픽 이라는 생각보다 '내 생에 찾아온 단 한 번의 기회'라는 생각을 가진 한 국체육대학교의 재학생들과 동문이 있다. 이들에게는 삶의 모든 노력 을 투여한 일기일회(一期一會)이다. 지난 4년 동안 불철주야 준비해온 마지막 기회일 수도 있고, 앞으로 두 번쯤은 참가할 수 있는 순간일 수 도 있다. 어찌 되었건 이들에게 올 림픽은 가슴 두근거리는 기회이다. 이 기회는 최선을 다할 전환점일지 언정 삶 전체와 맞바꿀 만한 운명 은 아니다. 이 역시 내게 찾아온 단 한 번의 기회일 뿐이다.

피땀 흘리며 보여주는 인간 승리 의 드라마가 스포츠의 세계이다. 새삼스럽지만 이 드라마 이면(裏面)

에는 참으로 고독하고 고통스러운 순간들로 점철된 선수들의 노고와 수많은 사람들의 헌신이 자리잡고 있다는 점을 기억해야 한다. 프로 골프에서 우승자는 우승이 결정되는 순간 기쁨을 표출하기 전에 상대 선수와 포옹하며 그를 위로한다. 그 위로는 상대 선수에 대한 배려이고 기쁨을 나누는 모습이다. 경기는 자신과 상대선수와의 대결인 듯하지만, 그 경기의 아우라는 선수와 경기장, 경기장을 메우고 있는 관중들에 의해 만들어지는 것이다. 한 순간의 경기조차 나만의 생이 아니라 모두의 생이라는 사실을 절감하게 된다. 승리와 함께 터져나오는 국민들의 함성과 기쁨이야말로 한 사람의 기쁨이 아니라 우리 모두의 생임을 일러준다.

스포츠에서 영원한 승자란 없다. 그게 자연의 이치다. 승자만 있는 게 스포츠라면 아무도 돌아보지 않았을 것이다. 승자보다 많은 수의 패자가 엄연히 존재한다. '차면 이울고, 이울면 차게 된다'는 이치는 '씨를 뿌리지 않으면 거둘 열매가 없다'는 말로 변주될 수 있다. 그런 만큼 자연에서 얻는 삶의 이치는 늘 채워졌을 때 텅빔을 떠올리게 하고, 텅빔에서 채워짐을 상상하도록 만든다. 스포츠 또한 그러하다. 스포츠의 문화적 국면은 나 하나만 생각하는 자족의 원리가 아니라 나와 남을 함께 배려하는 복합적인 시야를 품고 있는데, 이 원리는 자연의 냉혹한 이치와 상통한다.

기로에 선 대학

1. 대학 구조개혁의 길

스포츠 분야에서 국가주의가 기승을 부린 시대가 있었다. 80년대 중반까지만 해도 각축을 벌이던 동서 냉전의 시대에 국가는 개인보다도 우월한 대주체였다. 대주체 국가는 스포츠를 동원과 통합의 한 방식으로 활용했다. 모든 스포츠는 국가의 우월함을 재현하는 이벤트였다. 베이징올림픽 개막식과 폐막식에서 중화주의의 위대함을 세계 만방에 과시하는 데서도 잘 나타난다.

스포츠 행사에서 민족적 국가주의가 내장된 불편함으로 여길 만큼 우리 사회의 인식 수준도 높아지고 있다. 스포츠는 이제, 국가의 힘을 재현하는 시대에서 벗어나 인간 승리의 드라마로 공동체적 삶의 질을 향상시키는 문화로 인식되기 시작했다.

한국체육대학교는 국가주의 시대가 만들어낸 태생을 가지고 있다. 30년을 넘어선 지금, 한국체육대학교는 스포츠 인재들의 피땀으로 이룩한 스포츠의 전통을 쌓아왔다. 한국체육대학교의 전통은 우리나라 스포츠의 산 역사라고 불러도 손색없을 만큼 스포츠 요람으로서의 대학 위상을 확고하게 지키고 있다. 여기에는 스포츠 인재들에 대한 국가의 제도적인 지원과 사회의 높은 관심, 대학 구성원들의 단합된 열정이 한데 어울려 빚어낸 최적의 시스템이었음을 누구도 부인하기 어렵다. 30년을 지속해온 제도와 체육 시설의 하드웨어, 경기지도자들의 높은 지도력이 발휘한 지도력과 훈련방식은 하드웨어이자 소프트웨어이다.

스포츠인재 육성과 경기력 향상을 위한 학문적 성과, 생활체육에 기여하는 한국체육대학교의 역할은 날로 커지고 있다. 그러나 한국체육대학교에 제공되는 국가 제도의 인적 물적 지원 규모는 한국 스포츠 역사의 빛나는 성과에 비해 획기적으로 개선되어 왔다고 말하기는 어렵다.

눈앞에는 학령인구의 급속한 감소로 인해 대학 구조 조정이라는 파고가 밀려들고 있다. 정원 감축과 구조조정이, 교과부가 주도하는 구조조정안에 따르면, 대학 역량에 대한 성과 지표를 산출하여 매년 성취도에 따라 대학 지원액을 연동시킬 것이라고 한다. 유사학과의 통폐합, 학과 정원의 축소 같은 대학의 자구책에다 국립대학의 연합체제 구축 등이 골자를 이룬다고 한다. 당근과 채찍을 동원한 대학의 구조개혁은 지원과 자율 사이에서 정원 감축과 대학 통폐합이라는 방식으로 전개될 것이다.

교육 당국은 30년을 넘어선 스포츠 역사의 산실이자 주역인 한국체육대학교의 이미 검증된 시스템이 가진 장점을 잘 알고 있을 것이다. 한국체육대학교는 지난 30년 동안 단과대학 수준의 정원으로도 한국 스포츠의 역사를 다시 써온 혁혁한 공과를 이룩했다. 한국 스포츠의 현재와 미래를 생각할 때, 지난 날 국가적 지원과 사회적 관심, 대학 성원들의 열정과 합심을 이끈 지난날의 효율적인 시스템을 존중하고 업그레이드 하는 일이 무엇보다 먼저 고려되어야 한다. 거기에다, 대학 구성원들의 사기를 진작시키며 더욱 효율적인 시스템을 도출해 내는 방향으로 대학 구조개혁에 대한 논의가 진행되어야 할 것이다. 한국체육대학교 또한 향후 스포츠 인재 육성이나 스포츠 대중화에 어떻게 기여해야 할 것인지를 놓고 더욱 신중한 접근이 필요한 때이다.

2. 변화하는 대학과 대학교육의 향방

지난 8월 말(2013년), 2단계 국립대 선진화 방안이 발표되었다. 국립대의 교육성과에 대한 비판이 사회적으로 점증하는 현실에서 마련된 이 방안의 주요 골자는 대학의 자발적인 추진력을 제고하기 위해 총장제 직선을 비롯하여, 교육과 연구에 집중하는 분위기 조성, 학부 교양교육 강화와 창의적이고 융복합적인 인재 양성에 무게를 두고 있다. '교육과학기술'의 진작을 위한 정책 이전에 대학 스스로의 변화를 요구하는 모습은 진작부터 강조되어 왔다.

대학 선진화 방안이 밖으로부터의 압력이라면, 내부로부터 자발적으로 이루어야 할 대학의 변화로는 어떤 것이 있을까. 한국체육대학교는 국립대학 중에서도 엘리트스포츠 인재 양성을 바탕으로 한다. 이런 측면에서 다시한번 한국체육대학교가 대학교육의 변화에 필요한 마음가짐과 향후 과제를 새롭게 생각해볼 시기이다.

한국체육대학교는 설립 목적상 특수대학에 포함된다. 엘리트스포츠 인재 양성이라는 목적은 소득 2만 불을 넘어선 오늘의 우리 사회에서 새롭게 정의될 여지가 있다. 선진화 방안에 제시된 목표로는 대학교육의 방향은 교양교육 강화와 함께, 융복합적인 스포츠 인재 양성이 핵심적이다. 그러나 이들 목표는 단시일 내에 달성하기 어렵다. 여기에는 커리큘럼의 혁신이 전제되어야 하기 때문이다.

일례로 신문 지상에는 거의 날마다 스마트문화의 편의성이 강조되고 있다. 하지만 이에 대한 학문적 고려가 어떻게 커리큘럼에 반영되어야 할 것인지에 대한 사회적 합의는 아직 없다. 분명한 것은 웹상에 아무리 많은 정보가 대중화된다고 해도 그것에 대한 학문적 진전은 늘 사후적일 수밖에 없다.

그러하다면 융복합적인 인재 양성이라는 목표도 요원해지는 것은 아닐까. 오히려 기초 교양의 확충을 통한 학문적 교육적 내실 강화가 올바른 방향이라고 판단되는 것도 그 때문이다. 대학이 사회적 변화에 부응하려면 단순히 커리큘럼의 변화만으로 수용하기는 어렵다. 거기에는 교수사회와 학생들의 변화도 마땅히 있어야 하기 때문이다.

문제의 어려움은 제도적 개혁이나 구호의 문제가 아니라 우리의 인식 변화가 선행되어야 함을 말해준다. 학과 중심으로 재편된 한국체육대학교의 경우, 학과 내 기존 커리큘럼의 혁신적 개편만큼이나 기존 교양교육의 양적 확대도 시급해 보인다. 이에 대한 한국체육대학교 본부의 대책도 마련되고 있겠으나, 분명한 것은 현행 '학과제'라는 기존의 제도적 장치를 최대치로 활용하면서 집중학습을 가미한 방식이 효율적이라는 점을 잘 헤아렸으면 좋겠다. 아무리 좋은 제도의 실현도 그것을 운용하는 당사자들의 인식 변화가 전제되지 않으면 효과를 발휘할 수 없다는 점을 명심할 필요가 있다.

3. 미국 대학 방문기

지난 2018년 10월 12일부터 보름 동안 미국의 서부 지역에 있는 몇몇 대학을 방문했다. 2014년에도 미국을 방문할 기회가 있었으나 사정이 여의치 못해 미뤄졌으니, 나의 첫 미국 방문은 애초보다 4년이나 지연된 셈이다.

학교의 공식 일정에 맞추어 진행된 나의 미국 대학 방문은 근 보름에 육박하는 일정이어서 사전에 수업 결손을 막기 위해 비대면강의로 보강계획을 미리 세워놓지 않으면 안 되었다. 이렇게 시작된 나의 첫 미국 방문은 로스엔젤레스 '동문의 밤' 행사, 여러 대학과의 교류협정 연장 체결을 위한 총장과 대외교류단장, 무용학과 방문단에 동승한 것이었다.

라스베가스 시내에 소재한 네바다주립대학교에서 열린 양교(兩校)

무용학과 합동공연이 있었다. 공연에서는 일취월장한 한국체육대학교의 생활무용학과 학생들의 신명과 실력을 접할 수 있었고, 더불어 먼 이웃나라 학생들과 맺은 우호의 정감을 실감했다. 저녁 산보를 겸해서 붉은 네바다 사막과 시내에 즐비한 호텔 거리를 따라가다 보니 자본주의의 극성한 불빛과 불온한 욕망이 뱀 혓바닥처럼 눈길을 사로잡았다.

로스엔젤레스로 가는 차 안에서 우리 일행은 메마른 사막 저편으로 펼쳐지는 광대무변한 공간 너머로 상상을 현실로 바꾸는 미국의 저력을 실감했다. 햄버거 재료를 실은, 백 개는 족히 될 화물객차의 긴 행렬과, 노변 저 멀리 펼쳐진 낯설고 기이한 사막의 풍광이 시야를 압도하며 스쳐 지나갔다.

로스엔젤레스 인근에 거주하는 한국체육대학교 동문들과의 만남은 감격스러웠으나 생각보다는 참석자 수가 적어 다소 아쉬웠다. 한국체육대학교의 높아진 위상과 발전상이 김성조 총장의 축사 겸 격려사를 통해 전해지자 동문들은 한껏 자긍심 가득한 얼굴로 감격해 했다. 총장의 축사가 끝난 뒤 동문회 자리는 학창 시절을 회고하며 이야기꽃을 피웠다.

다음날 우리 일행은 샌프란시스코로 향했다. 개교 150주년을 맞는 UC버클리에 당도하자마자 대학 캠퍼스를 둘러보았고 평생교육원의 성과들을 소개받았다. UC버클리 대학은 재학생 4만 명, 교수진 4천 명을 상회한다고 한다. 이 대학은 엘리트 선수만이 아니라

일반학생들에게도 스
포츠의 중요성을 강
조하고 이를 대학교
육의 근간으로 삼는다는 점이 인상적이었다. 학업만큼이나 스포츠활
동을 통한 자기관리에 충실한 지도자를 길러내는 것이 바로 서구 명문
대학의 유구한 전통 중 하나임을 절감했다. 매년 여름방학마다 유소
년캠프를 운영하며 생활스포츠의 저변을 넓혀온 레저스포츠학과 활
동에서는 선진국 생활교육의 현장을 엿본 느낌이었다.

다음날 UC버클리대학과의 교류협정 연장을 위한 서명식에 앞서
짬을 내어 스탠포드 대학교를 방문했다. 스탠포드 대학교로 가는 실
리콘밸리의 노변에는 휴렛패커드, AT&T 등등, 세계 유수의 사옥(社
屋)이 도열해 있었다.

스탠포드 대학교는 UC버클리보다는 작지만 1만 5천명 내외의 아
름다운 캠퍼스를 가진 내실 있는 대학이었다. 이 대학에도 UC버클리
처럼 드넓은 미식축구장과 복합 운동시설로 활용 가능한 농구장, 수
영장을 비롯한 훌륭한 체육시설이 있었고, 부총장급 재무담당자의 관
리부서가 체육시설을 체계적으로 운용하고 있는 점이 더욱 인상적이
었다.

또한 매주 소장품 전시를 바꾸며 알찬 전시를 보여주는 체육박물관
도 인상깊었다. 키오스크에다 책의 바코드를 스캔하면 곧바로 스탠포
드대학교의 스포츠 역사가 튀어나오는 점이나, 전시된 인물 화면을

터치하면 운동복 차림의 선수가 인터뷰하듯 자신의 활동상을 이야기하는 방식도 놀라웠다. 이런 박물관의 운영 메커니즘은 한국체육대학교가 참조해야 할 대학 박물관의 미래이기도 했다.

내가 방문한 세 개의 미국 대학만 해도 한결같이 우수한 시설과 엄청난 규모의 자원을 보유하고 있었다. 하지만 우리 대학은 불비한 조건 속에 스포츠특성화대학으로서 더욱 빛나는 전통을 만들어낼 수 있었다는 자부심만큼은 이에 못지 않다는 생각이다. 이들 명문대학과 어깨를 나란히 하며 우위에 있는 종목을 가르치고 배워야 할 종목의 교류가 활성화하려는 것이 작금의 현실이다. 지금의 그곳 대학과 지역사회에 활약하는 우리 동문들의 모습도 기대를 갖게 한다.

졸업 후 미국에 건너가 뿌리 내린 이들에 이르는 삶에서 한국체육대학교의 과거와 현재와 미래를 보았다. 정착한 동문들에게서는 스포츠 정신으로 고난을 이겨낸 자의 성공을 엿보았다. 로스엔젤레스 소재 동문들과 김진섭 동문회장에게서 각별한 모교 사랑을 느꼈고, 이곳에 유학 와서 일정을 도와준 스탠퍼드 대학의 김동영 코

치, UC버클리의 김보현 동문에게서는 유능한 학자, 지도자의 미래를 보았다. 스탠포드대학의 프로그램 디렉터이자 태권도 헤드코치인 팀 거믈리(Tim Ghormley) 선생은 우리 일행의 캠퍼스 안내를 맡았던 분이다. 그는 한국체대와 태권도와의 만남이 생의 전환점을 마련하게

해주었노라 고백하며 우리를 반겼다. 자긍심 가득한 동문들과 미국 현지 지도자들, 자랑스러운 유학생들의 면면이야말로 나라 바깥에서 한국체육대학교의 역량을 보여주는 산 증거가 아닌가 생각한다.

(2018)

4. 연구년 단상: 일본 지역축제와 시민사회의 힘

일본의 작은 섬 시코쿠(四國) 남단은 명찰 순례인 오헨로 외에도 매년 8월초에 열리는 여름 축제가 유명하다.

현청이 있는 고치시에서는 매년 8월 9일부터 12일까지 요사코이 축제가 열린다. 2017년 여름 축제에는 200여 개의 팀 2만여 명이 참가했다고 한다. 관광객과 귀성객을 합하면 축제 참가 연인원이 백만을 상회하는데, 고치시 거주 인구가 33만여 명임을 감안하면 3배를 넘긴 수치다.

일본의 축제는 관광을 연계한 지방문화의 진면목을 엿볼 수 있는 드문 기회라고 알려져 있다. 축제와는 상관없이 살아온 내가, 생애 처음 요사코이 축제의 면면을 보고 즐기기까지 했다.

전야제 날, 눈앞에 펼쳐지는 너비 삼백 미터짜리 불꽃의 장관에 경탄했고, 축제 내내, 고치성 아래 히로메 전통시장 앞 무대와 중앙공원 무대, 오비야마치(帶屋町) 아케이드 등지에서 동시다발적으로 전개되는 요사코이춤 경연을 흥겹게 관람했다.

축제가 끝난 뒤 일본 지방문화에서 받은 인상이 끝없는 파문을 던졌다. 먼저, 지역 축제의 열기가 염천(炎天)의 극한 더위도 이겨낼 만했다는 것. 축제에 참가한 팀원은 많게는 백 명을 훨씬 넘는 대규모 팀에서부터 삼십 명 내외의 소규모 팀에 이르기까지 다채로웠다. 팀 구성에서는 무엇보다도 남녀 노유(男女老幼)를 아우른 점이 돋보였다. 참가팀 선두에는 춤사위가 가장 뛰어난 이가 배치되는 게 일반적이었다. 그렇다고 해서 이들이 공연의 중심은 아니었다. 춤은 모두가 일사불란하게 역동적인 상황에서도 높은 완성도를 유지해야 하기 때문이다. 나이든 이들과 아이들은 팀의 후미에서 행진한 것도 그런 이유였다.

요사코이 축제는 농사철 새 쫓는 '나루코(鳴子)'를 쥐고 '요사코이'를 함께 외치는 민요의 한 가락을 부르는 게 지역의 고유성을 담는 최소분모이나 여기에는 세대를 넘어 전통을 지킨다는 묵계가 있었다. 춤의 최소분모를 넘어서면 서양의 록 음악이나 힙합, 브라질의 삼바나 보사노바 같은 세계 민속춤이 화학적으로 결합된다. 화려하고 역동적이면서도 일본 고유의 특색을 구비한 집단춤의 동작은 보는 것만으로도 엄청난 호사였다. 팀원으로 참가한 중장년 세대는 전통을 전수하고 아이들은 커서 전통 수호자가 되리라는 점은 보는 이들의 공통된 느낌이었다.

이들의 문화이벤트는 일회성에 그치지 않고 지역문화의 자긍심을 높이며 현재와 과거라는 시공간, 세대를 복합적으로 묶어 동질성을 확보해나가는 지방문화의 백미라고 느껴졌다. 일본의 축제문화는 이미 우리 지자체에서도 관심을 가지고 지방문화 발전의 모범적인 사례로 연구되고 벤치마킹되고 있다고 들었다. 하지만 이들의 축제는 축제 자체만을 표면적으로 벤치마킹하는 것으로 끝내서는 안된다. 이들의 축제는 '경제 활성화'라는 측면만 고려한 게 아니다. 지역축제는 빙산처럼 저력 있는 일본 지방문화의 일부에 지나지 않기 때문이다. 일본의 지역축제는, 적어도 고치의 요사코이 축제에 한정해도 지방 분권의 오랜 역사와 지역적 특색을 토대로 삼아, 일본 전역이 호응하며 함께 일구는 동호인들의 화답이자 세계문화를 한데 버무려 발신하는 가장 뛰어난 관광상품의 하나다. 지자체는 정치적 개입을 삼가며 지역의 기업과 동호인들이 서로 독려하며 자발성을 극대화한다. 여가활동이 더위의 극점을 맞이하는 때에 맞추어 진행되는 것도 인상적이었다.

고치 요사코이축제와 日지방문화의 저력

포럼

유일하
한국대 교양과정부 교수

고치현에서 축제가 처음 기획된 것은 1954년 미군정을 마악 지난 때였다. 일본 사회는 한국전쟁 특수가 격발되면서 어려웠던 전후경제에서 벗어났다. 바로 이 시기에 간사이지방에서도 멀리 떨어진 이 척박한 땅에서는 지역경제 활성화를 어떻게 할 것인지를 고심한다. 지역사회에서는 인근 도쿠시마현에서 400년 넘게 전래되어온 아와오도리 축제를 참고하여 축제의 밑그림을 그렸다. 고다이잔(高臺山) 지쿠린지(竹林寺)의 고사(古事)에서 착상한 이벤트가 지금 눈앞에 펼쳐지는 요사코이 축제의 원형이다.

식민지와 압축적인 산업화를 거쳐온 우리 사회에서 자라온 내가, 일본에서 우리의 잊혀진 지역축제 전통과 앞으로 나갈 행로를 새로이 발견한 것은 한편으로 매우 섭섭한 일이다. 그러나 어쩌랴. 문화는 물처럼 높은 데서 낮은 데로 흘러가는 이치를 가진 것을. 우리의 지방축제가 활성화되려면, 지방분권이 실질적으로 이루어져야 한다는 사실을 절감했다. 지역경제 활성화라는 현실은 지역 인재 양성과 지역문화에 대한 높은 자긍심으로 의기투합한 동호인들이 축제를 견인하는 환경에서 충족될 가능성이 높다.

(2017)

승화와 진혼

다큐영화 「물방울을 그리는 남자」 단상

1

외우(畏友) 김찬호 선생 덕분에 신문로 성곡미술관에서 열린 '다큐영
화 「물방울을 그리는 남자」 사진전'을 관람했다. 이름하여 '물방울 화
가 김창렬 화백의 시네마 에세이 사진전'. 다큐영화 상영 전, 전초전에
해당하는 이벤트였다.

평생 물방울을 그려온 김창렬 화백의 미술세계는 분단과 전쟁의 참상을 승화시킨 예술적 성취로 요약된다. 그는 자신을 고독과 침묵 속에 유폐시킨 채 전쟁의 내상(內傷)을 되새김질하며 자신의 상처를 강물과도 같은 문명사의 유장한 흐름 안에 배치하였다. 전쟁의 극한체험과 물의 만남, 이 상이한 연계야말로 산문적 극한 체험을 시적으로 전환시킨 빛나는 대목이 아닐 수 없다.

'물[水]'과 도저한 슬픔을 함께 배치한 것은 전혀 낯설지 않다. 물은 인간 육체를 이루는 기본 요소이기 때문이다. 물의 변화된 형상, 곧 그가 그려낸 물방울은, 땀과 눈물 같은 삶의 결정체이다.

물의 무한한 형상 변화를 택한 대신, 왜 그는 물방울에 고정시켰는가. 인간의 도저한 슬픔을 물방울로 변환시킨 데에는 삶의 터전을 잃고 가족과 공동체를 폭력적으로 해체당한 비극과 참상 앞에 언어의 지평을 넘어선 내상이 자리한다.

설명불가능하고 재현불가능한 비극이 '눈물'과도 같이 순수 결정체인 '물방울' 오브제로 변주된 셈이다. 이 오브제는 비극이 지금껏 지속되어왔고 해결되지 못한 현실에서 여전히 현재적인 위력을 발휘한다. 이것이야말로 김창렬 화백의 세계가 지속해온 소재와 가치 지향의 유일성이 가진 문제적인 이유다.

전쟁의 비극을 눈앞에서 목격했던 그는 탱크에 깔린 육괴(肉塊)의 흐트러진 참상에서부터 고통 속에 죽어가며 '차라리 죽여달라'는 부상병의 절규도 겪었다고 한다. 그러니까 물방울은 그 극한의 재난 체험이 어떤 방식으로도 재현불가능한 것임을 절감하며 차용한 '물 그 자체 das Ding an sich'이다. 이 사물성은 인류학자 블럭머가 언급했던 '재난을 체험한 개인의 생생한 체험에 대비되는 전모를 알 수 없는 불투명성'이라는 개념을 떠올려주는 한편, 이 불투명한 개인 체험을 돌파하기 위해 창안된 일종의 객관적 상관물로 짐작된다.

김창렬 화백이 평생 화폭에 물방울만 그려낸 것은 또다른 문제적 가치를 갖는다. 물방울이라는 한정된 제재를 향한 고집스러움과 오랜 지속은 상처의 치유를 전제한 것이 아님을 암시하기 때문이다. 분단 비극이 장기 지속되는 현실 속에서는 여전히 그 눈물 가득한 비극도 지속된다는 점을 고발하는 것을 넘어 보다 다층적이고 다의적인 함의를 가지고 있는 셈이다.

월남자로 남북을 가로질러 뉴욕을 거쳐 프랑스 파리에 정착한 그가 구축한 물방울의 세계는 한반도에서 싹을 틔웠고 전쟁과 분단의 비극에 대한 예술적 실험을 통해 이역만리인 프랑스 파리에서 꽃을 피운 셈이다. 이 디아스포라의 삶과 예술은 개인의 상처를 역사화했을 뿐만 아니라 그 자신을 침묵과 고독 속에 유폐시킨 놓은 채 상처를 넘어 문명사적 진전에 기여한다.

노장(老壯) 사상에 바탕을 둔 중국의 '물의 철학'은 '상선약수(上善若水)'라는 말처럼 모든 도덕의 우위를 은유한다.

물과 달리, 물방울은 물의 정지된 응결성을 특성으로 삼는 시공간적 오브제이자 존재성을 갖는다. '물방울'은 존재의 침묵을 축약해서 분단과 전쟁, 불행과 슬픔에 극한 체험의 불투명성을 명징한 물질성으로 승화시킨 결과물에 가깝다.

2

* 이 글은 영화 「물방울을 그리는 남자」를 보고 난 뒤 미술평론가, 화가, 환경운동가, 기자, 영화사 대표, 영화학자 등, 다양한 분야 전문가들이 강의실을 빌려 오랜 시간 환담을 나눈 뒤 떠오른 내 생각을 거칠게 정리한 것이다.

하나.

영화는 2015년 기획돼서 장장 5년의 촬영 기간을 거쳤다고 한다. 김화백의 둘째 아들이자 사진작가 출신의 김오안 감독과 프랑스인 감독. 디자인 전공자는 영화를 잘 짜여진 수많은 컷으로 이루어진 시적인 이미지의 '아버지 찬가'로 해석했다. 미술학자들은 김화백을 두고 모든 걸 누린 화가로 살짝 질투하며, '아버지에 대한 오마쥬'를 담은 아름다운 아들의 이야기로 읽어냈다.

영화는 소설 기법으로 말하면 '말하기telling'가 아닌 '보여주기showing' 기법에 가깝다. 정교하게 선별된 영화 속 이미지가 김창렬 화백의 일상과 그림을 두루 연계시키켜 두터운 의미층을 만들어낸다.

둘.

감동적인 것은 두 가지. 하나는 아버지를 향한 아들의 마음 속 대화이고, 다른 하나는 인간적 이해를 통한 아버지의 예술에 대한 공감이다. 한국 사회에서 아버지와 아들의 아름다운 관계와 대화는 드문 케이스다. 딸과 어머니의 관계를 다룬 양영희 감독의 최근작 영화 「수프와 이데올로기」가 짝을 이룰지 모르겠다.

두 영화 모두 분단과 전쟁과 이데올로기를 넘어선 지향점을 가지고 있고, 디아스포라의 경험을 통해 영화라는 텍스트로 등장한 경우다. 한국의 문학은 오래 전 이 테마를 필생의 과제로 삼았기 때문에 오랜 문화적 기억으로 자리잡았으나 최근에는 좀 뜸하다. 정지아의 소설 『아버지의 해방일지』가 최근작이다. 분단과 전쟁을 경험한 90대 전후의 세대가 빠르게 사라져가는 지금의 시점에 이 영화는 특히 인상적이다.

셋.

아들은 프랑스에서 성장하고 사진작가로 자립한 뒤 아버지가 머물고 있는 서울의 거처로 와서 영상을 찍기 시작한다. 말년의 아버지를 영상에 담으며 산만했던 식사 자리에서 한 말을 끄집어내고, 손자 손녀들을 침묵 속에 따스히 바라보는 아버지에 대한 이해와 공감을 거쳐, 마침내 아버지의 예술적 근원에 자리한 분단과 전쟁의 상처를 응시할 수 있게 된다.

넷.

장성한 아들이 이해한 아버지는 완연히 침묵과 고독 속에서 스스로를 유예시켜 예술적 성취를 거둔 거대한 화가 이미지와, 아이들에게 미소로 화답한 일상적인 이미지로 존재한다.

영화의 묘미는 아들이 보는 화가로서의 고독과, 침묵 속에서도 애정 가득한 눈길로 아들을 지켜보는 일상적 아버지다. 그러나 이 두 이미지의 배합은 참으로 시적이다. 프랑스어로 편안하게 발화되는 상황과 모국어를 힘들게 발화하는 풍경은 이들이 처한 디아스포라의 조건을 잘 보여준다.

다섯.

김창렬은 해방 후 북한에서 학교를 다니던 중 삐라의 격문 같은 글을 노트에 쓰다가 수업을 참관하던 내무서원에게 걸려 고초를 겪었다(이 회고는 최인훈의 소설 『회색인』과 『화두』에 소개된 소년의 '자아비판'을 연상시켜준다).

'자아 비판'의 고통스러운 체험 후, 그는 고향 맹산을 떠나 월남한다. 그는 저명한 화가 이쾌대의 지도를 받고 나서 입학한 미대를 온전히 다니지 못하고 미술의 세계에 곧장 뛰어든다. 이 경과는 미술사학도가 아닌 나로서는 잘 알지 못한다.

다만 영화의 세계에서 감동은 아버지에 대한 아들의 예술 이해와 인간에 대한 공감이다. 아들의 아버지 이해는 아버지의 세계에서 근간을 이루는 1971년 이후 물방울만을 그려온 예술세계의 기원과, 그 근원에 깃든 트라우마로 향한다.

여섯.

1965년 뉴욕을 거쳐 1969년 파리에 정착한 김화백은 물방울 모티 프를 발견하고 나서부터 50년 동안 물방울만 그리며 예술적 성취를 거둔 대가로 자리잡는다.

아들은 아버지의 예술을 이해하는 과정을 카메라에 담아낸다. 이 과 정에서 물방울이라는 모티프의 발견과 아름다운 시적 이미지로 그려 낸 경과가 가난한 화가의 조건에서 탄생한 것임을 보여준다. 모자라는 물감을 캔버스에서 뜯어내며 재활용하던 끝에 발견한 것이 물방울의 영롱한 자태다. '기원은 이처럼 남루하다.' 기원에서 시작된 가치의 우 연한 발견과 이후 지속된 예술 행위를 통해 고양되는 실험과 도전이 점 차 아우라를 빚어내기 시작한다.

일곱.

물방울이라는 협소한 단일형상을 가지고 매너리즘을 넘어선 경지 에 도달하기까지 걸린 장구한 세월을 추동한 동력은 놀랍다.

다큐영화의 진경은 아들이 이해한 노자의 도와 물의 철학(이에 관한 상세한 내용은 시어도어 드 배리, 표정훈 역, 『중국의 자유 전통』, 이산, 1998)이 아니라 단일 오브제를 50년간 움켜진 고집스러운 세계의 근원을 묻는 데 있다.

물방울이라는 오브제는 아들이 이해와 공감을 거쳐 아버지의 상처를 응시하며 발견한 피비린내 나는 참혹한 전쟁의 상흔으로 거슬러올라가면서 찾아낸 숨은 보석이다. 그의 작품에서는 상흔을 응시해온 수많이 죽어간 죽음과 상처를 침묵 속에서 보듬으며 점차 물의 흐름으로 정화되어 간다.

마침내 물방울은 눈물이 되고 슬픔을 불러내며 상처를 껴안는다. 이 눈물은 역사의 혼령들을 위로하며 치열하게 지속하며 진혼곡처럼 영롱하게 변주를 시작한다. 물방울 오브제의 드넓은 변주에 담긴 의미 탐구가 영화의 에센스다.

여덟.

어린 시절 배운 수영과 연로한 나이에도 수영장에서 배영을 하는 화가를 담아낸 영상이 인상적이다. 이는 모든 이미지들이 물의 변주로 관통한다는 점을 몸으로 보여주는 사례다. 영화는 시작에서부터 중간과 끝에 이르는 영상에서 내리는 비와, 내리는 눈과, 강물과 바다로 이어지는 물의 무한한 변주를 반복해서 보여준다.

물은 존재의 그것처럼 영화의 시작이자 중간이며 끝을 이루며 흘러간다. 물방울이라는 존재의 결정체는 물방울로 튀어오르며 비약과 변주를 거친다. 물방울은 온 세상의 모든 존재들이 분비하는 '희로애락 애오욕'의 감정과 삶의 육체성을 만들어낸다.

아홉.

전쟁에서 겪은 화가의 참상은 극에 달한다. 캐터필러에 머리가 수박처럼 부서진 참혹함을 목격했고, 폭격 속에 육신이 낡은 부품처럼 흩어진 광경에 전율했으며, 육신이 짓이겨지며 남루한 육괴로 죽어가는 젊은 군인의 죽여달라는 애원도 접했다.

화가가 경험한 참상과 트라우마는 오랜 잠복기를 거쳐 파리의 허름한 창고를 화실로 쓰던 가난한 화가를 눈여겨본 직업치료사인 프랑스 여성의 눈에 뜨인다. 그가 예술에 더욱 집중할 수 있었을 것도 치료사였던 아내의 든든한 조력이 있었으리라.

열.

한국에서 자라지 않은, 프랑스인 어머니의 품이 느껴지는 것은 부자의 관계가 유교적 가부장제에 익숙한 관념과는 거리가 멀기 때문이다.

이 점은 앞서 이야기한 양영희 감독도 마찬가지다. 경계를 넘어선 지역성의 중첩과 교차에서 생겨난 이질성, 이건 디아스포라의 귀중한 감수성이 발휘된 경우이다. 한국과 프랑스의 두 문화, 동양과 서양이라는 문화가 중첩되면서 형성된 시선이다.

열하나.

고독과 침묵 속에서 작업하는 화가 아버지와의 침묵 속 관계는 아들에게 이해할 수도 없고 건널 수 없는 벽으로 여겨졌던 성장기를 화두로 삼은 것이 다큐영화의 시작이라고 서술된다. 이 사소하고 우연하게 시작된 동기가 하나의 구체적인 계기를 이루며 영상으로 찍으면서 우리 앞에 나타난 것은 물의 흐름 위에 선 아버지와 아들의 관계와 대화다.

영화 「물방울을 그리는 남자」가 보여준 것은 죽어간 이들과 발화되지 못한 역사의 망령을 물방울이라는 오브제로 천도하는 예술의 제의성이다. 제의성은 일상에서는 쓸모없음이라는 외양을 가지고 있다. 이 쓸모없음이야말로 쓸모없기 때문에 역설적으로 무한한 낭비가 가능하다. 그러나 쓸모없음도 구극에 도달하면 한껏 승화되는 국면을 거친다. 예술의 드넓은 감동과 그 안에 보편성을 담아내며 가치와 위엄을 발휘하는 것이 쓸모없음이라면, 그 쓸모없음은 제의적 요소의 다른 측면이기도 하다.

(2022.10.7, 미발표)

테스트의
풍경

3부
강연

어떤 연구자가 될 것인가

문학연구와 텍스트 해석

1. 연구자의 길

얼마 전 흥미로운 기사 하나를 접했습니다. 자신이 '전문가'라고 생각하는 순간 더이상 전문지식을 쌓지 못한다는 연구 결과였습니다. 연구에 따르면, 자신을 특정 분야의 전문가라고 생각해왔거나 '생각하게 된' 사람들은 모두 자신의 지식 부족을 '인정'하지 않는다고 합니다. 더구나, 이런 사람들의 경우 해당 분야에 대한 지식 습득을 거부하게 될 위험성까지도 있다는 것이 연구가 주는 시사점이었습니다.[1]

기사의 내용은 연구자의 덕목을 떠올려주기에 충분합니다. '학자', '연구자'라는 말에는 '학이불사즉망 사이불학즉태(學而不思則罔 思而不學則殆, 배우고서도 생각하지 않으면 어둡고, 생각하면서도 배우지 않으면 위태롭다, 『논어』 위정편)'라는 계고가 담겨 있습니다. 학자는 배운 것을 생각하고

---

1   방승언, 「'자칭' 전문가 되면 지식 쌓지 못한다」, 『서울신문』, 2015.7.22.
http://news.naver.com/main/read.nhn?mode=LSD&mid=sec&oid=081&aid=00025833
11&sid1=001

실행에 옮기는 존재입니다. 학인(學人)에게 배움이 없다면, 배움의 즐거움이 없다면, 그는 더 이상 사회적 존재의 가치를 가질 수가 없습니다.

'배운다는 것'의 의미는 무엇일까요. 배운다는 것은 '보고 들은 것을 스스로 익히는 어떤 것'입니다. 이 스스로 익히며 깨달아가는 과정은 넓게는 대학이라는 환경, 국문학이라는 환경 안에서 이루어지는 지식의 생산방식일 것입니다. 그렇지만, 배움이라는 제도와 환경 안에는 배움의 방식이 하나의 전통을 이루어 만들어내는 독특한 문화인 학풍과, 그 학풍을 지켜내고 진작시키는 교수와 연구자, 이들이 배움을 전문화하는 일련의 절차인 교과과정과 도제방식의 훈육방식 등등의 구체적인 제도적 현실이 자리잡고 있습니다.

오늘의 시점에서 보면, 배움의 양상은 그리 녹록지 않습니다. 오늘의 대학 현실은 자주 되뇌는 인문학의 위기만이 아니라 그 위기를 만들어내는 근저에는 자본화된 대학의 위기 현상이 하나의 현실로 자리잡고 있기 때문입니다. 영국의 비평사를 인상비평에서 예술로 승화시켰다고 하는 테리 이글턴 같은 비평가도 얼마전 대학의 신자유적 행태에 밀려 오랫동안 재직했던 맨체스터 대학을 떠나 랭카스터 대학으로 이직했지요.

교수의 학문적 공과보다는 대학의 재정손실이 중시되는 현실입니다. 이렇듯, 전면적으로 자본화하는 대학의 현실이나 현실정치의 상황과 맞서려면 '예술적'이라고 해야 할 만큼 수치로는 환원될 수 없는 고도의 창의성과 전문성을 동시에 확보해야 합니다. 유감스럽게도 저는 이 '창의적인 고도의 전문성'을 가지고 있지 못합니다.

이제는 인터넷의 검색엔진만 돌려보아도 금방 자신이 원하는 자료나 내용을 살필 수 있는 현실입니다. 학생들은 교수의 말 한 마디도 검색해서 오류를 판정하는 시대가 되었습니다. 그 대안은 검색엔진으로 포착되지 않는 텍스트의 잉여 지점을 연결하고 그 안에서 '그 무엇(das etwas)'를 예감하고 통찰할 수 있는 안목을 확보하는 길 밖에는 달리 없습니다. 정보 소비의 사슬과 그 맥락을 달리하지 않고서는 전문성을 확보할 수 없습니다. 정보소비의 얼굴은 광활한 넓이의 현실을 비추고 있습니다. 반면, 전문성은 넓은 표면 아래 감추인 현실, 역동적인 원리와 역학의 불투명하고 설명불가능한 영역으로 향하는 통찰의 세계입니다.

이야기의 방향을 바꾸어 이런 시대에 '배움'이란 과연 어떤 의미를 지니는 것인지를 이야기해 보겠습니다. 그 배움에는 앎이라는 절차를 통해서 좋아함에 이르고, 좋아함에서 즐기는 것에 도달하는 과정적 희열이 있어야 합니다. 배운다는 행위를 좋아하지 않고서는 앎의 진경에 이르기 어렵습니다.

앎이라는 배움에서 시작되긴 하지만 주체 자신의 경험과 연계된 내면의 확장에 따른 희열이 추동력을 갖습니다. 그 희열은 배움 자체보다도 삶의 약동하는 에너지를 타자들의 생각이 담긴 텍스트에서 접촉하면서 생겨납니다. 희열의 차원은 텍스트를 성애적으로 읽는 방식이기도 합니다만, 그 접촉을 통해 삶의 다채로운 면모를 즐기고/즐거워하는 것이기도 합니다. 그러나 앎에 이르는 경우가 일정하지 않다는 점에서, 그리고 모든 일에서 결과를 얻을 수는 없다는 점에서, 얻는 결과가 출중한 경우는 드물다는 점에서 실패한 결과에 대한 관용도 필요해 보입니다. 실패와 좌절이 곧 성공의 궤적이라는 말처럼 말이죠.

하지만, 우리나라에서 학문이라는 제도는 결과의 신속성에 매몰되고 실패의 가능성을 용인하지 않습니다. 그런 까닭에 몇년 전 연구재단 패널심사 후 건의사항을 제안할 때, 저는 이렇게 발언한 적 있습니다.

우리나라의 연구는 많은 경우 '세계 최초'라는 수식어를 달고 있고 방대한 연구를 지향한다. 하지만 실상 이는 연구자들의 허위이다. 세계 최초란 '해 아래 새것이 없다'는 작은 진실 앞에 겸허하지 못한 표현인데, 이런 결과물들이 언제 창의적이고 비범한 결과를 산출했느냐? 그렇지 못했다. 때문에 연구자의 역량과 연구범위, 연구결과의 정확한 산출을 전제로 삼은 양심적인 연구가 마땅히 선발돼야 한다. 그리고 연구자들이 제안서를 쓰는 준비에 비해 30%도 안되는 선정율은 연구자들에 대한 모독이다.[2]

한국연구재단의 연구지원시스템은 긍정적인 효과도 낳았지만 여러 모로 부정적인 결과로 낳았습니다. 우선 연구의 자생적 기반이 연

---

[2]   한 연구자는 한국연구재단의 2010년 인문학술 분야 토대지원사업 선정율이 8.4%, 치사율 91.6%임을 언급한 바 있다. 오창은, 『절망의 인문학』, 이매진, 2014, 208-209면.

구 수주를 위한 정글식의 적자생존의 약탈적인 생태계로 바뀌었다는 것이지요. 연구비의 많은 부분은 재빨리 대응한 몇몇 사람들의 몫입니다. 그렇다 보니 연구 주체가 돼야 할 분들의 연구가 하청업자와 같은 생산구조 안에 편입돼 버립니다. 관리 위주의 지식 생산 제도가 만들어낸 지식 구성방식이 지금과 같이 외부 수주의 문제와 결탁되면 자기만의 학문적 색깔은 사라지고 맙니다.

자신의 학문세계는 어디에서 출발했고 어떻게 진행시킬 것인지에 대한 깊은 고민은 늘 지속될 필요가 있습니다. 특히 지적 호기심과 자기 지식의 계보를 적절하게 조화시켰으면 하는 바람입니다. 지적 호기심은 자신의 전공지식에 바탕을 두고 있지만, 적어도 몇 개의 방계 지식에 대한 호기심으로 연계돼 있기 쉽습니다.[3] 느슨한 형태의 지식 구도는 마인드맵처럼 가지치기 방식으로 확장돼 나가는데, 그 확장성은 놀라울 정도로 자신의 관심과 그 저변에 깔린 가치관을 반영하는 경우가 많습니다. 그 무의식적 흐름을 자주 성찰해보는 태도가 중요하다고 판단됩니다.

자기 스스로 학문에 대한 자신의 가치관은 무엇인지에 대한 질문,

---

[3] 제 경우 '인문학-한국어와 문학-국문학-현대문학-현대소설'로만 포괄되지 않습니다. 스포츠특성화대학에서 교양과목인 작문, 화법, 문학개론, 독서론, 교양한문 등을 함께 가르쳐야 하는 게 저의 처지입니다. 그런 까닭에 문학의 실용성을 감안해야 하는 특수성 속에 해방 이후 남북한소설과 국어교과서 등에 관심을 가진 연구자로서의 전문성도 유지해야 하는 실로 고단한 처지입니다.

곧 나는 왜 학문을 하는가, 나는 무엇에 관심이 있는가 등등의 질문을 던져야 합니다. 그 질문이야말로 연구자의 정체성에 대한 해답을 찾는 과정이기도 합니다. 제게 좋은 학자는 이 같은 가치관과 지식에 대한 편견이 없는 배움의 즐거움을 실행하는 자입니다.

2. 선행연구 검토가 중요한 이유

얼마 전 한강의 연작소설 『채식주의자』가 영국 연방의 맨부커상 번역 부문에서 수상을 했습니다. 거기에는 어김없이 작품 자체의 높은 완성도와 함께 예술적이고 창의적인 번역이 있었습니다. 일본문학이 노벨상으로 세계에 공인받기까지에는 훌륭한 번역자가 있었습니다. 가와바타 야스나리의 『설국』이 노벨상을 수상하게 된 배경에는 일본문화의 애호가로서 원문 번역에 충실했던 에드워드 사이덴스티커(1921-2007)나 방대한 일본문학사를 서술했던 도널드 킨(Donal Keene, 1922-2019)과 같은 인물이 있었음은 잘 알려진 사실입니다.

예전에 대학원생들 사이에 선풍적 인기를 끌었던 가라타니 고진의 『일본문학의 기원』 역시 외국인을 위한 일본문학 약사(略史)로 간행된 경우입니다. 고진의 이 책만 해도 일본문학 전공자들에게는 다소 예외적인 사례라고 하더군요. 이들 사례를 감안할 때 문학연구자 역시 자국문학과 세계문학에 대해 예술적 감식안을 가진 애독자가 될 필요가 있습니다(요즘 한국문학 작품을 읽지 않는 연구자들이 많습니다. 저 자신부터가 예전처럼 한국문학 작품을 많이 읽지 않고 있습니다).

오늘날 연구자들은 인터넷에서 논문을 찾아 읽기에 너무나 익숙해져 있습니다. 인터넷에서 검색된 자료들을 읽고 이를 중첩, 압축하는 방식으로 쓰여지는 논문들, 창의적이고 새로운 감각으로 무장한 논문들이 아니라 연구재단의 연구비 수주논문이나 연구업적용으로 발표되는 논문들이 적지 않은 것도 엄연한 현실입니다.

학계에 발표된 논문을 읽어가다 보면, 논문들로부터 얻는 느낌은 크게 양분됩니다. 잘된 연구와 잘못된 연구입니다. 잘된 연구는 무엇보다도 제 자신이 배우고 읽는 즐거움과 새로운 해석의 발견에 전혀 힘들지 않게 읽어갈 수 있습니다. 반면 평범한 연구, 업적 생산을 위한 연구에서는 연구자 자신이 왜 연구를 하는지에 대한 문제의식이 잘 드러나지 않습니다. 좋은 연구에서는 창의적인 발상과 텍스트의 새로운 해석에서 많은 시사점을 얻습니다.

최근 읽은 논문에서 인상적인 성과로는 강진웅의 「국가형성기 북한의 주체 노선과 노동통제 전략의 변화」(『사이』 17, 2014)와, 권은의 「제국의 외부에서 사유하기-이태준의 "불멸의 함성"론」(『현대문학의 연구』 58, 2016)이 있습니다.

두 경우는 퍽이나 상반된 모습입니다. 전자는 테일러주의를 통해 북한의 노동통제방식을 조감한, 이론의 활용이 돋보입니다. 후자는 이태준 소설에 대한 논증과 해석이 텍스트의 이면에 감추인 사회정치적 맥락을 세밀하게 검토한 경우로서 40년대 초반 이태준은 제국의 바깥을 사유했다는 구체적인 증거를 제시하고 있습니다. 이들 두 사례는 오직 논문으로만 접했지만 학문적 관례로는 다른 연구자들에게 모범적이고 또한 논문에 담긴 연구자들의 문제의식은 매우 급진적입니다.

이러한 연구 성과는 어디에서 연유한 것일까요. 먼저, 논의대상에 대한 연구자의 문제의식이 예각화된 경우입니다. 신선한 연구의 출발은 대상에 대한 '왜'란 질문에서 시작됩니다. '왜'라는 질문을 유사하게 이미 던진 경우도 있습니다. 그런 경우 다른 이의 질문을 자신의 연구대상에 그대로 적용시키면 되리라 할지 모르나 그것은 서툰 생각입니다. 왜라는 질문을 일본에서 던졌다고 합시다. 그 이론이 성립되는 토대와 절차가 한국과 유사하고 동등한 것일까요. 저는 아니라고 생각합니다.

여러 모로 일본문학의 이론적 사례들을 끌어와서 설명하는 방식이요 몇 년 동안 유행처럼 범람했습니다만, 그것이 문학연구에 참조사항일뿐 이론적 틀로는 활용하기에는 적절하지 않다는 점도 잘 드러나고 있습니다. 한 예로, 일본의 식민지배가 근대화를 낳았다는 저 '식민지 근대화론'의 뿌리는 식민체제와 제국 일본의 지배를 피식민 경험과 동일시한 데서 생겨난 연구자의 인식론적 성찰 부재, 아니면 이론에 얽매인 착시에 지나지 않는, 제국에 토대를 둔 전혀 다른 맥락입니다.[4]

---

4   이영훈의 「우리 시대의 진보적 지식인-광기 어린 증오의 역사소설가 조정래론」(『시대

일본이 아무리 근대적 제도를 구축하고 그것이 성공적이라고 해도 그것은 제국의 번영을 위한 것에 지나지 않지요. 피식민 민족은 늘 2등 국민으로 전제, 고착되기 때문입니다. 이를 망각한다면 제국의 신민이 되기를 열망하는 무의식으로 변질되기 십상입니다. 이론의 적용 단계나, 선행 연구의 여러 참조점을 살피는 절차가 필요한 까닭은 바로 여기에 있습니다. 선행 연구의 오류를 충분히 짚어가는 과정은 시대적 관심사와 선행 연구자의 관심사를 추론해낼 수 있는, 선행연구의 성과와 오류, 주된 주장을 살피는 비판적 사고의 절차입니다. 이런 과정이 충분하지 않으면 연구 자체가 부실해질 위험이 커집니다.

프로이트 심리학을 한 예로 삼아볼까요. 프로이트는 잘 아는 바와 같이 19세기 오스트리아 상류사회에서 생성된 개인주의적 부르주아 문화에 대한 병리적 분석을 토대로 삼고 있습니다. 이 말은 프로이트의 정신분석학이 우리나라 문학연구에 적용되는 과정에서 우리나라의 어떤 점에서 접목되는지를 고민하지 않고서는 자신의 입론을 도출하는 데 크게 미흡하다는 사실을 말해줍니다. '반짝인다고 해서 모두 금이 아니다'는 격언처럼, 유사해 보인다고 같은 것이라 말할 수는 없

정신」, 2007여름)에서 이런 문제점이 특징적으로 발견된다. 이영훈은 조정래의 『아리랑』을 역사의 허구라고 전제하고 토지조사사업이나 즉결 총살 장면 등을 역사적 조작 또는 과장이라 주장했다. 이영훈의 주장은 총독부 자료나 제국 일본의 자료에 근거하고 있어서 2012년 재점화된 '식민지근대화론 논쟁'과 깊이 연관된다. 식민지근대화론에 대한 비판과 한계에 대한 논의는 허수열, 『개발 없는 개발-일제하, 조선경제 개발의 현상과 본질』, 은행나무, 2005; 2011개정판 참조할 것.

습니다. 프로이트의 정신분석학은 매혹적인 연구 주제이지만 논문에
적용시키기에는 몇 단계의 절차가 필요합니다. 그렇지 않으면 심리학
또는 정신분석학의 방법론은 피상적인 논의에 그칠 공산이 큽니다.[5]

무엇보다도 선행 연구에 대한 비판적 독해는 시대적 관심사와 텍스
트 접근방식, 텍스트의 해석 문제 등에 대한 궤적이 고스란히 담겨 있
기 때문에 필수적인 절차입니다(텍스트에 대한 문제는 뒤에서 언급하겠습니
다). 요즈음 선행연구 검토를 논문의 체제에 포함시키도록 요구하는
것도 그런 연유에서입니다. 선행연구의 검토는 연구의 불필요한 작업
을 방지하게 해줄 뿐만 아니라 연구의 성과를 높일 수 있도록 해줍니
다. 선행연구의 양이 방대한 경우, 연구 대상은 아마도 1급의 연구대
상일 가능성이 높습니다. 소설에서는 이광수, 염상섭, 이태준, 이상 등
이 수백 편을 상회하는 학위논문과 비평문을 양산했고, 시에서는 김
소월과 한용운, 정지용과 백석 등이 또 그만한 성과를 축적했습니다.
기존의 성과를 넘어서는 일이 힘들겠지만 이를 탐구의 대상으로 삼을
가치는 충분합니다. 이광수 연구에서 1급의 성과는 어떤 경우이고, 염
상섭 연구에서 최고의 연구는 누구의 것이며, 이태준 연구에서 인상

---

5   한국소설의 무의식에 관한 성과로는 정장진, 『문학과 방법: 한국소설의 무의식』(문학
동네, 2007)을 꼽을 수 있으며, 김승옥 소설과 자기검열 문제를 다룬 졸고, 「마음의 검열관, 반
공주의와 작가의 자기검열―김승옥의 경우」, 『상허학보』 15, 2005; 김미란, 「여순사건과 4월
혁명, 혹은 김승옥 문학의 시공간 정치학―반공과 자유주의의 길항관계를 중심으로」, 『대중서
사연구』 15-2, 2009를 참조할 수 있다.

적인 연구는 누구의 것인가 등등…… 이렇게 꼽아가다 보면, 학문의 성좌가 된 연구자들의 성과들과 마주하면서 내 연구가 가야 할 지도가 좀더 구체화되기에 이릅니다.

연구의 절반 이상이 선행연구에 대한 면밀한 읽기에서 시작된다는 말은 바로 이 지점입니다. 선행연구 검토를 통해 연구의 계보학적 지식을 구성하는 한편, 연구자는 자신의 연구대상을 실질적으로 재검토하고, 자신이 설정한 연구가 지닌 가치와 미흡한 부분을 분별하면서, 비로소 자신이 연구해야 할, 내가 가야 할 공부의 오솔길을 발견할 수 있습니다.

3. 텍스트의 안과 바깥, 텍스트의 해석

문학연구에서 연구자는 텍스트와 어떻게 관계를 맺어야 할까요. 텍스트는 우선, 텍스트의 안과 바깥으로 나뉜다고 생각합니다. 텍스트 안쪽이 설정된 연구주제와 직접적이고 유의미한 관련을 맺고 있는 대상으로서 그 안에 담긴 구조적 원리와 미적 특성이라면, 텍스트의 바깥은 '그 기본논저들에 관한 논저들'인 '기본논저에 관한 연구서나 해설서, 또 그에 관한 2차, 3차 논저들'로 이루어져 있습니다.

한 편의 텍스트가 산출되는 과정은 「홍길동전」(허균)의 경우처럼, 사회모순에 대한 작가의 의지 표현일 수 있고, 『무정』(이광수)의 사례처럼 특정한 시대가 요구하고 작가가 이에 응답하는 방식일 수 있습니다. 그러나 텍스트가 생산되는 일련의 과정을 보면 이러한 응답성이 반드시 일목요연하게 드러나는 것은 아닙니다. 작가와 세계가 응답한 결과로서 세계의 일부로서 텍스트가 가진, '누빔점'이라 부르는 모순적인 중층성을 함유하는 경우도 있습니다. 최근 재론되기 시작한 '월남문학'[6]이나 '분단문학'이 바로 그런 예입니다.

문학 텍스트를 달리 볼 수 있는 시각도 있습니다. 문학이라는 텍스트는 텍스트가 텍스트이게끔 하는 미적 특성과 구성원리에 해당하는 구심적 면모와, 텍스트를 생산한 사회문화적 조건과 그에 따른 반향에 해당하는 원심적 면모를 함께 가지고 있습니다.

다음 글을 한번 볼까요.

> 『화산도』는 휴화산처럼 잊혀진 4.3의 기억을 활화산처럼 분출시킨 이야기의 세계이다. 미해결의 역사, 잊혀진 기억을 불러내어 장대한 이야기로 만들어낸 작가의 노고를 근 20년만에 접하게 되었다니……. (중략)/ 작품을 읽어가면서 이야기의 방대한 규모와 독특한 구조, 문체의 독특한 미감, '이방근'이라는 인물의 매력에 빠져들었다. 소설 속 이야기는 1948년 2월부터 4.3사태가 완전히 잦아드는 이듬해 6월까지의 시공간이지만, 이야기의 장대한 넓이와 아득

---

6   월남문학에 관해서는 다음 논의를 참조할 것. 김효석, 「전후월남작가연구」, 중앙대 박사논문, 2005; 공임순, 「빨치산과 월남인 사이, '이승만'의 재현/대표성의 결여와 초과의 기표들」, 『스캔들과 반공국가주의』, 앨피, 2010; 전소영, 「해방 이후 '월남작가'의 존재방식」, 『한국현대문학연구』 44, 2014; 서세림, 「월남문학의 유형」, 『한국근대문학연구』 31, 2015; 정주아, 「'정치적 난민'의 공간 감각, 월남작가와 월경의 체험」, 『한국근대문학연구』 31, 2015 등.

한 깊이는 참으로 놀라웠다. 이야기의 공간은 제주의 한적한 포구에서부터 목포, 서울, 여수와 순천, 부산에만 한정되지 않고 일본의 도쿄와 오사카, 고베와 교토, 큐슈와 시코쿠 남단에 이르는 밀항 루트까지, 육로와 해로, 일본 연근해를 아우른다. (중략)/ 4.3의 기억이 한국소설사에 등재된 것은 그리 오래되지 않았다. 과문한 탓인지는 모르나 현기영의 「순이삼촌」(1978)이 시발점인 것으로 기억한다. (중략) 30여 년의 기나긴 기간이었다. (중략)/ 작품을 읽어가다 보면 작가는 거대한 화산섬에 비견되는 장대한 이야기로 구조화한 것이 아닐까 하는 생각을 갖게 만든다. 4.3봉기로 치달아가는 긴박한 상황과 이를 관조하며 사태의 진상을 더듬어가는 이방근의 촉수는 이야기의 긴장과 속도를 절묘하게 조절하는 작가의 노련함 그 자체이다. 『화산도』의 세계는 사건 중심이 아니라 인물 중심이다. (중략)/ 일본에서는 『화산도』를 마르케스의 『백년의 고독』, 빅토르 위고의 『93년』에 비교하며 '일본어문학'이자 '세계문학'의 성과로 언급하지만, 이제 우리 앞에 한국어로 완간되면서 독자들과 만나기 시작했다. 분단문학을 연구해온 내 경우, 연구 방향을 전면 수정하지 않으면 안 될 곤혹스러움을 갖게 한다. 그 곤혹스러움은 '4.3의 역사화'만으로 그치지 않고 남과 북, 제국 일본과 전후 일본, 그 어디에도 소속되지 아니하는 작가의 지점과 시야에서 온다. 이 지점과 시야는 그간 남한중심주의에서 다루어온 남한의 수많은 문학작품들이 거둔 성과에 대한 재해석을 요구한다. 그러나 민족과 민족을 넘어선 '인간애', 인간의 품격과 향기를 내뿜는 인류 보편적 가치 생산과 그에 따른 문학적 성취는 곤혹스러움이자 동시에 감동이다.

(『아시아경제』, 2016.5.2.)

위의 글은 얼마 전에 쓴 서평입니다만, 『태백산맥』을 읽었던 감동을 넘어선 『화산도』에 대한 언급입니다. 저는 이 글에서 이 작품이 왜 쓰여져야 했는가 라는 문제와 어떻게 구조화되었는가, 그 이야기가 어떤 반향을 불러왔는가를 짚어보고자 했습니다. 텍스트의 구심적 차원과 원심적 차원이 함께 드러나 있는 셈입니다. 저는 '분단문학'이라는 테마를 다루어오면서 이 작품을 통해 이제까지 없었던 시각에 많은 충격을 받았습니다. 연구자로서 저는 이제 이 작품을 어떻게 분단문학이라는 범주 안에 집어넣어야 할 것인지를 고심하고 있으며 그 성과를 어떻게 제출할 것인가를 숙고하고 있습니다.

텍스트 읽기에서 가장 중요한 것은 "텍스트를 독창적이고 창조적으로 읽는 것"입니다. 이는 "같은 텍스트를 읽은 다른 사람들이 지금까지 보지 못했던 그 '무엇'을 발견하는 것"입니다. "새로운 문제의식을 가지고, 항상 질문을 던져가면서, 컨텍스트를 고려해 보고, (…) 텍스트를 다른 텍스트와 비교하고 결합시켜 보면서 읽고 생각하다 보면, '새로운 것'을 발견[7]하는 것이야말로 창조적인 텍스트 독해의 핵심을 이룹니다. 모든 이론에서 해석 행위는 텍스트의 창조적인 읽기에서 시작되다는 것은 전혀 새로운 사실이 아닙니다. 러시아 형식주의에서는 '낯설게하기'라는 미적 원리를 통해 문학의 문학다움을 설명하고자 했습니다. 이는 일종의 해석의 방식입니다. '낯설게하기'는 '낯익은 것'으로부터 발견해낸 새로운 가치입니다. 이 발견이야말로 수많은 민화들에서 형태소를 통해 찾아내 값진 원리이지요. 왠지 프로이트의 '낯익

---

7   홍성욱, 「인문학적 사유의 창조성과 '실용성': 인문학의 위기 극복을 위한 한 가지 제안」, 『동향과전망』 44, 2000, 222면.

은 것의 낯섦'이라는 원리를 비튼 것 같기도 합니다. 그러나 이들 형식
주의자들은 '형태주의자'라는 경멸을 들으면서도 문학연구에서는 텍
스트의 해석 방법론 하나를 제시했다는 점에서 그 공과를 부인하기 어
렵습니다.

텍스트의 창조적 해석이 방법론의 발견으로 이어지는 것 또한 텍스
트에 기초해 있음을 눈여겨볼 필요가 있습니다. 우리는 자주 텍스트
로부터 시작된 해석을 통한 이론의 도정에서 텍스트를 벗어나 텍스트
바깥으로 너무 멀리 나가는 경우가 더러 있습니다. 문화연구가 바로
그런 경우가 아닐까 생각합니다. 문학 텍스트의 해석이 문화와의 연
관을 강조하면 할 수록 텍스트의 바깥을 확장하며 텍스트를 괄호 바깥
으로 밀어냅니다. 이는 텍스트의 창조적 가치를 부인하고 작가와 작
품의 개성을 지워버리는 것은 아닐까요. 그런 점에서 텍스트에 대한
심층적인 분석, 텍스트로의 귀환이 필요하다고 봅니다.

오늘날 텍스트 분석에 대한 엄밀한 훈련이 필요한 까닭은 전혀 다
른 데 있습니다. 많은 텍스트가 가지고 있는 형태적 의미론적 유사성
에 관심을 가지며 빅데이터 연구 같은 계량적 논의로 나아가는 것도
유의미한 연구의 흐름일지 모릅니다. 하지만 이는 인공지능에게 양도
해야 할 일에 지나지 않습니다. 연구자는 이와는 별개로 텍스트에 대
한 보다 엄밀한 해석자가 되어야 합니다. 요컨대 연구자는 텍스트의
구상과 생산과 유통과 소멸에 이르는 '텍스트의 역사학'을 지향할 필
요도 있습니다.[8] 결국 이는 연구자 자신이 텍스트에 대한 깊은 이해와

해석능력을 확보하여 어떤 문제를 설정하여 얼마나 설득력을 갖춘 논리로 풀어낼 것인가의 문제입니다.

4. 어떤 연구자가 될 것인가

저는 얼마 전 제가 발표를 준비했던 글을 통해 오늘의 한국 문학연구가 보여주는 부끄럽고 척박한 현실을 절감할 수 있었습니다. 올해 탄생 백년을 맞은 최태응 작가에 대한 논의였습니다. 제가 원고 청탁을 받은 게 1월말이었으니 5월초에 발표문을 완성하기까지 자료를 조사하고 읽어내는 데도 빠듯한 시간이었습니다.

이 분의 작품은 이미 1996년에 전집 세 권으로 모아진 바 있지만 자료를 찾아가다 보니 누락된 소설 작품의 수가 전집에 수록된 76편보다 훨씬 많은 105편이나 됐습니다. 게다가 최태응 작가는 소설 외에도, 희곡과 동화, 동시(童詩), 번역 등 다양한 장르에서 많은 양의 작품을 발표했기 때문에, 그의 작품을 모두 읽는 일은 접어두고 소설의 개략적인 특징을 조감하는 일로 마무리할 수밖에 없었습니다. 유족의 증언으로는 월남 전, 공산당에게 탈취당한 작품 원고만도 400여 편에 이른다고 합니다. 다소의 과장이 있다고 해도 결코 적지 않은 분량의 작품이라는

---

8   텍스트의 유형과 성격이 가진 역사적 선택 문제에 관해서는 프랑코 모레티, 조형준 역, 「영혼과 하퍼」,『공포의 변증법』, 새물결, 2014.

점만큼은 인정해야 합니다(유족의 말로는 올해 최태응 작가가 쓴 일기인 육필 노트 100여 권을 고려대 박물관에 기증했다고 합니다). 이 작가의 경우, 다작만의 문제가 아니라 산실(散失)된 작품의 수집 정리, 해석을 통한 문학사의 복원에 적지 않은 품이 들 것입니다.

최태응의 경우, 작품 수준이 고르지 못하고 반공주의의 주장이 다른 이들에 비해 강도가 높았고 이승만의 역사전기를 소설화했다는 편견이 작용했다는 정황도 있습니다. 그러나 우리 근대문학의 일천함에 비해 그 성과를 특정한 이유로 나누어 배제하는 것은 연구자의 편견일 뿐입니다. 작가들의 헌신적인 노고가 한국문학의 성과를 축적해온 동력이었다는 점만큼은 늘 염두에 두어야 할 연구자의 절대 계율입니다. 월남작가에 대한 논의가 최근 활발해지면서 최태응에 대한 논의도 활발해지고 있으니 지켜볼 일입니다. 최태응의 경우는 김이석이나 오영진의 사례만큼 좀더 객관적인 접근과 공정한 평가와 해석이 필요해 보입니다.[9]

2017년, 탄생 100년을 맞는 윤동주의 경우 수많은 시 연구자들이 앞을 다투어 연구성과를 제출할 겁니다. 제출될 연구로부터 과연 이준익 감독의 영화 「동주」만큼 뭉클한 감동과 시야의 확장을 경험하기

<hr />

9   정주아의 「'적치 6년간'과 문학 행위의 조건: 1.4후퇴 시기 월남작가 박남수와 김이석을 중심으로」(『한국현대문학회 학술발표자료집』, 2015, 119~128면)나 김옥란의 「오영진과 반공·아시아·미국: 이승만 전기극 「청년」·「풍운」을 중심으로」, 『동악어문학』 59, 2012, 5~55면) 등이 참조될 만하다.

를 기대할 수 있을까요. 물론 연구자들은 사명감으로 윤동주라는 과제와 대면할 겁니다.

오랜 관심과 애정에서 우러난 윤동주에 대한 성과를 도출해내는 경우도 있을 겁니다. 하지만 탄생 100년을 이벤트화하며 유행에 편승하는 연구 태도는 바람직해 보이지 않습니다. 무엇보다 연구의 과제를 좋아해서 연구 자체를 즐거워하는 '주체적 연구의 경험'이었으면 하는 게 저의 소망입니다. 이는 곧, 모든 연구가 일급의 연구는 아니지만 즐겁고 특색 있으며 소명감에 따라 자신의 연구를 축적하는 경향이 자리 잡는 일이 시급하다는 생각 때문입니다. 이 사치로운 생각은 자본화된 대학에서는 반자본주의적인 발상일지 모릅니다. 하지만, 적어도 제가 연구자의 길로 들어섰던 때 학자로서의 초심을 떠올려 보면, 그때의 그 초심을 최소한이나마 지켜보겠다는 의지가 절실하게 필요하다는 뜻입니다. 연구자로서 자기 정체성을 구축해가는 시점에 있는 여러분들에게는 밥도 영혼도 모두 중요하니 이 둘을 지혜롭게 병행하는 것이 온당하다고 말씀드리고 싶습니다. 밥과 영혼의 균형을 잘 유지하는 것이야말로 성공적인 연구자로 발돋움할 여러분의 몫이기 때문입니다.

(2016)

텍스트의 풍경

© 유임하, 2024

1판 1쇄 인쇄__2024년 12월 01일
1판 1쇄 발행__2024년 12월 05일

지은이__유임하
펴낸이__홍정표
펴낸곳__작가와비평
　　　등록__제2018-000059호

공급처__(주)글로벌콘텐츠출판그룹
　　　대표_홍정표 이사_김미미 편집_백찬미 강민욱 홍명지 남혜인 권군오 기획·마케팅_이종훈 홍민지
　　　주소__서울특별시 강동구 풍성로 87-6
　　　전화__02) 488-3280 팩스__02) 488-3281
　　　홈페이지__http://www.gcbook.co.kr
　　　이메일__edit@gcbook.co.kr

값 16,500원
ISBN 979-11-5592-351-1 03800